A MANSÃO
do Rio Vermelho 3
A batalha final

ARTUR LAIZO
A MANSÃO
do Rio Vermelho 3
A batalha final

TALENTOS
DA LITERATURA
BRASILEIRA

São Paulo, 2022

A mansão do rio vermelho 3: a batalha final
Copyright © 2022 by Artur Laizo
Copyright © 2022 by Novo Século Editora Ltda.

EDITOR: Luiz Vasconcelos
ASSISTENTE EDITORIAL: Tamiris Sene
PREPARAÇÃO: Laura Pohl
REVISÃO: Thalita Moiseieff Pieroni e Amanda Moura
DIAGRAMAÇÃO: Joyce Matos
CAPA: Dimitry Uziel

Texto de acordo com as normas do Novo Acordo Ortográfico da Língua Portuguesa (1990), em vigor desde 1º de janeiro de 2009.

Dados Internacionais de Catalogação na Publicação (CIP)
Angélica Ilacqua CRB-8/7057

Laizo, Artur
　A mansão do Rio Vermelho 3 : a batalha final / Artur Laizo. -- Barueri, SP : Novo Século Editora, 2022.
　336 p. (Coleção Talentos da literatura brasileira; A mansão do Rio Vermelho ; 3)

ISBN 978-65-5561-310-0

1. Ficção brasileira I. 2. Ficção policial I. Título

21-5458　　　　　　　　　　　　　　　　　　　CDD 869.3

Índice para catálogo sistemático:
1. Ficção: Literatura brasileira 869.3

GRUPO NOVO SÉCULO
Alameda Araguaia, 229c – Bloco A – 11º andar – Conjunto 1111
CEP 06455-000 – Alphaville Industrial, Barueri – SP – Brasil
Tel.: (11) 3699-7107 | E-mail: atendimento@gruponovoseculo.com.br
www.gruponovoseculo.com.br

PRÓLOGO

Jaime chegou à sacada do seu quarto na Mansão do Rio Vermelho. Morava ali há alguns anos e adorava aquele ritual que fazia todas as tardes: chegava em casa cansado do trabalho, tomava um banho e ia nu para a sacada sentir a brisa da noite e ouvir os barulhos do mato ao redor de seu terreno. Distinguiu um uivo ao longe: lobos. Ele particularmente não gostava de lobos. Respirou fundo. Os canteiros de patchouli, todos em flor, exalavam e inundavam a propriedade com o cheiro que ele tanto amava: o cheiro de Augsparten.

Há dias ele pensava no vampiro com muito mais intensidade, como se Augsparten quisesse se comunicar com ele. No entanto, não conseguiam mais se falar desde que ele havia se desintegrado na sala da mansão em frente de tantos que queriam vê-lo morto. Nunca mais Jaime soube do vampiro até César voltar de Salvador e lhe dizer que ele estava vivo e morando na capital baiana.

Jaime tentou falar mentalmente com ele, mas não conseguiu. Havia um bloqueio de comunicação entre o vampiro

Augsparten e o bruxo de São Luiz. Quanto mais seus poderes foram se desenvolvendo, mais barreiras ele encontrava para perceber a presença do amigo.

Augsparten fora descoberto mais uma vez depois do assassinato de Marietta naquele motel. Acabou sendo ligado ao assassinato de Khriss. Ambas as loiras eram pessoas conhecidas na sociedade. A primeira filha, de um milionário, e Khriss, uma modelo em ascensão de carreira. A modelo foi considerada como a primeira morte suspeita na cidade.

Descoberta decapitada e sem nenhum sangue no local, Khriss era uma mulher solitária. Conhecidamente linda, estava começando a carreira de modelo de passarela e fotográfico e em breve iria embora para uma cidade grande. Quando seu corpo foi descoberto, iniciou-se a busca pelo culpado. A polícia foi acionada e pediram reforços à capital para desvendar os mistérios.

O delegado Shapper, na época acostumado com uma cidade pacata e sem muitos atropelos, precisou de ajuda, e o inspetor Souza foi de suma importância na elucidação do caso. O velho inspetor assumiu a delegacia enquanto Shapper continuava sua vida de delegado de cidade do interior, alcoólatra e sem domínio de seu contingente. O inspetor Souza, à frente dos soldados de São Luiz, conseguiu descobrir toda a confusão estabelecida na cidade após os assassinatos. Descobriu ainda que os assassinatos estavam relacionados a outros que aconteceram no nordeste do país. Depois de encontrarem quem era o culpado e de terem declarado que o assassino estava morto, Souza deixou a polícia e foi morar em uma casa de praia sozinho, já que não tinha esposa ou filhos. Achou ótimo ter sido chamado novamente por Jaime quando

César descobriu um assassinato em Juiz de Fora nos padrões das mortes das duas loiras e eles foram até lá, para tentar descobrir o culpado. Como se tratava de outro vampiro que os fez voltar para São Luiz, deixaram o caso nas mãos da polícia de Juiz de Fora.

Augsparten construíra a mansão em 1726 e vivia em paz naquele fim de mundo no interior das Minas Gerais. Não incomodava ninguém, alimentava-se de alguns passantes perdidos na estrada que ligava o Rio de Janeiro ao interior de Minas, ou de animais.

Por várias e várias vezes, saíra para festas e diversões em outras cidades, sempre acompanhado por um ou outro empregado de confiança. Houve então uma descoberta: a cidade de São Luiz, que se formara a alguns quilômetros de distância, começou a associar a morte de animais a um monstro que morava naquela casa imensa. Como os animais eram todos descobertos naquele local e sofriam um processo de exsanguinação, deram à mansão o título de Mansão do Rio Vermelho, associado ao sangue que "corria" ali.

A cidade era pequena, mas possuía uma organização municipal estruturada. Era protegida por uma comissão de bruxas que, na realidade, eram senhoras idosas portadoras de fortes poderes espirituais. Quando se descobriu a matança de animais, o prefeito da cidade foi alertado por um morador da cidade, Natanael, que disse que a causa de tudo era o dono da mansão. O prefeito não hesitou em procurar as mulheres para pedir ajuda.

Um ritual realizado por elas, dentro da igreja da cidade, conseguiu acorrentar o vampiro com laços de energia e mantê-lo por muitos anos preso debaixo da terra. Quando

Augsparten acordou do sono que fora imposto sobre ele, estava livre das amarras de energia e pôde se soltar. Sentiu um incômodo como se alguém o acordasse, mas não percebeu quem ou o que era.

Saiu da terra pensando em se vingar das bruxas, mas o tempo havia passado e elas estavam mortas. O vampiro, então, arquitetou um plano de vingança para o futuro, quando a força desses poderes estivesse reunida em uma descendência. Ele se casaria com a bruxa e a transformaria em vampira.

Jaime era o fruto dessa descendência com maior concentração de poder. No entanto, como era homem, o vampiro não teve como realizar seu plano de vingança. Tornou-se grande amigo do bruxo e viveu na cidade até ser novamente descoberto pela polícia. Se não houvesse sido descoberto, talvez ainda morasse na Mansão do Rio Vermelho.

O inspetor Souza foi de grande ajuda para essa descoberta, associando ao vampiro, inclusive, a morte de mais oito loiras no nordeste brasileiro. Não restavam dúvidas de que Frederich Augsparten era o assassino. Novamente um ritual foi montado na igreja com as atuais bruxas, entre elas a mãe de Jaime. O intuito da cerimônia era novamente expulsar o vampiro, de preferência acabar com ele de uma vez por todas. Enquanto faziam o rito na igreja, ajudadas pelo padre Lucas, também bruxo, Augsparten, na mansão, sugava o sangue de Jaime.

Pelo poder do sangue de Jaime, o ritual não se concretizou, e o vampiro voltou para sua sala na Mansão do Rio Vermelho. Pediu a Jaime que cravasse em seu peito uma estaca de madeira quando estivessem todos reunidos e a polícia invadisse a sala. Como era um vampiro milenar, a estaca não exercia poder de matá-lo ou imobilizá-lo, e ele se desmaterializou na frente de todos.

Assim, deram como morto o vampiro de São Luiz. Todos respiraram aliviados e Jaime sofreu a perda do amigo a quem aprendera a amar.

Respirando fundo, Jaime sentiu novamente o cheiro de patchouli. Fora a única coisa que lhe restara do vampiro.

Em todos esses anos, Jaime cresceu na magia e deixou-se transformar no mais forte dos bruxos que descendiam das bruxas antigas de São Luiz. Nos diversos rituais pelos quais passou, adquiriu força e poder de todas as bruxas antepassadas. Ele podia até mesmo voar se o quisesse, mas nunca tentou.

O fato de ter se desenvolvido no lado da magia afastou-o de Augsparten e, a cada dia, sentia essa distância crescer. Sabia que não poderia mais se encontrar com ele como em tempos idos, e se o visse, teria que destruí-lo.

Deitou-se na espreguiçadeira da sacada e ficou algum tempo ali parado, ouvindo a natureza e relaxando do dia corrido. Havia, no entanto, uma sensação estranha em seu coração. Tinha certeza de que iria acontecer alguma coisa ruim e difícil de resolver. Ouviu outro uivo ao longe. Sua mãe sempre lhe dissera que uivos eram presságios de coisas ruins.

Restava esperar e descobrir.

PRIMEIRA PARTE

I

Ele estava voltando da caçada, que durou dias. Vinha com as mãos vazias. Sua empreitada pelas florestas escuras foi ruim, mas ele não desistiria. Iria outra vez, amanhã e depois de amanhã, até conseguir levar para casa uma caça e alimentar seus irmãos e sua mulher.

Há meses a caça estava difícil naqueles arredores. O povo estava começando a passar fome e talvez eles tivessem que se mudar dali. O rio, às margens do qual estavam vivendo por mais de cem luas, não estava mais dando peixes suficientes para toda a aldeia.

Fridurih saiu dessa vez para uma última tentativa de trazer uma caça boa que suprisse a fome dos oitenta e dois moradores da sua pequena cidade. Pediu a Zeus que o ajudasse e sentiu como nunca o cansaço e a fome.

Deitou-se debaixo de uma árvore frondosa e esperou o sono chegar. A fome, enganada apenas com água e uma fruta vermelha menor do que seu próprio punho, não lhe deixava dormir. O estômago roncava pedindo algo para continuar seu trabalho e nutrir seu corpo másculo, musculoso e de pele alva. O guerreiro prendeu o cabelo loiro e longo atrás da nuca, ajeitou a pele de ovelha que usava para se vestir e olhou para o céu que, no início da noite de lua cheia, estava com poucas estrelas brilhantes. Ele sorriu e, se fosse mais claro o dia, seus dentes brancos refletiriam a luz. Olhou para o infinito céu e para a colina que se estendia sobre seus pés. Pensou que uma força imensa daquela natureza linda poderia lhe ajudar a matar a fome da sua gente. Intercedeu novamente a Zeus. Ajoelhou-se olhando para o infinito e orou para a força que sabia que existia ali naquele momento junto a ele.

Chorou e sofreu. O estômago doía, uma dor de oitenta e dois famintos. Sem paciência para esperar uma resposta de seu deus, esbravejou e gritou para que todo aquele infinito o ouvisse:

– Eu não vou deixar meu povo morrer de fome. Faço qualquer coisa para matar sua fome. Eu posso lhe dar até minha alma em troca disso. Eu o renego, Zeus, eu odeio você e todos os deuses que nos matam através da fome e de outras privações.

Chorou como nunca chorara antes, até ser vencido pelo sono e pela fraqueza. Por fim, caiu no sono. Sonhou. Uma mulher o chamava com o rosto perto do seu o suficiente para sentir a sua respiração. A deusa maligna perguntou:

– O que queres, humano?

– Comida para meus irmãos da cidade – ele não via a quem se dirigia. – Estão morrendo de fome. Não há caça nessa região e nem peixe no rio perto de onde vivemos.

– E por que não cultivam a terra e plantam e colhem o seu sustento? – perguntou a voz que ele pensava ser divina.

– Não sabemos fazer isso – respondeu ele. – Sempre vivemos da caça e da pesca.
– O que me darás em troca, humano? – perguntou a voz gutural.
– O que posso lhe oferecer, senhora? Toma a mim como seu servo e alimente meu povo.
– Não sabes o que dizes, humano – respondeu a criatura.
– Sei sim! Zeus é um deus cruel e mau. Quer que todo meu povo pereça de fome...
– Não sejas ingrato. Não sabes nem mesmo quem sou eu.
– E quem és? – perguntou ele olhando para a bela mulher que aparecia agora a sua frente.
– Sou Epousa, filha de Hécate, e tu estás no meu mundo – ela sorriu e ele se apaixonou pela bela mulher e pelo cheiro bom que ela emanava. – Vens viver comigo? Verás que teu povo terá comida e bebida para se fartar.
– Meu povo terá como se alimentar... E eu, bela da noite?
– Serás um ser da escuridão e da solidão. Viverás à noite. Não conseguirás mais comer da carne de sua caça, mas sobreviverás do sangue dela. E terás que ser forte para que nos momentos de mais sede não tomes do sangue de seus irmãos.
– Senhora, prefiro a morte a matar um de meus irmãos.
– Mas tu matarás. E matarás muitos até saberes te controlar.
– E quando morrerei?
– Nunca mais. Somente três coisas poderão extinguir a tua vida: o sol, o fogo e a decapitação. Isso à parte, tu viverás por todos os séculos.
– Sozinho?
– Encontrarás muita gente ao longo de tua vida errante.

– Terei uma família?

– Quem sabe? – o espectro riu alto e desapareceu.

– Estarei esperando por ti na floresta, Fridurih.

Antes que ela desaparecesse, ele a viu como realmente era: uma mulher horrenda, exalando um cheiro de morte e podridão, com uma perna de burro e outra paralisada, feita de bronze.

Fridurih acordou assustado e viu que ainda era madrugada. Lembrou-se do sonho e se pôs de pé, pensando em voltar correndo para sua cidade. Ao virar-se para descer o morro, viu um lindo cervo. Preparou-se para acertá-lo com seu arco e flecha. O animal não se moveu. O guerreiro atirou e o bicho caiu. Aproximou-se e, ao ver que saía sangue do pescoço do animal, avançou com sua boca e bebeu aquele líquido quente e delicioso. Matou sua fome e repôs sua energia. O animal morto e sem sangue foi levado nas costas até a cidade para o povo se banquetear. Ele chegou ao povoado antes do sol nascer e sentiu dor nos olhos conforme mais claro ficava o dia. Por instinto, correu para sua casa e deitou-se, protegendo-se do astro rei.

A cidade agradeceu a Zeus e aos deuses da caça o regalo que o guerreiro havia trazido, mas o deixou dormir o dia todo. O caçador ficou fora por cinco dias para alimentá-los, tinha direito ao descanso.

Fridurih, deitado em seu catre, sofria a transformação que o sangue do cervo e a maldição da deusa da noite lhe causaram. Os ossos doíam e cresciam, os músculos também se avolumavam, e ele se transformava em um homem muito maior do que era. Os olhos reviravam-se nas órbitas e ganhavam nova coloração. Antes azuis, tornavam-se vermelhos como o sangue que havia ingerido. Seu coração pulsava mais e mais rápido e ele se contorcia de dor. Ninguém ouviu seus gemidos ou veio vê-lo enquanto dormia.

Tão logo o sol iniciou sua descida no céu, começaram a diminuir suas dores e seus batimentos cardíacos foram voltando ao normal. Ele respirou fundo e abriu os grandes olhos azuis. Sentia-se bem. Sabia onde estava e o que tinha acontecido. Tinha que aparecer para o seu povo.

Tomou um gole da água que estava ao lado de sua cama. Não gostou do gosto, mas sentiu que precisava daquilo. Tomou mais água, mas não satisfez a sua sede. Ele olhou e viu a esposa, que entrava no quarto naquele momento. Sentiu o seu coração batendo, o cheiro do seu sangue e o calor de suas carnes. Levantou-se. Por amor à mulher, resistiu e não acabou com a vida dela naquele momento, pois era o que desejava fazer. Lavou os olhos e, somente com a pele de ovelha pequena que envolvia seu quadril, saiu de sua casa. À princípio, achou tudo muito estranho. Ouvia muito melhor, mesmo sons bem distantes de onde ele estava. Sua visão, mesmo à noite, era muito melhor e ele podia ver no escuro. Encontrou um servo que trazia água para a casa e o parou. O rapaz olhou em seus olhos, que se tornaram vermelhos, e não resistiu ou tentou fugir. Fridurih mordeu o pescoço do jovem e sorveu o seu sangue. Satisfeito com a vida que acabara de tomar para si, continuou andando em direção à praça. E lá estava seu povo, em volta de uma fogueira, dividindo entre si os pedaços da carne que ele trouxera de manhã. Todos abriram espaço quando ele chegou e afastaram-se para observá-lo melhor. Ele estava diferente e todos, sem saber se deveriam sentir admiração ou medo, foram se ajoelhando enquanto ele passava.

De frente para o líder da aldeia, ele se abaixou, reverenciou o governante e disse que iria partir de uma vez por todas.

– Agora vocês terão comida para muitos anos – disse ele. – Mas é preciso aprender a plantar e a cultivar a terra. Aprender a cuidar de vocês mesmos – bradou ele.

– Você vai partir? – perguntou o governador.

– Vou! É mais seguro para todos vocês – enfatizou. – Eu não posso mais estar aqui com todos.

– Eu sei – concordou o velho. – O que precisar, poderá levar contigo.

– Não preciso de nada – afirmou ele. – Só preciso ficar sozinho. Cuide da minha esposa.

– Leve isso sempre com você. – O chefe deu-lhe um colar que ele pôs no peito musculoso e sem pelos. – Vá!

Fridurih olhou para os irmãos da cidade, viu a lágrima que desceu pela face de sua esposa e saiu andando em direção à floresta. Precisava estar o mais longe possível do seu povo quando tivesse sede de sangue outra vez. Precisava encontrar e viver com ela, bebendo o sangue dos seres vivos por toda a eternidade.

II

Augsparten.

A pior idade é quando fazemos duzentos anos. Três gerações no mínimo passaram por nós. Amigos que dificilmente fazemos, amores, pessoas que matamos para nossa alimentação, todos se foram. Cada século é uma nova experiência e, cada dia que saímos de nossos refúgios do sol, esperamos ser felizes.

Desde que fui transformado, muitos e muitos séculos se passaram e eu amei mais do que deveria. Passaram por mim homens e mulheres que me amaram, que me serviram, mas que ainda assim se foram.

A vida de um vampiro é sempre uma perda de mortais que, infelizmente, sempre se vão. Passam por nossas vidas e, se ficam nela por um tempo, acabam deixando de serem interessantes, de nos interessarem ou de se importarem conosco.

No início de nossas vidas, a sede é desesperada e matamos mais do que deveríamos. Um vampiro novo é capaz de dizimar uma cidade pequena em poucos dias. A cidade onde eu morava quando fui criado era uma aldeia de agricultores no nordeste da Europa, onde hoje fica a Alemanha.

Repentinamente, nossa paz foi quebrada por um acontecimento desagradável: encontraram um jovem de menos de dezoito anos morto com o pescoço dilacerado. Aos menos atentos, parecera que uma fera o havia atacado. Meu pai era o mentor da vila e sabia que não era uma fera comum. Ordenou que a população se escondesse em suas casas e não abrisse a porta para ninguém. Mandou ainda que espalhassem alho pelas portas para confundir o cheiro dos humanos dentro da casa. E então ele e mais alguns homens que defendiam a vila foram caçar a fera. Várias noites se passaram sem que nada acontecesse.

Nessa época, eu tinha vinte e dois anos e começava a usar as armas de nossos guerreiros. Usávamos arco, flecha e lanças, com as quais eu era exímio atirador. Caçava para a vila e era sempre bem-sucedido nas minhas empreitadas.

Como não houve outra morte, a vigilância ficou um pouco relaxada e voltamos à nossa vida normal.

Certa noite, me atrasei para voltar para casa e quando reuni a caça para retornar já havia escurecido. Nunca tive medo do escuro e nem mesmo da floresta à noite. Porém, nessa noite, em especial, eu estava apreensivo. Comecei a sentir que era observado. Não havia ninguém comigo e a vila era bem afastada daquele lugar. Pus-me a caminho, comecei a andar mais depressa do que o normal e quem me seguia também aumentou sua velocidade. Eu parei e ele também parou. Olhei para trás, e nada; para os lados, mas também não havia nada. De repente, olhei para a frente e lá estava ele. Assustei-me com seus olhos vermelhos que pareciam estar acesos no meio da mata. Ele sorriu e pude ver seus dentes imensos saindo pela boca. No início, tive medo. Depois, enquanto o observava e sentia o seu cheiro muito forte e bom, comecei a admirar aquele ser que estava parado diante de mim.

Ele percebeu que eu não estava mais com medo e se aproximou. Eu não corri. Esperei que ele chegasse perto e também sorri.

Encarou-se com aqueles olhos incandescentes e eu deixei cair as três aves que havia matado para alimentar minha família. Não voltaria mais para a nossa vila. Ele me abraçou e eu senti seus braços gelados me envolverem. Ele estava com apenas uma pele de animal enrolada na cintura, assim como eu, e pude sentir que seu corpo era todo muito frio. Deixei-me ser abraçado; hoje sei que estava sob seu comando mental. Lembro-me de que ele mordeu o meu pescoço e eu sabia, naquela hora, que morreria.

Acordei três noites depois. Olhei em volta e estava dentro de uma caverna muito escura. Eu sabia que não deveria haver luz naquele lugar, mas eu conseguia ver tudo. Estava tudo claro aos meus olhos, como se fosse dia. Passei a mão no meu pescoço e não havia nada diferente, nem no local das presas que eu me lembrava de terem me rasgado a carne. O que tinha acontecido? Eu não me lembrava de mais nada depois da mordida.

O meu atacante estava lá. Ele fez um movimento e eu o vi. Estava sentado no chão e à sua frente havia um porco do mato que, pelo cheiro, eu sabia que estava vivo.

Meu estômago revirou-se. Senti uma dor aguda pela sede imensa, e o que eu queria era o sangue daquele porco que me era oferecido. Ele sorriu e apontou o animal. Eu não me aguentei e agarrei a criatura indefesa. Minha força estava irreconhecível. Mordi o animal com os dentes que me apareceram na boca e somente parei de sugar aquele alimento quente e ferroso quando não havia mais nenhuma gota de sangue dentro do bicho. Joguei o cadáver para o lado e olhei para meu atacante. Ele riu e suas presas sujas de sangue demonstraram que também havia se alimentado. Nesse momento, eu tive ódio dele. Queria matá-lo e não sabia que isso era quase impossível. Rosnei como a fera que não sabia que me tornara e parti para o ataque. Ele ria. Ria muito, e quanto mais o fazia, mais ódio eu sentia, e mais o atacava. Ele se esquivava e eu caia no chão áspero da gruta. Feria-me a cada tombo e também sentia minhas feridas cicatrizarem quase instantaneamente.

 Eu não sabia o que estava acontecendo comigo e ele não dizia nada. Eu queria saber onde estava. Queria saber no que eu tinha sido transformado. Cansado de tentar atacá-lo, parei, sentei no chão e esperei que me atacasse. Ele não o fez. Olhou para mim e disse, em silêncio, dentro da minha mente: "Você agora é um vampiro! Você vai caçar e se alimentar de humanos. Sua sede poderá ser controlada, mas você precisará aprender isso".

 – Quem é você? – gritei com ódio.

 "Você saberá em breve o que você é", disse ele na minha mente. "Você agora é um ser das trevas e só poderá viver à noite. Apenas três coisas podem acabar com você: o sol, a decapitação e o fogo. Afaste-se disso e viverá eternamente."

 – Quem é você? – insisti na minha pergunta.

"Eu sou um ancião. Um dos mais velhos. Estou neste mundo há muitos anos. Aos poucos você saberá de tudo". Soltou uma risada. "Agora eu vou embora."

– Como é seu nome? – gritei, para que me escutasse.

"Fridurih", respondeu ele em minha mente. "Eu sou o primeiro de nossa espécie. Eu sou o criador, criado pela deusa."

– Como pode ir embora? – perguntei, lembrando-me de que ele dissera que logo partiria.

"Você agora vai cuidar dessa parte do mundo para mim", ele abriu um sorriso.

Eu, desesperado, sem saber ao certo o que fazer, corri até ele e o abracei. Nossos corpos estavam na mesma temperatura e não estávamos frios. Eu o abracei mais forte e foi instintiva a vontade de mordê-lo. Ou eu era mais forte do que ele ou ele me deixou prendê-lo entre meus braços, e com minhas presas, que cresceram instantaneamente, rasguei seu pescoço enquanto ele ria. Eu tinha o seu sangue nas veias e me tornava tão forte quanto ele. Quanto mais eu sugava, mais forte ficava e o deixava vulnerável. Ele começou a lutar quando viu que eu não pararia de sugar seu sangue, e transferia toda a sua força, energia e conhecimento de um original para mim. Naquela hora, percebi que a única coisa que podia fazer era matá-lo. Envolvido naquele abraço, enchi-me de forças e arranquei-lhe a cabeça. Olhei seu rosto e ele ainda sorria nas minhas mãos, enquanto seu corpo caía ao chão.

Eu destruí o primeiro vampiro e nem sabia o que tinha feito. Só consegui matar o primeiro vampiro porque ele mesmo não conhecia seus poderes. Haveria outros? Talvez. Com certeza ele deveria tê-los criado com outras características. Tenho esse cheiro de patchouli porque é a combinação do meu aroma natural e do sangue do vampiro. Ele criou linhas diferentes com fragrâncias diferentes. Gosto do meu cheiro.

Ele estava morto: cabeça para um lado, corpo para o outro. Eu estava em casa. Aquela caverna iria me abrigar por algum tempo.

Deitei no chão duro e esperei. Queria dormir. Não sabia ainda que vampiros não precisavam dormir.

III

Fiquei dentro daquela caverna por dez anos. Não sabia o que poderia fazer e tinha medo de matar as pessoas que encontrasse pela frente. Não queria acabar com a minha cidade.

Lembro-me que, nos primeiros dias, tentei sair da caverna e foi aí que descobri que o sol me feria, e se eu continuasse do lado de fora, morreria queimado. Saí da caverna somente com a pele de cervo enrolada na cintura e dei de cara com o astro rei que a tudo esquentava. Senti uma dor aguda e uma queimadura imensa nos meus ombros. Corri para a escuridão da gruta e percebi que minhas feridas se fechavam rapidamente. Em poucos instantes, eu estava curado daquelas lesões que o sol me causara. Eu só poderia sair à noite, quando ele não estivesse mais no céu.

Saí quando a escuridão caiu. Eu estava com muita sede. Precisava arrumar um animal para aplacar a dor no meu estômago. Desde que eu matara o meu criador, não havia ingerido nada. Estava ficando sem forças. Sem forças, mas pensando na força de um vampiro, eu ainda conseguiria parar um boi pelos chifres ou derrubar uma árvore imensa. Mesmo durante a noite, tudo para mim era claro como o dia e eu podia ver e ouvir com enorme clareza. Andei pelo mato e senti o cheiro de um porco-do-mato. Parecia que era maior do que o animal que me havia servido de alimento na hora em que havia acordado.

Aproximei-me do bicho que me pareceu imenso, e consegui paralisá-lo com minha força mental. Eu aprendia tudo a cada momento. Aproximei-me do animal e senti que minhas presas cresceram, não cabiam mais dentro da boca. Eu precisava tomar do sangue daquele porco e não demorou muito para que eu o tivesse abocanhado. Mordi o pescoço e, mesmo com muitos pelos incomodando, consegui achar a fonte do sangue vermelho e quente. Tomei todo o sangue do animal e o deixei caído, com o pescoço dilacerado. Vi que no afã de beber do seu líquido precioso, minha fúria era grande e eu acabei por matá-lo.

Pensei que estava vivo porque o meu criador não havia tomado todo o meu sangue e nem me ferido tão profundamente. Eu precisava aprender a fazer o mesmo. Um animal como aquele que matei não representava nada para ninguém, muitas vezes era perigoso para as aldeias quando estava com fome, e também invadia as terras e matava animais ou mesmo pessoas. Mas era uma pena que aquela carne fosse perdida. Minha aldeia inteira poderia comer daquele porco e eu precisava dar o animal a eles. Coloquei-o nas costas com facilidade e corri até próximo à vila. Deixei o porco na entrada da cidade e senti o cheiro dos habitantes daquele lugar. Eram minha família, meus amigos, tudo que eu tinha, e eu estava com uma vontade de tomar do sangue de todos eles. Eu não poderia ficar ali nem mais um minuto ou acabaria com muitas vidas que para mim eram queridas.

Corri de volta para a minha caverna e fiquei lá dentro por mais não sei quantos dias até sentir novamente aquela dor no estômago que me indicava que eu precisava me alimentar de sangue novamente.

O mundo, naquela época, era uma floresta imensa com algumas aldeias maiores ou menores espalhadas entre as árvores. O mundo começava a se estruturar para ser o que é hoje. Não sei se seguiu alguma regra de crescimento, mas o que temos hoje é essa loucura de cidades imensas e muito pouco mato.

Eu saí à noite novamente para caçar e percebi que precisava mudar de vida. Não poderia viver naquele buraco na montanha para o resto da minha vida, mas ao mesmo tempo, eu tinha medo de me encontrar com algum ser humano e matá-lo ou fazer mal a ele. Eu ainda tinha a consciência humana falando mais forte naquele momento, e isso era imprescindível. Essa consciência me fez não morrer de vez me expondo ao sol, como considerei algumas vezes. Eu estava sozinho na mata, não poderia me aproximar de minha vila e nem poderia ter ninguém ao meu lado sem o risco de matar e tomar o seu sangue.

Alimentei-me de dois mamíferos menores do que o porco, e me satisfiz ao encher meu corpo com o sangue de um coelho e um gavião. Os sangues tinham sabores diferentes, mas ambos me alimentaram naquela noite.

Resolvi, então, andar no sentido contrário à minha aldeia e ver o que estava ao sul de onde eu me encontrava. Andei mais rápido do que um humano conseguiria e me deparei com uma outra aldeia menor, mas ainda com muitas pessoas trabalhando ou conversando ao redor de uma fogueira. Eu queria chegar perto dessas pessoas e conversar, comer o que elas estavam comendo, beber alguma coisa que não fosse sangue, embora meu paladar só desejasse o líquido que corre nas veias. Andei com tranquilidade e entrei na vila. Era uma praça rodeada por vinte casas de barro e telhado de palha.

No centro havia uma fogueira grande e muitas pessoas ao redor cantavam uma canção em uma língua que eu desconhecia. Quando me viram, pararam de cantar e os homens se levantaram do chão onde estavam sentados e, assustados, pegaram suas lanças pontudas. Eu também me assustei e tive que fazer um grande esforço para não deixar as presas descerem. Parei, abri os braços para que vissem que eu estava desarmado e esperei.

Um homem mais velho falou algo que eu não entendi, mas consegui ler sua mente com meus novos poderes, e entendi que queria me perguntar de onde eu vinha. Falei alto na minha língua, mas fiz com que ele entendesse que eu estava perdido na mata e que andara dias e dias procurando ajuda.

Ele falou novamente para o grupo e os outros homens concordaram com a cabeça. Me deram comida, água e me mandaram seguir meu caminho. Eles temiam pela segurança das mulheres e crianças da aldeia. Eu era um estranho que poderia estuprar e matar os pequenos. Eles não sabiam que eu era perigoso, mas eu jamais mataria crianças. Queria ficar ali com eles, mas entendi que não me queriam. O velho aproximou-se e indicou-me um lugar para me assentar perto do fogo, ofereceu-me um pedaço de carne que tirou da fogueira e eu comi. Meu estômago revirou. Mas eu não poderia vomitar aquilo que me davam com tão boa vontade. Insisti e consegui comer outro pedaço. Ele me uma bebida em um copo feito de madeira e o líquido desceu queimando na minha boca. Eu nunca havia bebido nada com álcool, e aquela era forte.

Percebi então que poderia também comer e beber como um humano normal. A comida tinha que ser pouca e, quanto ao álcool, poderia beber barris que não ficaria bêbado. Fiquei sentado com eles por mais um tempo e vi que precisavam dormir e queriam que eu fosse embora. Eu me levantei e todos se levantaram junto. Percebi que estavam ainda assustados com minha presença. Disse-lhes, então, que iria embora e que depois deixaria um presente para a aldeia, quando eu pudesse.

Saí pelo mesmo lugar que entrei e me envolvi novamente na escuridão da floresta. Pensei que poderia caçar um porco ou algo do tipo, e poderia deixá-lo na porta da aldeia para que eles encontrassem de manhã. Precisava achar um lugar para me esconder do sol, que viria forte. O céu estava limpo e não haveria nuvens ou chuva no dia seguinte. Eu vasculhei a área toda com meus olhos vampíricos e achei uma gruta que parecia desabitada. Corri até aquele lugar e entrei na caverna. Era menor do que a que eu morava dias atrás, mas tinha o mesmo cheiro de bolor e de restos de animais mortos que, por ventura, entraram e não conseguiram sair. Não importava. Eu arrumei um lugar para ficar escondido da abertura nas pedras e esperei que a noite acabasse e o sol castigasse o solo daquela região. Eu não poderia aparecer.

    Acabei dormindo. Apesar de não precisarem dormir, os vampiros entram em um estado de torpor durante o dia e não precisam de despertadores para abrir os olhos quando a noite chega.

IV

Andei muito durante as próximas noites depois que saí daquela aldeia, e estava cansado de tanto andar, procurar e procurar e não achar nada que pudesse me satisfazer, ninguém com quem eu pudesse me abrir e ter uma relação. Andava fugindo das vilas e aldeias, com medo de machucar alguém. Sentia que o sangue que eu estava usando para me alimentar não era suficiente para me saciar. Eu precisava de mais, sempre mais. Vivia na escuridão das noites e no meio do mato. Morava em cavernas escuras e me vestia de peles malcheirosas de animais.

O cansaço era mental, já que vampiros não se cansam fisicamente. Ficamos fracos se não tivermos sangue e podemos passar até anos em um estado semelhante à hibernação. Depois desse período, a sede é incontrolável.

Eu estava muito longe da minha aldeia natal e já havia perdido a noção do tempo. Não sei quantos dias já haviam se passado. Não interessava mais. Isso era perigoso na vida do vampiro, já que se não nos atentamos, podemos perder completamente a noção. Eu estava perdido. Poderia ter passado um mês ou dez anos e eu não saberia.

Certa noite, fui acordado com gritos próximos à minha caverna. Saí da escuridão e vi que guerreiros armados estavam avançando por um caminho no meio da floresta. Era muito ódio acumulado nas mentes daqueles quase cinquenta homens brutos, vestidos de peles escuras, com pinturas vermelhas nos corpos. Eles seguiam um guerreiro musculoso cheio de cicatrizes, tanto no corpo quanto no rosto, que gritava ordens e comandos o tempo todo. Percebi que muitos que o acompanhavam estavam sob o chicote de outros homens. Eram escravos que iriam para uma guerra obrigados. Existiam muitos povos que foram dominados e seus homens transformados em guerreiros. Eles invadiriam vilas que achassem no caminho, saqueariam, destruiriam e infligiriam dor na população. Matariam mulheres e crianças depois de muito abuso.

Eu queria impedir isso. Minha raiva era imensa e eu perdi meu senso de raciocínio. Ataquei o grupo. Avancei em uma velocidade que nenhum deles poderia acompanhar e mordi o primeiro humano. O líder se assustou quando viu um homem à sua frente, de olhos vermelhos e presas salientes. Ele quis reagir, mas minha dominação não permitiu que fizesse algo. Em poucos segundos, senti o sangue daquele homem na minha boca. Suguei com toda a força que a minha sede me obrigava e o matei na frente de todos os seus soldados. Levantei seu corpo sem vida e o lancei contra os homens que assistiam boquiabertos. Os escravos vibraram e eu os libertei dos seus algozes. Eram quatro homens providos de chicotes que comandavam o grupo. Um a um, todos passaram pelos meus dentes pontiagudos. Eu estava finalmente alimentado. Estava satisfeito com o sangue de humanos. Era diferente do sangue que eu vinha sugando desde a minha transformação. Era diferente! Eu estava muito mais forte! Estava me sentindo renovado, e ainda olhei para os escravos, que estavam desesperados olhando para o monstro que viam à frente, aguardando para saber se também teriam o mesmo destino.

Eu gritei e eles tremeram. Falei na minha língua, para que eles entendessem, invadi suas mentes mandando que voltassem para onde vieram e esquecessem o que viram. Os cinco corpos que me alimentaram ficariam ali e seriam alimento para feras da floresta.

Os homens se dispersaram, alguns correndo, outros mais fracos, andando. Contudo, em pouco tempo eu não tinha mais ninguém naquele espaço comigo. Entendi que era desse alimento que eu precisava: sangue humano. Percebi também que acabara de criar a minha fama de monstro da floresta, já que os guerreiros libertos comentaram que alguma coisa saiu da floresta e matou os homens que os comandavam. Eles criariam a ideia de um demônio que muitos gostariam de caçar. Eu precisava sair daquele lugar o mais rápido possível. Estava alimentado e muito mais forte depois do sangue humano.

Simplesmente comecei a correr. Corri com minha velocidade especial até perceber que o sol já começava a clarear o horizonte. Eu tinha pouco tempo para achar um lugar para me proteger. A área que eu estava era montanhosa e eu acharia facilmente um buraco qualquer que pudesse me abrigar.

V

A vida estava ruim e eu estava perdido no tempo. Não sabia mais quantos anos se passara desde que eu saíra de casa. Quantos lugares eu visitei, quantos humanos eu matei para sobreviver, eram coisas que não me passavam pela cabeça. Na época, os homens viviam em casas rústicas. Os primeiros governos começavam a se impor. Cidades começavam a aparecer e eu continuava, como sempre, sozinho. Não sabia o que fazer da minha vida errante, mas o bom senso me obrigava a seguir adiante na minha existência. Eu jamais pensara outra vez em me expor ao sol e acabar com tudo.

Em uma cidade pequena onde passei três semanas, conheci uma mulher adorável. Gerda era loira, com os cabelos da cor dos raios de sol que eu não via há muito tempo. Seus olhos azuis eram um oceano de águas claras onde eu naufraguei. Apaixonei-me pela mulher mais linda da cidade e fui recebido pelo pai dela com honras. Passei a dormir em um quarto com roupas de cama. Comparado às minhas cavernas, era o paraíso.

Eu tinha que me esconder durante o dia e isso acabou causando uma desconfiança em toda população da cidade. Ninguém sabia nada do noivo da Gerda. Ela, muito amável e doce, verdadeira mulher na cama, um dia me disse que queria ser igual a mim. Eu me assustei na hora, mas ela sorriu e disse que sabia o que eu era e queria ser como eu, para que pudéssemos viver juntos o resto da vida. Estava apaixonado pela mulher mais linda que jamais vira, deixei-me seduzir e mordi seu pescoço. Eu não estava acostumado com uma dama, nem tampouco acostumado com um pescoço de mulher. Fomos para a cama naquela noite e fizemos amor como dois iniciantes. Sexo ruim. Por isso, meti na cabeça que eu deveria ser o melhor amante do mundo, e tive séculos para aprender.

Ela estava em meus braços, quase morta, e então, também por instinto, dei-lhe do meu sangue através de uma mordida que fiz no meu antebraço esquerdo. Deixei que meu sangue descesse pela garganta dela. Esperava que ela se transformasse naquilo que eu era, e que pudéssemos viver muito tempo juntos. Eu não sabia direito o que fazer e nem o cuidado que teria com ela logo depois de receber o meu sangue. Deitei-a na cama, eu precisava sair dali e me esconder nas montanhas.

Saí e sumi. Entrei na minha caverna e dormi quase o dia todo.

Voltei para a cidade e percebi que havia uma confusão na casa de Gerda. Muita gente do lado de fora, e muita falação. Aproximei-me e vi que havia muitas mulheres da comunidade conversando, e assim que apareci, começaram a apontar o dedo em minha direção. Eu não sabia mesmo o que era e quando entrei na sala da casa, o pai de Gerda me acusou:

— Você envenenou minha filha. Minha filha vai morrer por sua culpa. Mas se ela morrer, eu mato você também.
— Eu não fiz nada – argumentei.
— Vá vê-la – ordenou ele.
— Vá vê-la pela última vez na vida.

Eu entrei no quarto e Gerda estava deitada nua na cama, com o corpo coberto de feridas que eu via cicatrizarem lentamente, causadas pelo sol a que a expuseram para que se curasse do "veneno" que eu lhe dei. Percebi que ela estava amarrada na cama. Gerda gritava como se a estivessem marcando com ferro em brasas. Mais uma vez, eu desconhecia qual procedimento tomar para melhorar sua dor. Deveria lhe dar mais de meu sangue? Não poderia fazer aquilo na frente de tantas mulheres, que ao mesmo tempo que tratavam com ervas e líquidos suas feridas, entoavam uma reza que eu não conhecia.

O pai de Gerda entrou no quarto e viu a filha urrando de dor e sofrimento. Ele estava desesperado pela situação da filha, e não teve dúvidas. Desembainhou sua espada e, sem pena, mas com muito amor, como forma de aliviar o sofrimento da filha, decepou a cabeça dela. Pouquíssimo sangue saiu daquele pescoço, o que o assustou. Ele me olhou e eu, estupefato com o que ele acabara de fazer, deixei transparecer todo o meu ódio. Meus olhos se acenderam e iluminaram aquele quarto com uma luz vermelha. Meus caninos cresceram para fora da minha boca e as sete pessoas que estavam no quarto ficaram paralisadas pela minha vontade. Como ele pudera matar a própria filha? Como ele, um homem bem-sucedido na vida, político da região, pôde matar a própria filha?

A fera que existe em mim suplantou o homem que a carrega e eu avancei contra aquele pai. Ele mudou de sentimentos, deixou o ódio que sentia por mim ser substituído pelo medo da morte, que sabia ser seu destino

Mordi sem pena aquele pescoço grosso e sujo, suguei todo o seu sangue e acabei arrancando um pedaço de carne, que cuspi pra longe. Deixei o seu corpo, que fedia a suor, cair ao chão e me aproximei de um homem que entrara com o pai da morta. Antes que eu fizesse alguma coisa, ele se urinou todo de medo. Não me importei com isso e o agarrei pelos cabelos longos e ensebados. Bebi do seu sangue, igualmente ao que fiz com o patrão, estraçalhei o seu pescoço. Minha farra iria longe. Depois de morto, o empregado caiu aos meus pés. Mais um que seguiu o destino do patrão. Em seguida, cinco mulheres, não me lembro das suas idades, mas me lembro de seus cabelos loiros ou brancos. Isso não importava. Não me interessava que ali tivessem moças e senhoras. Iriam todas se juntar a minha amada morta na cama.

Experimentei de todos os pescoços daquele quarto e matei as cinco mulheres, quebrando-lhes os pescoços. O quarto era um cemitério. Eu estava saciado e minha raiva havia diminuído um pouco. E estava novamente sozinho.

Saí do quarto e falei para as pessoas que estavam na sala, – havia umas dez pessoas que trabalhavam naquela casa:

– Gerda morreu. O pai entrou no quarto e enlouqueceu. Matou as mulheres e o seu empregado com sua espada. Queria matar também a mim, mas eu consegui me defender e agora que estou vivo sou o novo dono da casa e patrão de vocês.

Os empregados concordaram, abaixando a cabeça, e continuei:

– Quero que limpem aquele cômodo e queimem os cadáveres. Quando eu voltar à noite, quero aquilo limpo.

Saí da casa sem problemas. Eles acreditaram no meu discurso e eu novamente devia me esconder. Entrei na minha caverna e chorei. Chorei pela perda de Gerda, pelo ódio que fiquei do pai dela, e pela minha solidão, que seria eterna.

Resolvi, então, naquele momento, que eu jamais criaria outro ser como eu, e que deixaria de viver como um bicho no meio do mato e em cavernas. Eu moraria naquela casa por um tempo.

VI

Morei naquela casa por quase um século. O mais difícil era a desconfiança dos empregados ao ver que o patrão não envelhecia da mesma forma que eles. Tive que me integrar à cidade para garantir a renda que sustentaria todos os empregados do castelo onde eu passei a viver. E, durante muito tempo, não quis outra mulher na minha vida. Gerda ainda era um sofrimento muito grande em minha alma. Várias donzelas passaram pela minha vida e pela minha cama. Quando eu precisava me alimentar, saía da cidade e me fartava com mendigos e marginais que encontrava pelo caminho, ou na pequena cidade de Roma, que ficava a poucos quilômetros dali. Hoje sei que morava na Itália e a cidade onde me estabeleci não existe mais. Toda a confusão que o Império Romano criou acabou por englobar, séculos depois, as ruínas da cidade onde eu morava sob seu domínio.

Um dia, cansado daquela vida e cansado de ter que sair para caçar e nunca ter ninguém, resolvi sair pelo mundo mais uma vez. Deixei a minha casa nas mãos de um empregado de confiança e saí andando no caminho oposto ao que fizera para chegar ali. Tudo estava muito diferente e as cidades prosperavam. Cresciam as vendas e o comércio entre países. Havia muito mais gente nas cidades e nas ruas. Eu não tinha dificuldade de achar uma vítima e me alimentar todas as noites.

Eu não fazia ideia de quanto tempo tinha vivido como vampiro desde que fui transformado. Esse tempo ficou confuso em minha mente e eu apenas seguia meus instintos de sobrevivência. Deixei minha casa e segui viagem com todo o dinheiro que eu tinha e alguns objetos de valor. Não passaria aperto por um bom tempo.

Cheguei enfim à região onde estava a gruta que meu criador habitara e onde ele cuidou de mim nos dias imediatos depois de me dar o seu sangue.

Demorei para achar a caverna, que estava bloqueada por uma densa mata, mas, enfim, cheguei à porta e senti ainda o seu cheiro. O perfume que eu exalava quando excitado era o mesmo que o vampiro que eu matei naquela caverna exalava: patchouli era um perfume dos deuses do Olimpo, e eu não sabia disso. Meu criador morou naquela caverna sozinho, alimentando-se de animais e, vez ou outra, de algum humano perdido, como eu estava no dia em que ele me encontrou, por muitos séculos. Desde sua criação pela deusa, ele não pode mais voltar à sua aldeia, por medo de matar a todos. O mesmo aconteceu comigo. Entrei na caverna e agora, tantos anos depois, estava mais maduro para entender cada coisa que ele me deixou naquele mundo frio e escuro. Nas paredes, desenhos e palavras soltas na sua língua me contavam a sua vida e tudo que ele passou nos seus séculos de solidão. Eu senti todo amor que tinha pela sua esposa, todo o seu amor pela família, pelos companheiros e guerreiros da sua aldeia. Senti nas paredes a sua dor de ser sozinho e li a recomendação para quem fosse como ele: cuidado com o sol, cuidado com as deusas do Olimpo, cuidado com o fogo e muito cuidado com o inimigo. Andei mais um pouco e vi uma túnica de algodão que ele usara por algum tempo e que mantinha intensamente o seu cheiro.

Dentro da caverna, fiquei três dias e noites inteiros aprendendo tudo que ele queria que eu soubesse. Entendi com os conhecimentos da época tudo o que aquele simples guerreiro, que, como eu, saiu para caçar alimento para sua gente, sentiu por todo aquele tempo. Absorvi seus sentimentos de dor e de desespero. Entendi que assim como a deusa que o criara, outros deuses e deusas criaram outros bebedores de sangue, cada um com cheiro e poderes diferentes, de acordo com seu criador. Também criaram as bruxas, que são nossas inimigas e que podem nos destruir. Criaram todos os seres que vivem nas trevas. Lobisomens, fadas, bruxas, faunos, duendes, enfim, há muitas coisas na terra que não conhecemos e que precisamos acreditar que existem.

Eu estava na caverna há três dias e já absorvera todo o conhecimento que Fidurih quis me passar. Lamentei por tê-lo matado. Ele me criou para que eu fosse sua companhia, não seu algoz. Porém, aquilo estava feito e eu não poderia voltar atrás. Uma coisa importante que pensei na hora e continuo pensando até hoje é que se eu pudesse voltar atrás, gostaria de continuar vampiro. Nunca quis voltar a ser humano.

Saí da caverna e resolvi ver como estava minha aldeia. Eu seria um estrangeiro lá, mas queria conferir o que aconteceu com minha casa, minha família. A aldeia tinha virado uma cidade. Não era tão grande quanto Roma, mas era um próspero local de comércio. Visitei a cidade naquela noite sem que me vissem e resolvi que voltaria a morar ali. Minha casa simples de aldeia não existia mais, mas uma bela casa de dois pavimentos estava em festa. Uma música que eu não conhecia e um cheiro de comida humana me fizeram chegar perto da porta. O vigia barrou a minha entrada e eu, com meu poder mental, o convenci a me deixar entrar na festa e me apresentar como um romano rico que estava de passagem pela cidade. Claro que a palavra rico chamou muita atenção e fui muito bem recebido. Eu queria saber o que acontecera na cidade em minha ausência, e nada melhor que me sentar à mesa com o dono da casa, que era bisneto de meu irmão, morto há anos. Minha família havia continuado sem mim. Muitos homens saíram para me procurar na mata e, depois de anos, desistiram. Meus pais e irmãos continuaram a vida e prosperaram com a cidade. Estava ali a minha frente meu sobrinho-bisneto, já com sessenta anos. Era pai de muitos filhos e avô de outros tantos. Eu juro que me diverti na festa que comemorava o seu aniversário, mas precisava sair antes do sol nascer e também precisava de alimento. A comida servida na festa era perfeita para um humano. Comi, mas faltava-me sangue.

Saí da festa uma hora antes do sol em direção à caverna e, no caminho, vi um bêbado de pouco mais de vinte anos e resolvi que seria ele minha vítima da noite.

Aproximei-me do rapaz e ele, mesmo bêbado, se assustou com meus olhos vermelhos. Eu enchi a rua de luz vermelha, mas ninguém, exceto ele, poderia ver, como também ninguém que passasse àquela hora me veria agarrado ao rapaz saciando minha sede na sua veia. Fartei-me com seu sangue e iria deixá-lo com vida na mesma calçada onde estava quando ele me olhou e me pediu para levá-lo comigo. Não hesitei. Coloquei-o nos ombros e o levei para o interior da caverna. Faria dele o meu primeiro servo com poderes especiais vampíricos.

Vivemos juntos por muitos anos naquela mesma cidade onde nasci. Consegui manter minha identidade a salvo por uns dois séculos. O mundo crescia, a Europa crescia. Eu assistia a tudo e vivia intensamente, como sempre faço, tudo que me ofereciam. Eu sempre vivo intensamente.

SEGUNDA PARTE

I

Rio de Janeiro, 1702.

Ele sentiu o cheiro da mulher. Ela caminhava pela rua mal iluminada e ele não conseguiria resistir. Caminhou lentamente atrás dela e foi ficando mais excitado conforme via o balanço de suas nádegas e sentia o cheiro que ela exalava. Era exatamente esse o cheiro que o atraia e atiçava a sua fome. Ele precisava se alimentar dela.

Há dias, Augsparten não se alimentava. Estava chateado por ter que matar a última mulher que amou durante dois anos e que começara a dar problemas querendo que ele a transformasse em vampira. Sempre o mesmo problema e sempre o mesmo fim: morte da consorte, solidão.

O vampiro estava em solo brasileiro há alguns anos, morando no então próspero e agitado Rio de Janeiro. Morava em um casarão grande e adaptado para suas necessidades especiais, como não poder ver o sol, não sair durante o dia, alimentar-se pouco e suprir sua grande necessidade de sangue humano. Tinha dois empregados: Marcos, um velho que viera com ele da região da Europa onde hoje é a Alemanha, e era responsável pela sua segurança durante o dia; e Geraldo, um rapaz que Marcos contratou em solo brasileiro para o serviço pesado de casa.

A vida do vampiro no Brasil era composta de festas na sociedade e caçadas noturnas. Havia um número grande de pessoas escravizadas que morriam de doenças e fome e muitas das mortes causadas pelo vampiro fizeram parte da estatística de mortes naturais da população.

Frederich Augsparten, ou Frederico, como era chamado no Brasil, estava cansado do Rio de Janeiro. Queria ir para o interior do país e ficar em paz. Geraldo estava buscando informações das andanças pelas Minas Gerais na febre do ouro, e quem sabe acharia um lugar para construir uma casa longe da vista de tudo e de todos.

Uma mulher virou a rua onde estavam andando e entrou em outra mais escura e deserta àquela hora. Ele apressou o passo e a obrigou a sentir seu perfume de patchouli. Um perfume amadeirado e excitante. Ela percebeu que não estava sozinha e olhou para trás. Viu um homem alto, espadaúdo e de longos cabelos negros soltos pelos ombros. Ele estava vestido de preto e ela não conseguiu ver seu rosto. Parou pelo comando mental do vampiro e esperou por ele. Quando ele se aproximou, ela observou sua pele muito branca e seus olhos azuis. Ela sorriu, talvez de medo, talvez por curiosidade, mas não se mexeu. Ele se aproximou e cumprimentou a mulher. Ela respondeu ao cumprimento por educação, mas queria ir embora dali.

– Você mora por aqui? – perguntou o vampiro, embora já soubesse a resposta.
– Sim – ela respondeu, e ele adorou o som da sua voz.
– Depois daquela esquina.

Ele se aproximou dela e deixou que a rua inteira ficasse inundada com o cheiro do seu perfume, que ela adorou e a fez se desmanchar em sorrisos. Fechou os olhos e se preparou para ser beijada. Sentiu quando a mão fria dele alisou o seu rosto e quando aqueles lábios também tocaram os seus. Ela foi tomada de uma excitação muito grande e entregou-se ao abraço daquele homem musculoso de cabelos grandes, negros e soltos pelas costas. Quanto mais a beijava, mais vontade Augsparten tinha de tomar seu sangue. Ele queria se alimentar da mulher, e permitiu que suas presas se alongassem e seus olhos se tornassem vermelhos. Na rua, não havia ninguém, mas se alguém passasse naquele momento, veria um casal de namorados se beijando. O vampiro conseguia fazer com que as pessoas não vissem a luz de seus olhos se ele não quisesse. A fome, a sede e o desejo de se alimentar daquela mulher não lhe deixaram opção e ele mordeu seu pescoço. A princípio devagar, como se fosse um carinho, mas não podendo mais se conter, mordeu mais fundo e sentiu o grande prazer de ter o sangue daquela mulher que tinha o cheiro que tanto lhe agradava.

Ele estava ainda com a boca no pescoço daquela desconhecida quando ouviu um homem gritando:

– Aparecida, passa já pra casa!

O irmão mais velho da mulher apareceu na esquina e viu que um homem beijava a sua irmã. Ele se preocupava com a moça, que morava com ele e mais três irmãos desde que perdera a mãe. O pai sumira quando os cinco eram pequenos, mas a mãe resistiu bravamente, criando as cinco crianças até depois de adultos e de se tornarem independentes, e ela então sucumbiu a uma doença. Morreu de fome e, quando estava muito fraca, sofreu uma hemorragia única. Encheu o quarto de sangue quando o tumor invadiu a aorta e ela teve morte súbita. Gerson assumiu o comando da casa e passou a cuidar dos outros irmãos. Estavam todos empregados e cuidando de suas vidas, mas ainda moravam na mesma casa e nenhum deles se casara até o momento.

– Gerson – disse ela assustada. – Não é o que você está pensando.

– O que eu estou pensando? – perguntou o irmão bravo.

– Ele está pensando que você e eu somos namorados – respondeu o vampiro. – Eu quero muito namorar a sua irmã, senhor – disse Augsparten, que ao chamar o homem de senhor, mostrava que era muito mais novo do que o irmão da moça.

Na realidade, Augsparten sempre manteve a fisionomia de um homem de vinte anos de idade, desde quando fora transformado em vampiro. Vampiros nunca mudam de aparência e ele permaneceu sempre jovem e lindo.

– Ela não quer namorar você – disse o homem irritado.

– Passa pra casa, Aparecida.

A mulher estava dividida entre o que fazer: estava ligada ao vampiro pela força de atração que ele tinha sobre ela e à ordem do irmão, que era soberana.

O vampiro entrou também na mente de Gerson e o obrigou a se acalmar. Augsparten não queria confusão. Já havia provado do sangue de Aparecida e não queria matá-la. Fez então que os dois se afastassem dele e fossem para casa sem se lembrarem de que o haviam visto naquele lugar. Deixou que virassem a esquina antes de fazer o caminho de volta. Ao virar a rua, deu de cara com um conhecido.

– Você está ficando muito mole, Frederico.

– O que você quer, Manuel? – perguntou Augsparten ao vampiro que conhecera no Rio.

– Achei que você iria matar os dois e, de repente, precisaria de ajuda pra resolver isso.

– Nunca precisei de ajuda pra resolver meus problemas. O que você está fazendo aqui? – irritou-se o alemão.

– Eu vim trazer boas notícias para você. Encontrei o lugar ideal para você construir a sua casa e ir embora de vez do Rio de Janeiro.

– E onde é? – perguntou ele, mais calmo, dando o braço ao amigo e saindo daquela rua escura.

– Na região das Minas – disse Manuel. – Não há nada no lugar ainda.

– Das Minas... E você acha que esse lugar vai ter alguma cidade grande perto algum dia? Acho que as pessoas estão indo demais para o interior para plantar café, agora com essa onda de ouro... não sei. Daqui a pouco vou ter problemas de novo.

– E você acha que não terá problemas no Rio? Daqui a pouco vai ser tudo do mesmo jeito. Eu acho que você poderia ao menos ver o lugar.

Manuel era um vampiro mais novo. Deveria ter menos de cem anos de vida. Viera para o Brasil em uma caravela como clandestino e por pouco não fora descoberto por um marinheiro curioso que resolveu conferir o porão da embarcação e acabou vendo o vampiro se alimentando de um tripulante de classe baixa. Manuel saía todas as noites para se alimentar, encontrava suas vítimas no convés e as trazia para o porão. Não havia matado ninguém ainda durante a viagem. Quando descoberto, assustou-se com o soldado gritando. Largou a sua vítima, ordenando que se mantivesse ali parada e atacou o jovem marinheiro. Não poderia deixá-lo vivo e, por isso, drenou todo seu sangue. Depois que o matou, para tirar da memória do homem que lhe oferecia sangue aquela visão do jovem com a garganta estraçalhada, apagou a memória do sujeito e mandou que ele saísse do porão. Precisava se livrar do corpo do marujo e o deixou no convés, quase de manhã, para ser encontrado e jogado no mar. O incidente se passou sem muito alarde por parte do comandante que, antes mesmo da hora do almoço, já havia se livrado do corpo, jogando-o ao mar.

Manuel chegou ao Brasil e viveu anos escondido no cais do porto. Trabalhava à noite e nunca estava presente durante o dia. Tinha uma força descomunal e, como dava conta do serviço, ninguém o incomodava.

– O que faremos hoje? – perguntou Manuel.
– Não sei! O que sugere? – perguntou Augsparten.
– Você mora nessa cidade há mais tempo do que eu.
– Vai ter uma festa na casa de uma grã-fina – explicou Manuel. – Uma solteirona que vive com o irmão. Pensei de irmos para lá. Carne nova vai ter sempre.
– Ótimo!

Os dois vampiros seguiram para o bairro da Carioca, hoje Laranjeiras, para a festa. Havia, no entorno, várias chácaras de proprietários abastados. A dupla foi para aquela mais próxima ao morro. Ali estava acontecendo uma festa da sociedade carioca.

A festa estava acontecendo na casa de um rico fazendeiro, dono de muitas terras. Enriquecera com doações de terras pelo governo e à custa da mão de obra escravizada. Era como todos os poderosos da época.

Augsparten e Manuel foram recebidos pelo dono da casa como dois fidalgos que estavam passando em viagem pelo Rio. Foi lhes servido o melhor vinho e a companhia que escolhessem. Havia, na casa, muita gente, muitos portugueses e alguns poucos brasileiros que já haviam nascido no país. Pessoas escravizadas muito bem vestidas serviam a bebida e a comida durante toda a noite. Muitos já estavam bêbados quando chegaram.

– Há quanto tempo eu não o vejo, Frederico – disse uma mulher de peruca loira e empoada, com uma face muito branca e lábios carmim.

– Como vai, senhorita Catarina. Posso dizer o mesmo. Talvez um ano? – ele sorriu, ela também. – Esse é meu amigo Manuel, português.

– Como vai, Manuel? – cumprimentou ela. – Deve ser alguém da sua espécie para ser seu amigo.

A mulher riu alto e chamou a atenção das pessoas que estavam perto. Ela se recompôs e continuou falando:

– Você desapareceu por que se cansou de mim?

– Claro que não, Catarina. Eu estava viajando. – Augsparten não sabia o que fazer com aquela mulher.

– Que bom que está de volta – disse ela estendendo-lhe a mão para que a beijasse.

Ela se afastou e Frederico lembrou-se de quando a conhecera. Ela era uma mulher vinte anos mais jovem que, com todo o fogo da juventude, envolveu-se com o vampiro.

Acreditava amá-lo, queria se casar, enquanto ele só queria se alimentar dela e participar da sociedade que ela frequentava. Isso lhe rendeu grandes conhecidos e grande fortuna. Depois, ele se cansou dela e fez que se esquecesse dele. Achou que teria conseguido ficar livre dela até aquela noite. Ele tinha a avistado novamente e sabia que ela se lembrava de tudo que viveram. Pior, ele via agora ela entre algumas pessoas, falando sobre ele. Com sua audição de vampiro, pôde perceber que ela dizia ao casal que estava perto dela que ambos, Manuel e ele, eram assassinos e devotos do demônio. Ele precisava agir com sutileza e rapidez. Aproximou-se dela e a convidou para dançar com ele a próxima música. Ela sorriu e aceitou, e ele fez com que o casal pensasse que ela era louca.

Dançaram alguns passos e ele a levou para a sacada do enorme salão de festas e ficaram ali um tempo abraçados no escuro.

– Por que você me abandonou? – perguntou ela.

– Como disse, eu viajei.

– Dez anos viajando? Você se mudou pra outro lugar – disse ela decepcionada.

– Eu tive que voltar à Europa. Precisava ver minhas coisas por lá e voltar de vez para o Rio. Eu cheguei há menos de uma semana.

– Mentiroso você – ela sorriu. – Eu sei de gente que te viu várias vezes por aí.

– Não tenho porque mentir – disse ele e beijou a boca dela, na esperança de acalmá-la. No entanto, não foi o que aconteceu.

– Continua beijando bem. Agora, o que você está fazendo aqui na fazenda do meu irmão?

– Juvenal é seu irmão? – perguntou ele, sorrindo e deixando a luz do luar brilhar em suas presas.
– Sim. Moramos aqui já há muitos anos. Quando você me abandonou ainda não morávamos aqui...
Ele a abraçou mais forte e ela se deixou abraçar. Ele estava com fome e ela já fora uma pessoa que o tinha permitido se alimentar dela por muitos anos. Augsparten cansou-se dela, mas conhecia o sabor do seu sangue e adorava seu cheiro.
Não resistiu e cravou os dentes no pescoço da mulher. Sentiu o prazer daquele néctar espesso que lhe fartaria naquela noite. Ela se entregou, mas interrompeu Augsparten. Obrigou-o a parar e disse adeus. Em seguida, abriu a cortina que separava o salão da sacada e entrou na festa novamente. Manuel não tardou a aparecer na varanda e lhe disse:
– Você é louco? Aquela mulher está contando para todo mundo no salão que nós dois somos o mal encarnado.
– Como assim? – perguntou, apenas para dizer alguma coisa. – Ela não é louca.
– É sim – disse Manuel. – O irmão dela vai te caçar.
– Vou dar um jeito nisso.
Voltou ao salão. A festa havia acabado. Todas as mulheres foram retiradas da sala e somente uns vinte homens de várias idades estavam de olho na entrada da sacada. Ele apareceu na cortina e todos, armados, apontaram para ele.
– Mas o que é isso? – perguntou o vampiro. – Não se trata assim um convidado.
– Você não foi convidado para essa festa, Frederico – disse Juvenal, áspero. – O que você fez com Catarina?
– Nada – respondeu, cínico. – Estávamos somente matando a saudade.

— Quero que você e seu amigo deixem essa casa — gritou o homem enfurecido.

— Tudo bem, Juvenal. Manuel! — gritou ele para a sacada.

Manuel apareceu de repente e um dos homens, assustado, atirou, atingindo o braço do vampiro português. Ele se encheu de ódio. Seus olhos brilharam com um vermelho que inundou a sala. Ele avançou e desarmou o homem que o feriu. Com a mesma destreza, virou seu pescoço e destroçou sua musculatura cervical, sorvendo uma grande quantidade de sangue. Alguns que estavam na sala atiraram novamente e outros caíram de joelhos rezando. Manuel não se contentou com o primeiro e atacou um segundo homem, mais velho, mas, para ele, com o sangue tão saboroso quanto o primeiro. Deixou cair o corpo da segunda vítima e não percebeu que, atrás dele, Juvenal, com uma espada de guerra, o atacara, cortando-lhe a cabeça. O vampiro caiu no tapete da sala e, em poucos segundos, seu corpo virou pó e ele desapareceu.

Augsparten sofreu a perda do primeiro amigo vampiro que fizera depois de séculos procurando por um semelhante a ele. A fúria subiu-lhe à cabeça e ele rosnou alto. Estava com ódio e, com esse ódio, ele voltou a agir como no tempo em que fora transformado e não tinha limites. Em pouco tempo, o salão, que de festivo não tinha mais nada, transformou-se em um mar de sangue. Frederico matou os vinte homens que queriam expulsá-los dali. Bebeu do sangue de todos eles e, apesar de estar todo sujo do fluído vital humano, estava vivo e feliz. Olhou para Juvenal, o único a quem não atacara e lhe disse:

— Por que você quis nos matar? Por que você matou o Manuel?

— Catarina disse que vocês eram demônios. Que você se alimenta do sangue das pessoas.
— E foi por isso que você matou o Manuel? Juvenal, Juvenal, olha o que você me fez fazer. Não era pra ser assim...
— Não, não era — Juvenal estava arrasado. — Eu vou ter que matar você também.

Ele se levantou da cadeira onde estava, com a espada na mão, mas foi logo desarmado pelo vampiro que o imobilizou com a força mental. O dono da casa queria justiça para os mortos que estavam na sala, mas não podia ir contra as forças do vampiro.

— Você vai me esquecer, Juvenal. Eu vou desaparecer da sua vida, mas você vai esquecer o que aconteceu aqui hoje. Vai chamar os homens da lei e dizer que entraram animais pela janela e mataram todos.

— Tudo bem — concordou Juvenal, chorando ante a visão macabra que tinha a sua frente.

O vampiro olhou o enorme salão, antes alegre e festivo, e naquele momento banhado por sangue e com homens mortos. Ele decidiu que sua vida não poderia continuar dessa forma. Voltou para a sacada onde estava Catarina, sozinha no escuro, chorando.

— Desculpe — disse ele se aproximando da mulher. — Por isso eu me afastei e preferi ficar em paz e deixar vocês em paz. A minha natureza é essa.

— Eu sempre soube, Frederico. Eu estava disposta a seguir em frente com você. Agora não dá mais. Eu não quero te ver nunca mais.

Ela entrou correndo, passando pela cortina, e nem olhou outra vez para o irmão, que chorava rodeado de cadáveres de amigos. Ele estava arrependido de ter feito aquela festa. Estavam muito inseguros naquela casa perto do morro e da floresta sempre cheia de animais ferozes. Ele iria se mudar dali o mais rápido possível.

Augsparten desapareceu da varanda da casa e foi direto para sua casa. Precisava entrar no seu porão, na sua cripta e ficar ali por algum tempo. Como lhe havia sugerido Manuel, a região das Minas seria um ótimo lugar para mais uma vez começar de novo. Estava cansado disso. Fechou os olhos no escuro e adormeceu.

Na cidade, o sol aparecia iluminando tudo.

II

Interior de Minas, 1726.

Uma grande mansão acabara de ser construída. Estava situada no meio de uma floresta ainda virgem no interior de Minas. Não havia nada ao redor em uma área de mais de cem quilômetros. Augsparten estava satisfeito com a obra. Um casarão grande com vários quartos e uma sala imensa. Melhor ainda era a cripta que mandara fazer no porão da casa. Um cômodo grande, com dois ambientes e uma plataforma no centro que o vampiro poderia usar para dormir, ou para matar alguém, se assim desejasse. Não havia iluminação no local e nenhuma janela ou fresta pela qual pudesse entrar o menor dos raios de sol. Ele estaria bem protegido ali dentro. Poderia enfim sair da caixa fechada que o empregado Marcos carregava todos os dias para ocultá-lo do astro rei. Há anos aquela caixa servia-lhe de proteção e era o seu caixão, onde podia dormir em paz. Agora, no porão da casa nova, não precisaria mais daquele artefato produzido há tantos anos – quase um século. Era madeira boa!

Os empregados que construíram a mansão vieram do Rio de Janeiro com o propósito de erguer a casa em três anos e voltarem ricos para a cidade. A obra não ficou pronta em menos de dez anos. Muitos trabalhadores adoeciam e acabavam morrendo de anemia aguda, ou alguma infecção tropical desconhecida na época. Os anêmicos serviram de alimento para o vampiro, que não conseguia controlar a sede e acabava por se alimentar de algum homem que auxiliava a levantar uma parede. Outra hora, aparecia algum trabalhador morto por animais selvagens, muito embora eles não soubessem que o maior selvagem era o próprio patrão.

Terminada a obra, poucos homens haviam sobrado, e o arquiteto que comandava a obra o procurou para acertarem a dívida.

– Foram dez anos – disse ele à Augsparten na sala ainda nua de móveis e objetos de decoração –, e enfim sua casa está pronta. Tivemos tantos infortúnios. O senhor tem certeza de que quer viver aqui, isolado do resto do mundo?

– Claro, meu amigo – disse Augsparten, sorrindo. – Desde que cheguei ao Brasil, meu sonho era morar no interior, longe de cidades como o Rio de Janeiro. Acredito que aquilo lá vai se tornar um inferno na terra.

– Mas o senhor disporá de muitos empregados e viverá muito bem aqui – concluiu o feitor. – Só me resta partir de volta para o Rio. Serão três dias a cavalo até lá.

– Só se você não fizer nenhuma parada, mas o pobre do animal vai precisar descansar, se alimentar. Ponha aí cinco a seis dias.

— Viagem árdua. Mas, se eu não começar a me mexer, ficará pior.

Augsparten agradeceu ao homem pela obra e acertou com ele as últimas parcelas de pagamento. Ele passaria a viver com as pessoas escravizadas e os empregados que Marcos administrava. Marcos deveria ter, na época, cento e dez anos. Viveria até quase os duzentos. Não era um vampiro completamente transformado, mas alguma parte de sua constituição celular fora modificada por Augsparten para que ele vivesse muito mais e lhe devesse completa obediência.

Assim que o construtor se foi, o vampiro foi para o quarto mais alto, aquele que tinha a mais bela sacada. Tirou sua roupa e, nu, passou a admirar a noite que lhe trazia o silêncio, apenas quebrado pelos grilos, pelos sapos e por outros seres da noite. Ele era um ser da noite. Foi designado a viver na escuridão quando era um jovem cheio de saúde e vida. Tomaram sua esperança de um dia se casar, ter filhos, envelhecer junto de uma esposa e morrer depois de velho. Haviam tirado dele o direito de morrer.

Por muitos anos, ele viveu pela Europa. Gostava de viver lá, mas quando soube da descoberta das Américas e do desenvolvimento do novo continente, interessou-se pelo Brasil. Esperou quase dois séculos em uma época em que as mudanças eram lentas, mas, assim que soube das cidades do Brasil, das riquezas do país, decidiu vir para o Rio. Era, na época, um homem rico, culto, falava mais de dez idiomas com fluência perfeita e aprenderia quantos outros quisesse em muito pouco tempo. Já tinha consigo Marcos quando chegou ao Rio. O empregado já era o seu guardião há anos. Ele jamais poderia atravessar o Atlântico naquelas embarcações rudimentares se não fosse o empregado protegendo-o da luz do dia e encobrindo os corpos de vítimas que usava para se alimentar durante a viagem. Ele precisava de sangue e nem sempre conseguia parar na hora certa, antes de matar suas vítimas. Augsparten respirou o ar da mata que vinha até ele por um vento leve. Sentia o toque dessa brisa no corpo másculo e perfeito como um carinho de alguém que ele queria muito que estivesse ali com ele. No entanto, estava feliz. Estava feliz e sozinho no meio da recém-desmembrada capitania de Minas Gerais. Deixou suas presas se alongarem, seus olhos emitirem a luz vermelha que assustava tanto suas vítimas. Estava em paz.

Não sabia quanto tempo duraria essa paz, mas iria vivê-la intensamente.

Uma coisa que Augsparten jamais fazia era se alimentar de seus escravos ou empregados pessoais. Isso causaria uma grande confusão e ele seria descoberto. Preferia buscar sangue em algum animal silvestre quando não dava para se conter, mas os animais tinham um sangue fraco, não tinham o cheiro que alguns humanos tinham e que o satisfaziam até mesmo pela própria caçada. Ele precisava de sangue humano e algumas vezes saía para caçar em lugares distantes. Com o poder de se materializar onde quisesse e com a sua grande velocidade, a distância não era problema.

A vila mais próxima onde Augsparten sempre ia se divertir e participar de festas era a vila de Barbacena e ele sempre levava Marcos com ele para o caso de não conseguir voltar. Seguiram de carroça atrelada a dois cavalos robustos. Foi a uma festa na casa de um rico produtor de café. Ele gostava do cheiro do café e do gosto de café preto e bem feito.

– Frederico – cumprimentou o dono da casa. – Que prazer recebê-lo.

– Muito obrigado, Raphael – agradeceu o vampiro entrando no salão de festas. Homens e mulheres bonitos se espalhavam pela sala finamente decorada. – Também é sempre um prazer para mim estar aqui.

A vila era pequena, a festa era simples, mas agradava a todos e o vampiro era visto como o homem mais bonito e mais chique naquele momento. Olhares francos das mulheres e escondidos de vários homens o observavam. Era um forasteiro e todos queriam conhecê-lo. Ele se divertia com isso. As mentes que ele se interessava em ler mostravam que era o centro das atenções. Havia muitas pessoas interessadas em conhecê-lo, muitas em amá-lo, mas quase todas queriam fazer sexo com ele. Ele ria, mostrava-se cordial com todos. Tomava alguma bebida que lhe era oferecida, comia muito pouco. Estava bem.

Ali, naquela hora, não queria se alimentar de ninguém. Observou uma donzela de vestido de seda azul e ela o fitou de volta. Era uma loira alta, com um vestido feito sob medida. Ele sentiu o seu cheiro. Era o cheiro que lhe agradava. Ele a queria e ela pareceu também se interessar por ele. Ele olhou, ela sorriu. Convidou-a para dançar e ela aceitou. Dançaram quatro grandes obras. Ele era um exímio dançarino e ela o acompanhou perfeitamente. Não queria machucá-la e ela estava radiante por dançar com aquele homem desejável, educado, perfeito.

Alice era uma mulher influente na sociedade da pequena vila de Barbacena. Era uma pessoa importante. Ele sabia disso. Por isso mesmo quis dançar com ela.

A música envolvente, a noite entre amigos e a boa conversa fizeram o vampiro perder a hora de voltar pra sua casa. Marcos, que várias vezes quisera chamar sua atenção, finalmente conseguiu e, quando não dava mais para voltarem, sugeriu ao vampiro que ele arrumasse um lugar para passar o dia. Alice era a mulher com quem mais teve contato, e seria fácil que ela o abrigasse por uma noite. A mulher o levou para um quarto ricamente decorado com lençóis de seda importados diretamente da França, janelas de madeira com oclusão total à luz do sol. Ele ficou satisfeito.

Somente na noite do dia seguinte, Marcos o encontrou novamente. Aproveitou o dia para fazer compras de itens que precisavam para a mansão.

— Hoje vamos pra casa mais cedo? — perguntou ele ao vampiro.

— Vamos sim — respondeu ele. — Primeiro eu preciso me despedir de Alice.

— Tudo bem — concordou o empregado, preocupado com o patrão.

Saíram do quarto. Marcos já havia colocado todas as compras na carroça que preparava para a viagem de volta. Gastara três horas para chegar à cidade, voltaria mais devagar por conta do peso das compras. E ainda teria contra sua viagem a escuridão da noite. Por sorte, era noite de lua cheia.

Saíram de Barbacena às vinte horas e Marcos calculou que chegariam à mansão depois das três horas da manhã. O caminho não era tão longo, mas Marcos estava preocupado com a visão diminuída que tinha. Depois de muito tempo na estrada, Augsparten sentiu que algo estava diferente. Sentou-se ao lado do empregado e lhe disse:

– Vamos ter problemas.

– Por que você está falando isso?

A frase ficou sem resposta porque ouviram um uivo de lobo que poderia estar longe ou poderia estar do lado deles.

– Não podemos parar aqui.

Marcos açoitou os cavalos para andarem mais rápido. Também os animais estavam excitados, sentindo a presença sobrenatural naquele lugar onde passavam.

Augsparten sairia ileso de qualquer confronto com aqueles lobos criados. Seria mais de um? Não estaria sozinho. Lobos ou lobisomens sempre andavam em grupo. E como ele suspeitava, outros uivos se fizeram ouvir atrás deles, na frente, dos lados. Eles estavam cercados.

– Não fale nada – disse o vampiro na mente do empregado. – Eles não vão nos atacar.

Marcos continuou guiando os cavalos na escuridão da estrada. O caminho parecia muito mais longo. No entanto, também com a presença dos lobos, era fácil seguir o caminho.

O vampiro nunca tinha ouvido tantos uivos e, no caso de um ataque, conseguiria se livrar de vários lupinos. Poderia ainda se desmaterializar ali e sumir do perigo, mas não teria como salvar Marcos.

Ele ficaria onde estava. O cheiro dos lobos incomodava o imortal, mas ele sabia que estavam chegando a sua casa. Ele precisaria ter uma conversa com o chefe da matilha, mas teria que ser em outro momento. Os lobos, por sua vez, sentiam o cheiro do vampiro e não ousavam se aproximar.

Augsparten chegou à casa. Ao virar a última curva na estrada, lá estava ela, sua linda mansão. Ao passar pelo portão da entrada, os uivos cessaram e o cheiro ruim dos lobos foi substituído pelo delicioso patchouli do jardim. Ele sorriu satisfeito. Entrou na casa e foi para seu quarto no andar superior. Abriu a porta da sacada e sentiu o vento fresco da noite tocar seu corpo nu. Havia silêncio, mas ele sabia que estava rodeado de lobisomens a pouca distância de casa. Precisava resolver essa contenda. No entanto, agora ele queria sentir a noite.

III

Interior de Minas, 1735.

Augsparten vivia em paz na mansão. Sua preocupação continuava sendo o aparecimento e crescimento da cidade de São Luiz, a trinta quilômetros de sua propriedade. A única vantagem de ter uma cidade tão próxima era trazer humanos que se interessavam em morar ou investir na cidade. Alguns desses andarilhos nem mesmo chegavam à cidade. O vampiro, muitas vezes, nas suas saídas à noite, encontrava-se com esses seres errantes aos quais ele interpelava, seduzia e acabava por se alimentar e matar. Eram normalmente pessoas sozinhas a quem ninguém procuraria ou daria falta.

Naquela noite em especial, ele saíra de casa com sede de sangue humano. Animais não estavam suprindo sua necessidade de se alimentar. O céu estava claro, iluminado pela enorme lua cheia que a tudo clareava. Augsparten vestiu-se de preto. Seus cabelos sedosos caíam sobre os ombros espadaúdos e largos e tornavam aquele rosto pálido muito mais belo. Ele gostaria de avaliar sua aparência, mas vampiros não possuem reflexo. O vampiro desceu as escadas da casa demonstrando toda sua elegância. Ninguém notaria que ele estava ali, e os empregados e escravos já haviam se retirado. Saiu pela porta da frente da mansão e se dirigiu à estrada. Estava contente de poder andar sozinho pela estrada. Esperava que passasse alguém por ali. Ele precisava de sangue. Precisava sentir o gosto de sangue humano. Há muito achava que a vida solitária que levava não poderia continuar por muito tempo. Ele precisava, talvez, de uma nova companheira. Precisava ter alguém em casa. Alguém que o amasse e de quem ele pudesse se alimentar com frequência. No entanto, sempre que tivera alguma experiência com relacionamentos, algo tinha dado errado.

Nunca havia encontrado uma mulher que o amasse e não estivesse somente interessada em seus poderes e na imortalidade. Houve muitas mulheres em sua vida. Muitas em todos os lugares em que ele vivera nesses séculos de existência. Passara por muitos relacionamentos, mas no início, o mais difícil foi ver a companheira envelhecer enquanto ele continuava com corpo e rosto de um rapaz de vinte e poucos anos. Nunca se esquecera da primeira mulher que amou depois da fracassada transformação de Gerda. Ele acreditou que nunca amaria ninguém de novo, mas estava errado. May era uma jovem linda da aldeia onde moravam no norte da Europa. A jovem se apaixonou pelo rapaz de cabelos longos e gestos educados e eles acabaram fugindo da aldeia e se estabelecendo perto do mar Negro, em uma pequena vila na época. Os anos se passaram e ele a via se consumir em velhice e idade. Ele não queria dar a ela o dom das trevas, mas, ao mesmo tempo, sofria por perder a mulher. No dia em que ela morreu, ele deixou a vila depois da cremação, feita em uma grande fogueira, e voltou a andar pelo mundo.

Augsparten ouviu um uivo que o tirou de seus devaneios. Ele não gostava de lobos. Desde o dia que voltara da cidade de Barbacena, ouvia regularmente uivos e muito movimento na mata perto de casa. Certa vez, vasculhou o local com a mente e viu de onde vinha todo aquele barulho.

Outro uivo mais à esquerda fez com que ele se virasse na direção da estrada. Havia alguém ali. Ele olhou para a curva da estrada e, com seu poder vampírico de enxergar no escuro, viu uma mulher andando calmamente. Ela vinha na direção dele. Estava vestida com um vestido fino de algodão branco, que não era a roupa ideal para aquela noite fresca e com ventos frios.

Ele se aproximou da mulher e observou a sua beleza. A pele era branca e ressaltada pela luz da lua, os cabelos loiros – ele adorava uma loira – esvoaçavam ao vento, assim como a roupa, e davam-lhe um ar de quase uma deusa mitológica. O que aquela mulher estaria fazendo ali sozinha àquela hora? Ele se excitou ao vê-la e queria tê-la entre seus braços. Chamou por ela:

– Mulher, o que fazes por aqui sozinha a essa hora?

– Eu me perdi, senhor. Estava com minha família e amigos e eu me desencontrei deles – respondeu ela de imediato.

– Eu posso ajudá-la – disse ele, sorrindo. – Como é seu nome?

– Alessandra – respondeu ela.

Alessandra não percebeu o brilho nas presas um pouco alongadas, evidentes. Augsparten estava quase incontrolável. Estendeu-lhe a mão e ela aceitou. Ao tocar na mão da mulher, ele sentiu um arrepio. Conhecera tudo de sua vida naquele momento. Ele abraçou a mulher e perguntou para onde ela desejava ir. Eles entraram pela mata, seguindo uma trilha entre árvores. Ela disse que encontraria a família depois do morro, atrás do qual ele sabia que teria floresta e mais floresta depois disso. Mesmo assim, ele continuou subindo o morro de mãos dadas com aquela deusa terrena.

Andaram por trinta a quarenta minutos e depois do morro, quando estavam em uma baixada, ele começou a sentir que estava sendo observado. Ela sorria para ele como se estivesse apaixonada pelo cavalheiro que a ajudava. De repente, ele parou. Pôs-se na frente dela e a abraçou. Ele estava interessado na mulher e desejando seu sangue. Beijou sua boca, sentiu o calor do seu corpo e a ereção dentro das calças. Havia um tempo que não tinha mais desejo de fazer sexo no meio do mato, mas talvez ele abrisse uma exceção daquela vez. Beijou a mulher e sentiu-se mais atraído, o corpo pedindo sangue e sexo. Deixou suas presas se alongarem mais, e se não estivesse tão excitado, teria percebido que ela afastara o cabelo e lhe oferecera o pescoço. Ele cravou os dentes em seus vasos sanguíneos e sorveu uma boa golada de sangue. Um sangue bom, um cheiro bom, uma vontade de sugar mais um pouco e ele começou a sentir uma vertigem, começou a ficar tonto. Afastou-se da fonte de sangue e Alessandra ainda sorria para ele. Ele estava mais tonto. Parecia que seu corpo começava a ficar anestesiado, mas ainda conseguiu olhar em volta e perceber que tinha sido cercado. Ele queria reagir, mas não tinha forças. Olhou para os dez homens de olhos amarelos que o fitavam e ainda ouviu um deles emitir um uivo antes de perder completamente o sentido.

* * *

    Augsparten acordou em um casebre de pau a pique no meio da floresta. Não sabia há quanto tempo estava ali. Não conseguia se mexer, deitado em uma cama, porque estava preso com correntes provavelmente feitas de prata. Olhou ao redor e viu que o local fora muito bem protegido da luz do sol. Ele não correria riscos enquanto estivesse ali. O único problema que observou era o cheiro de lobo insuportável para o olfato de um vampiro. Ele era prisioneiro de lobisomens? Como pôde cair numa armadilha? E a mulher que ele acompanhara pela floresta até a sua captura? Ela também era uma licantropo? Ele bebera de seu sangue. Deveria estar morto. O sangue dela fez com que ele apagasse. No entanto, ele sempre soube, desde o início, que sangue de lobisomens matava vampiros. Ela era um deles. Fedor de lobos!

    – Vejo que você acordou – disse um homem musculoso de tez morena e cabelos castanhos longos. – Dormiu muito, senhor Augsparten?

    – Como sabe meu nome? – perguntou o vampiro tentando sentar-se na cama, mas impedido pelas correntes. – Por que estou preso aqui? Quem é você?

    – Precisamos conversar – disse o lobo. – Me chamam de João.

    – E não seria mais gentil de sua parte, João, me convidar para vir aqui para essa conversa?

    – E você viria? – perguntou ele sorrindo. – Você detesta lobos.

    – Você tem me observado? Por quê?

    – Porque você veio para essa região tirar o nosso sossego.

– Não quero tirar o sossego de ninguém – disse ele olhando nos olhos do lobo. – Eu nunca mexi com ninguém da sua espécie. Eu nunca causei problemas a vocês.
– É só um aviso. Vivemos aqui há muito mais tempo do que você. Esta terra é nossa.
– E eu tenho uma casa e terras no meio dessa sua propriedade. Estava à venda, eu comprei as terras e construí minha casa. – Ele forçou a mão direita e soltou a corrente. – Eu não quero ter problemas.
– Nem nós. – O líder da matilha se assustou ao vê-lo soltar-se da corrente de prata.
– Quem é a mulher que me atraiu para essa armadilha? – perguntou ele.
– Alessandra? Ela é da nossa gente – começou a explicar João –, e foi ela que se propôs a ir conversar com você.
– Vocês mandaram uma de vocês abordar um homem como eu? Vocês não têm respeito pela própria espécie. – Ele acabou de tirar as correntes dos pés e continuou sentado.
– Ela é uma de vocês.
– E eu não sei como você não descobriu, e ainda assim bebeu do seu sangue – disse João. – Você poderia ter morrido.
– Não. Eu soube o tempo todo. Soube que ela era uma loba quando peguei na mão dela – mentiu o vampiro. Ele tinha se deixado enganar pela beleza dela. – Vocês não conseguiriam me enganar.
– Mas você se deixou prender... Você tomou do sangue dela...
– Eu tomei do sangue dela e, posso te dizer, já tomei sangue melhor. Sangue de lobo. – Augsparten fez uma cara de nojo ao lembrar do gosto.

– Sangue de lobo mata vampiros – quase gritou João.
– Alguns – riu Augsparten. – Alguns... Quantos anos você acha que eu tenho, rapaz?
– Não sei. Por que o sangue dela não te matou?
– Eu sou resistente a sangue de lobos. Já tomei de alguns e nada me aconteceu... O dela me deixou apenas embriagado.
– E agora? – perguntou João, assustado.
– Agora? Não sei. Eu vou embora. Quantos dias fiquei aqui? – perguntou o vampiro.
– Dois dias inteiros. Já é noite!
– Tenho que agradecê-lo por me proteger do sol – riu ele.
– Só isso ainda pode me fazer mal.
– A gente pode se entender – disse o lobo olhando o vampiro que se aproximava dele devagar.
– Claro! Você é o líder dessa matilha? – perguntou ele.
– Sim – respondeu João, sentindo a respiração do vampiro perto de si.
– Eu posso acabar com todos vocês e você sabe disso.
– Augsparten sorriu, quase falando no ouvido do lobo, que só então pareceu perceber que estava imobilizado pelo poder mental do vampiro.

Não podia fazer nada. João mantinha sua mente e vontade, mas estava imobilizado pelo vampiro e completamente subjugado. Seria capaz de fazer coisas que não faria nunca, mesmo consciente de que estava agindo errado.

– Eu posso destruir toda a sua matilha e todos os seus irmãos. – Ele deixou os olhos de luzes vermelhas inundarem o casebre.

– Eu sei – sussurrou João. – Por favor!

– Eu não quero mais encontrar com vocês nas minhas terras – ele falou baixo. No entanto, para o lobo, parecia que ele estava gritando.

O rapaz estava tremendo. Suava, e quanto mais suava, mais exalava o cheiro de lobo que Augsparten sempre detestara.

– Eu vou deixar vocês, mas eu não quero mais me sentir ameaçado na minha casa. Não quero ouvir nem um uivo mais ou...

– Ou? – perguntou João, apavorado.

– Ou vou matar cada um de vocês até não existir nem sombra de lobo nesse mundo.

– Tudo bem – balbuciou ele. – Eu quero preservar minha família. Vamos embora daqui.

– Vocês têm o prazo de um mês para sumir dessa região e agregar às minhas terras esse lugar onde vocês sobrevivem.

– Ele olhou em volta. – Isso não é lugar pra se viver. E daqui para frente, conviveremos em paz.

Augsparten não liberou o rapaz, que não tinha forças nem mesmo para se transformar em lobo. Ele estava apavorado e os olhos brilhavam amarelo, refletindo a luz vermelha do vampiro. Augsparten se aproximou mais e lambeu o pescoço do rapaz assustado. Mordeu o pescoço e João deixou lágrimas escorrerem dos olhos. O vampiro sugou uma pequena quantidade de sangue e sorriu para sua vítima com dentes e lábios sujos de sangue.

– Onde você estiver eu vou saber, João. Agora tenho seu sangue nas minhas veias, e sempre saberei tudo sobre você.

Lágrimas de pavor começaram a escorrer pelas bochechas do rapaz. Ele agora era um lobo impuro. Não poderia mais liderar a matilha. Augsparten não queria transformá-lo em vampiro, e por isso liberou-o de seu domínio. João pôde, enfim, relaxar. Ainda assim, chorava.

– Vamos. Eu preciso ir embora, mas antes disso quero que você convoque a matilha e me apresente a eles. Avise-os para me deixarem em paz.

Do lado de fora do casebre, todos os licantropos aguardavam para saberem o que estava acontecendo. Os dois saíram pela porta da frente. Augsparten observou todos eles ainda com os olhos emitindo uma luz vermelha apavorante para todos. João estava com lágrimas nos olhos e dois furos no pescoço que ainda sangravam um pouco. O vampiro não quis conter o sangramento, em uma demonstração de poder. A primeira pessoa que Augsparten viu foi a mulher que o atraiu para aquele covil. Ele riu, e ela corou de vergonha ou de raiva.

João deu um passo à frente, ordenou que deixassem o vampiro passar e que o deixassem em paz. Disse ainda que fora um erro o que tinham feito e que todos continuariam vivos porque ele e Frederico fizeram um pacto de respeito e amizade. Ninguém atacaria ou prejudicaria ninguém, e se fosse preciso, lutariam para salvar um ao outro.

Ele passou entre os assustados rapazes e moças, tranquila e calmamente. Ao deixar o grupo, acenou para eles e desapareceu.

Em casa, decidiu tomar uma vodca para tirar da boca o gosto do sangue do lobo. Sentou-se na varanda, como gostava de estar: nu, sentindo o frescor do vento e ouvindo somente o farfalhar das árvores. Os lobos estavam em silêncio.

IV

São Luiz, 1808.

Augsparten acordou naquela noite com uma novidade: tinha recebido um convite para uma reunião de vampiros que aconteceria dali a uma semana na cidade do Rio de Janeiro. Há muito tempo ele não via ou falava com outro vampiro, desde aquela festa desastrosa que fora com Manuel na Carioca, que acontecera há quase um século. Também fazia quase cem anos que não saía da região de sua mansão no interior de Minas Gerais. Agora, estava ali em suas mãos um convite escrito em letras góticas, em sangue, e ele podia sentir que era o cheiro de sangue humano. Em poucas palavras, o convite dizia-lhe para estar presente em uma reunião com todos os clãs de vampiros que existiam no Brasil – que ele procurasse o seu, ou seria considerado um ser renegado, fora de todos os clãs. A reunião era para que se definissem normas de vida entre os bebedores de sangue do país.

Augsparten não pertencia a nenhum clã. Ele sempre fora um vampiro solitário no país e, antes de vir para o novo continente, um vampiro solitário na Europa. Era talvez o mais velho vampiro de todos que poderiam estar organizando essa reunião, e ele não deixaria isso passar despercebido. Precisaria estar perto para não perder seus direitos e não permitiria que fizessem o que bem entendessem. Não se submeteria a qualquer um que quisesse perturbar o seu sossego.

Estava vivendo na mansão há um século, e tudo o que não queria começava a perturbar suas noites: havia uma cidade instalada e crescendo perto da sua construção. A população não vinha até a sua casa, e muitos consideravam a mansão um local amaldiçoado, um lugar onde vivia um monstro. Atribuíam a ele a morte de muitos animais e o desaparecimento de muitos peregrinos que circulavam pela região. Ousaram até chamar a sua casa de "Mansão do Rio Vermelho", fazendo menção à cor do sangue que corria por ali.

Não era a única contenda com que se preocupara nesse último século. Havia outros seres, outras preocupações, mas ele estava seguindo em frente com seus dois empregados, que o serviam por mais de duzentos anos. Tanto Marcos quanto Geraldo ainda sobreviviam. Ambos podiam se locomover à luz do sol e eram responsáveis pela mansão enquanto o patrão dormia durante o dia. A cidade de São Luiz era agora a sua principal preocupação. Havia um movimento entre os habitantes para afastá-lo da região. Depois ele se preocuparia com isso. Agora, era importante ir à tal reunião dos vampiros no Rio de Janeiro.

Subiu novamente ao quarto principal da casa e lá estava ela, deitada na grande cama, esperando por ele. Frederico, nessa época, mantinha um relacionamento amoroso e sexual com uma mulher jovem de pouco mais de um metro e setenta de altura, pálida, de longos cabelos ruivos e olhos muito azuis. Era ela quem atualmente servia ao vampiro os prazeres do sexo e o sangue de que ele precisava para se manter vivo. Quando não tinha alguma outra fonte do líquido vital de que precisava, era a ela que ele recorria. Marta era uma companheira de longos anos. Permitira-se ser mantida naquela casa, no meio de uma floresta, sem contato com nenhum outro ser humano, com o desejo claro de todos que se aproximam de um vampiro: queria o poder e a imortalidade do ser das trevas. Era uma mulher dócil que sempre oferecia carinho e sangue.

Naquela noite, ele trouxe alguns doces e algumas frutas de que ela mais gostava. Ela havia se banhado e se perfumado como fazia todas as noites, esperando por ele, que nem sempre aparecia. Augsparten sentou-se ao seu lado. Ela olhava nos olhos do vampiro desejosa e a postos para o que ele quisesse. Ele a abraçou e beijou longa e carinhosamente. Pouco tinham o que conversar. Ela se sentia uma esposa, como qualquer esposa da época, o marido era o senhor e dono absoluto e ela não poderia iniciar uma conversa, nem poderia iniciar um carinho. Naquele contexto, ela era e sempre seria submissa ao macho. Ele a beijou novamente e lhe disse:

– Eu vou viajar por alguns dias e você fique bem em casa.

– Eu quero ir com você – disse ela, e ele percebeu que era mais um tom de imposição do que de pedido. Estaria ela se rebelando? Nunca fizera isso ou falara nesse tom com ele.

– Preciso ir sozinho – ele afirmou, categórico. – Há muito perigo nessa viagem para uma mulher como você.

– Aonde você vai? – perguntou ela.

– Eu vou ao Rio de Janeiro – respondeu ele. – E você vai permanecer na mansão cuidando de tudo aqui com o Geraldo.

– O que você vai fazer no Rio? Ouvi dizer que a família real de Portugal acabou de se mudar para o Brasil, para fugir da guerra na Europa.

– Quem te disse isso, mulher? – perguntou ele, assustando-se com o fato de ela saber essas coisas que ele nunca contara.

– Ouvi você comentar outro dia na sala. Você ainda disse que a família real era covarde em fugir da Europa, mas que isso era uma boa estratégia para não perder o poder caso Napoleão invadisse Portugal.

– Você está ouvindo demais para uma mulher – disse ele, rindo da cara que ela fez. – Você não precisa saber de nada disso.

– Mas às vezes eu fico sabendo. O que você vai fazer no Rio que eu não posso ir junto? Vai namorar alguma princesa da família real? Existem algumas pessoas da família que são como você?

– Como eu? Como assim?

– Como você! Você sabe o que eu quero dizer.

– Não sei não e você não pode ir dessa vez. É perigoso!

Marta pôs-se a chorar e reclamar, pela primeira vez na vida, dizendo que era sempre deixada para trás. Ele a acalmou. Beijou seus lábios e a pegou no colo. Ela agarrou-se ao corpo dele e afundou o rosto no pescoço do vampiro. Ele era sempre mais frio do que ela, mas ela não se importava com isso. Frederico colocou-a na cama com todo carinho e depois de tirar a roupa, deitou-se ao seu lado. Aos poucos foi abrindo todos os botões do vestido de seda vermelho e expondo cada parte do corpo alvo da mulher. Um vento frio a fez arrepiar-se e ele a abraçou mais forte. Beijou a boca dela e ela se entregou ao que ele queria fazer. Quanto mais ele se excitava, mais exalava o cheiro inebriante de patchouli pelo quarto e pela casa. Augsparten beijou e lambeu cada centímetro do corpo de Marta e ela estremecia de prazer a cada mudança que ele fazia. Beijou o sexo da ruiva e ela arfou de prazer. Ele se demorou nessa região do seu corpo, lambendo e, com a língua, extraindo dela toda a excitação e o desejo. Ela gozou nessa posição e pediu por mais. Ele olhou para ela, que, de olhos fechados, tentava guardar cada átomo de prazer que sentia e que foi intensificado quando ele se deitou por cima do seu corpo e a penetrou com o órgão rígido.

Ficaram entregues ao ato sexual por algum tempo e quando estava prestes a atingir o seu orgasmo, Augsparten mordeu a mulher no pescoço, sentindo o gosto do sangue, que trazia todo o tempero extra do desejo sexual de Marta para sua boca. Ele sugava e ela atingia um novo orgasmo, este mais forte e mais duradouro, que só é sentido pela pessoa que tem o sangue drenado pelo vampiro. Ela queria que essa sensação durasse a vida toda e queria ficar sob ele, sendo sua fonte de alimento até morrer. Frederico não parou de tomar de seu sangue. Quando atingiu o seu próprio orgasmo e inundou a gruta da mulher com seu esperma, acabou de sugar a última gota de sangue daquela que lhe servira por alguns anos.

Satisfeito e alimentado, ele saiu de dentro dela e de cima de seu corpo e deitou-se ao seu lado. Mais uma vez, matara uma companheira. Ele temia muito que todas elas se transformassem em vampiras e pudessem pôr a sua vida em risco. Ele sempre se imaginara sendo o único vampiro do mundo, ou que existisse apenas um ou outro, mas não queria ser desmascarado. Matara a mulher para que ela não o forçasse a fazer dela um ser igual a ele. Ele era solitário! E agora aparecia esse convite. Quem poderia estar por trás dessa reunião sem sentido?

O vampiro respirou fundo e levantou-se da cama. Precisava dar um jeito no corpo da mulher. Como sempre fazia, precisava decapitar a fêmea para que não corresse o risco de ocorrer uma transformação indesejada em um ser da noite. Ele possuía em casa armas que poderia usar para isso, e preferiu uma espada longa e afiada para realizar o seu ato final.

Quando chegou ao Rio de Janeiro com Marcos, Augsparten viu que a reunião aconteceria em uma casa grande no interior da mata da Tijuca, lugar ainda não utilizado pelo povo carioca, mas explorado por bebedores de sangue. O dono da grande mansão continuava sendo a maior curiosidade de todos que chegavam para a reunião. O vampiro viu que vários outros como ele chegavam a cavalo, ou em carruagens e até mesmo alguns chegavam andando a pé pela floresta. A casa não existia para a cidade do Rio de Janeiro, e muito tempo depois, por ter sido destruída, não se soube de sua existência. Ele foi encaminhado para um quarto de hóspedes e informado de que a reunião se daria à meia noite no salão de festas da casa. O empregado que o levara ao quarto tinha sofrido a mesma mutação de Marcos, e talvez teria a mesma idade. Ele ofereceu ao vampiro, antes de sair, a possibilidade de se alimentar de algum humano preso no porão da casa. Se Augsparten preferisse, ele poderia enviar ao quarto uma jarra de sangue da melhor qualidade. Frederico recusou o alimento, dizendo que já havia se saciado antes de chegar à casa.

À meia noite, o salão da casa estava iluminado e quando Augsparten entrou, havia uns duzentos vampiros de variada constituição física e cor de pele, distribuídos em grupos. Ele achou estranho tantos vampiros dos quais a existência ele desconhecia, e não havia um grupo no qual ele se enquadrasse. Quando estava no meio do salão, um bebedor de sangue de pele muito branca chamou a atenção de todos dizendo em voz alta:

– Amigos, por favor, atenção.

Todos olharam em direção ao vampiro, que se vestia com os melhores trajes europeus da época. A pele muito branca e o cabelo longo e escuro realçavam os olhos vermelhos que iluminavam o local.

Todos pararam e olharam para ele. Augsparten notou que o vampiro ao lado dele tinha uma aparência jovem, mas tinha mais de mil anos. Concentrava-se nos convidados, e Augsparten notou que tentava adentrar os pensamentos dos presentes. De repente, ele parou e encarou Frederico Augsparten, o único que evidentemente resistiu a sua tentativa. Os olhos de ambos se encontraram, e por um momento criou-se uma tensão grande. O anfitrião sorriu, e Augsparten também sorriu.

— Bem-vindo, senhor — disse o dono da casa, mantendo o sorriso nos lábios vermelhos que contrastavam com a pele branca.

— Obrigado — respondeu Augsparten.

— Irmãos — continuou o outro vampiro que estava dirigindo a sessão —, vocês foram chamados aqui porque precisamos nos organizar. Precisamos definir o território que ocuparemos, e como viveremos a partir deste momento em diante. Temos aqui hoje vários clãs de irmãos que estão vivendo da maneira que acham melhor e acabam em confronto com outros irmãos por atuarem no mesmo território. Não queremos esses confrontos e conflitos entre nós, seres supremos e muito mais evoluídos que a raça humana. Os humanos são uma raça inferior, e por isso mesmo nós devemos colocá-los nos seus devidos lugares.

— Você fala em aprisionar os humanos para serem apenas nossos escravos de sangue? — perguntou Augsparten, em um tom de voz que fez com que todos os vampiros se virassem para ele.

— Não, senhor...?

— Frederich Augsparten — completou o vampiro, reforçando o nome alemão que possuía. — E você é?

— Natanael Pereira, representante direto do nosso mais importante irmão e precursor de todos nós, sir William Land. — Ele apontou para o outro ser a seu lado. — Somos os primeiros a chegar nessas terras, estamos nessas paragens desde a colonização do país — explicou ele.

— Muito bem — disse Augsparten, aproximando-se da dupla —, e quem mais temos aqui?

– Quem é o senhor – perguntou Natanael –, para interromper a minha apresentação?

– Eu já disse. Sou Frederich Augsparten, e estou no Brasil há mais de cem anos.

– Provavelmente é um de nosso clã – interveio William.

– Você também veio do velho continente.

– Não estou interessado em clãs e na divisão de nossos irmãos – explicou Frederich. – Existem clãs definidos aqui presentes?

– Somos desta terra – respondeu um indígena brasileiro.

– Somos moradores deste país por muitos séculos, e vimos toda a mudança que está ocorrendo por aqui.

– Os indígenas – completou Natanael –, só vivem nas matas e se alimentam do sangue de animais e de algum aventureiro perdido.

– Fomos escravizados, e quando nos transformaram, fugimos para os morros – apresentou-se um vampiro negro de compleição forte e musculatura definida. Era um homem muito bonito.

– São provenientes da África – explicou Natanael.

– Então temos uma separação entre nós – argumentou Augsparten. – Europeus que vieram para o país, indígenas que já existiam por aqui, e os negros que foram trazidos à força pela escravidão. Entendo que cada um de vocês almeja viver em paz. Temos nesse salão duzentos bebedores de sangue, e não podemos viver em paz?

– Senhor Augsparten – interveio Natanael –, eu não sei o que o senhor quer dizer com isso.

– É preciso criar regras para que vivamos em paz? – perguntou novamente Augsparten.

– Sim – respondeu Natanael, observado de perto por William.

– Sim, mas somente porque vocês assim desejam? Sim, porque William deseja isso? Isso é viver em paz? Isso é domínio que não pode ser dado a poucos. Até essa reunião ser anunciada, eu não sabia da existência de vocês e vocês não sabiam da minha. O que fazer agora? Vamos dividir o Brasil e manter cada grupo desses irmãos isolados em uma região? E quem não concordar?

– Será incluído no grupo dos renegados. O grupo de vampiros que foram expulsos dos nossos grupos e de suas famílias, ou irmãos que não querem obedecer às ordens dessa assembleia – exaltou-se William.

– Eu não quero pertencer a nenhum clã – gritou Augsparten. – Isso é preconceito de raça. Nós todos temos o poder das trevas e vivemos em paz com isso e a raça humana. Fomos todos humanos um dia, e não podemos exterminar a raça que nos dá o fluído vital de que precisamos.

– Se você não quer pertencer a nenhum clã, será expulso dessa assembleia – esbravejou Natanael.

– Por quem? – perguntou o vampiro das Minas.

Natanael e William se empertigaram na frente da plateia, que nada dizia, e os olhos de ambos se encontraram com a luz vermelha e brilhante dos olhos de Augsparten. Nesse momento, puderam ver claramente que ele era o mais velho dos vampiros ali presentes. Quando os dois que dirigiam a assembleia fizeram um gesto para atacar, Augsparten avançou, e com sua força maior, agarrou William. O inglês se defendeu e ambos começaram a medir suas forças. William era forte e escapava da investida do alemão, mas não tão forte, nem tão velho. Augsparten imobilizou o outro vampiro e mordeu seu pescoço. Estavam ambos exaustos, mas a fúria de Augsparten era tanta que ele rasgou pele e músculo do pescoço do inglês.

Ninguém ousou fazer nada e Natanael estava parado, incrédulo, esperando que o seu mestre se defendesse. Somente quando Augsparten deixou cair o corpo de William, já separado da sua cabeça, que continuava em sua mão, o assistente esboçou alguma reação ao ataque e foi impedido pelo vampiro negro. Imobilizado, Natanael olhava com ódio para Augsparten. A espada que ele usara para decapitar William ainda tinha traços de sangue do ancião. Frederico lambeu a espada e virou-se para a plateia:

– Quem não concorda com essa atitude?

Os guardas da casa entraram armados e um deles atirou na direção de Frederico. Ele se esquivou do projétil e ordenou que os irmãos contivessem aqueles mais de duzentos guardas que estavam preparados para atacar a qualquer momento caso a plateia não seguisse a ordem de Natanael e William. Os soldados, que faziam parte de um exército particular de William para dizimar os irmãos presentes e no futuro tomar o Rio de Janeiro da raça humana, foram atacados, e em pouco tempo o salão virou um campo de guerra.

Muitos soldados ainda atiraram contra os vampiros, que os imobilizavam e se alimentavam de seu sangue. Os vampiros detinham os soldados, desarmavam e mordiam seus pescoços, tornando-se mais fortes. Esses soldados imobilizados eram atacados por outros vampiros que, na fúria do momento, destroçavam seus pescoços e se alimentavam do resto do sangue que ainda percorria os vasos sanguíneos. Em pouco tempo, todos os soldados estavam mortos e havia sangue espalhado pelo chão, pelas cortinas e pelos tapetes. O cheiro de sangue agradava a todos. Poucos vampiros civis foram feridos e apenas dois foram mortos, decapitados pelos soldados. A perda entre os bebedores de sangue era mínima.

Ao final do massacre, Augsparten voltou a falar para a plateia:

– Vocês são todos irmãos. Todos nós somos iguais e temos o poder das trevas. A maioria aqui não queria ter esse dom, e muitos ainda nem sabem como usá-lo. O que eu quero que fique claro a partir de hoje é que não temos um dono, e nem mesmo temos que nos subjugar a outro da mesma raça. Podemos ter um líder que vai nos orientar e conduzir para toda a eternidade. Sou o mais velho de todos vocês, e nem por isso eu quero comandar e oprimi-los. Cada grupo que quiser permanecer junto, que o faça, mas não podemos ter intolerância para nos darmos bem.

– Eu sou Saturno[1], da tribo dos Guaianases! Não quero conflito! Pindorama, que vocês chamam atualmente de Brasil, é uma terra grande! Minha luta é com outro. Talvez nos reencontremos um dia – apresentou-se o homem indígena que falara antes.

– Tenho certeza disso, Saturno.

– Eu sou Oxamã – apresentou-se o homem negro.

– Meus irmãos negros preferem todos morar no litoral do país por conta do clima. Apesar de não podermos sair ao sol, ele nos dá calor.

---

1. O nome do personagem, Saturno, é uma referência ao personagem com este nome do livro *Saturno, o vampiro*, de Humberto Lima, que é transformado em vampiro antes de o Brasil ser descoberto.

– E os irmãos que vieram da Europa? – perguntou Augsparten. – Aqui no Rio de Janeiro não cabe todo mundo. Natanael aqui não serve para irmão de nenhum de nós.

– Posso me incumbir de ajudar os irmãos – apresentou-se um nobre português, que se vestia com trajes da corte.

– Quem é você? – perguntou Augsparten.

– Eu sou o conde D. João de Bragança, pertenço à família real e sou ascendente do D. João VI, atual governante. Ele é meu sobrinho-bisneto, embora não saiba disso.

– Você pode ajudar os irmãos que continuarão pela região Sudeste – disse Augsparten.

– E o senhor está convidado a visitar a corte e a família real quando assim desejar – disse D. João.

– Obrigado, irmão. Com certeza, a corte me interessa. Quero conhecê-los de perto – Augsparten sorriu.

Os vampiros reunidos no salão riram.

– E mais uma coisa – continuou Augsparten –, eu jamais vou dizer que essa reunião existiu. Não falarei nada sobre nenhum de vocês. Que cada um siga seu caminho em paz. Essa casa ficará abandonada até que outro de nós queira vir morar aqui.

– E Natanael? – perguntou D. João.

– Prenda-o. Ele é de sua responsabilidade.

Augsparten era um vampiro que sempre podia ser amável e carinhoso quando queria, e um monstro quando a situação assim exigia. Ele deu o braço ao amigo da corte e saiu do salão, fazendo planos para visitar a corte portuguesa que se instalara no Rio de Janeiro. Saiu da reunião muito mais forte depois de ter tomado o sangue de um vampiro secular. Estava satisfeito com o que resultara a reunião e o fato de saber da existência de outros seres como ele. Claro que ele se aproveitaria disso em alguma outra época. Agora, seu interesse estava na família real. Ele tinha certeza de que se divertiria e também tinha certeza de que em breve voltaria ao sossego de sua mansão no interior de Minas Gerais.

V

Rio de Janeiro, 1817.

Augsparten se apaixonou pela família real portuguesa que veio ao Brasil. A rainha de Portugal, afastada da gerência das nações por sua demência, em nada interferia no governo de D. João VI, que assumiu o reino quando a mãe veio a falecer, em 1816. O rei era uma pessoa que, com o passar dos anos, mais se tornava uma figura caricata devido a seus gestos e costumes. Era um homem gordo, que gostava de comer muito e bem. Apesar disso, foi um governante importante para diretrizes do Brasil que se formou depois. Criou diversas escolas e também o Jardim Botânico do Rio de Janeiro.

Augsparten adorava conversar com D. Maria I, apesar – ou talvez justamente por isso – da sua loucura. Sentiu sua falta depois que ela morreu.

Após ter sido apresentado à corte, juntamente com D. João, seu amigo e vampiro português, Augsparten passou a viver das festas e recepções que a corte oferecia. Lautos jantares e saraus juntavam pessoas importantes da sociedade brasileira.

– São todos um bando de bajuladores – explicou o conde d. João de Bragança, tio-tataravô do príncipe d. Pedro.

– Mas é assim a sociedade normalmente – concordou Augsparten. – São todos aproveitadores que vêm para comer e beber às custas do rei.

– Ele mesmo pouco participa da alegria do Palácio.

A corte morava no Paço de São Cristóvão, em um Rio de Janeiro calmo e tranquilo depois de debeladas revoltas, como a Inconfidência Mineira, que culminou na execução de Tiradentes em 1792, apesar de ainda não terem se mudado para o Brasil na época. Em 1808, a família real mudou-se para o país a fim de fugir das tropas napoleônicas, e seguiam a vida.

– Quero aquela moça – disse Augsparten mostrando ao vampiro amigo a moça em questão.

– Deve ser minha descendente também – riu o nobre vampiro. – Nem sei mais a qual geração pertence, mas deve ser filha de uma prima do João.

– O chefe? – brincou Augsparten se referindo ao rei d. João VI.

– Ele mesmo.

Augsparten, não se importando que a moça em questão fizesse parte da corte portuguesa, aproximou-se e a chamou para dançar.

Dançaram uma música. Ela se chamava Maria Joaquina de Aragão. Eles deveriam parar, mas o vampiro insistiu e dançaram a segunda música. Ele aprendia tudo com uma velocidade inigualável, e se tornou um grande pé de valsa da corte portuguesa no Brasil. Apaixonou-se, claro, pela linda jovem Maria Joaquina. Queria ficar com ela para o resto da sua eternidade.

Em alguns dias, já tinha conhecido a mãe da moça e estava a cortejá-la, com a permissão da gorda e empoada matriarca. A velha senhora de pouco mais de quarenta anos estava louca para casar a filha e ficar livre da encalhada.

O vampiro tinha na corte, entre os mais jovens, alguns rapazes que dariam o que tivessem para dividir a cama e o que mais pudessem com aquele homem másculo, de cabelos pretos e longos, que exalava o aroma de patchouli. Alfredo era um jovem de dezoito anos com o qual Augsparten conseguia se saciar mais frequentemente, também de forma sexual. Claro que o nobre mancebo não dava conta de suprir a sede do vampiro, e D. João sempre tinha outras alternativas para ambos.

Saíam sempre o velho nobre e Augsparten para se alimentarem de escravos e ladrões que encontravam vagando pela noite. Houve dias em que deixaram quatro ou cinco corpos sem vida nas ruas da cidade. Mortes que não eram notadas porque marginais e pessoas negras não eram vistos como seres humanos para a sociedade da época. Eram ambos vampiros muito brancos e, como membros da corte, estavam sempre bem vestidos. Augsparten não gostava muito daqueles paletós cheios de enfeites que usava, mas, pelo menos, recusava-se a usar perucas brancas.

Eles sempre voltavam das ruas antes do amanhecer, e ninguém mais os via até a noite. A vida de festas e recepções da corte permitia que passassem despercebidos pelo sono diurno. Quase todos dormiam até o meio da tarde. D. João VI era um dos poucos que acordava cedo. Tinha muitos problemas de saúde e a obesidade começava a interferir no seu sono.

Em uma festa no fim do inverno, Augsparten chegou com a sua namorada e a mãe dela, o que fez o olhar de Alfredo fuzilar aquele que amava. No entanto, não podia fazer nada, e acabou por tomar a sua própria namorada pela mão para uma valsa. Ele dançava com a pequena Maria dos Passos, mas não tirava os olhos do pálido e lindo vampiro que se sentou à mesa com a mãe da cortejada. O rei D. João VI e a esposa se retiraram do salão com alguns nobres e deixaram a festa para a corte. Ao se levantar de seu trono, o rei retirou do bolso uma coxa de frango e passou a comê-la. Augsparten riu, mas já estava acostumado com aquele costume do soberano.

Clemência de Castela, esposa do conde D. António da Espanha, entrou na sala com ares de raiva e dirigiu-se imediatamente à mesa onde estava Augsparten.

– Com licença, senhor – cumprimentou ela o vampiro –, mas queria lhe pedir que fizesse com que sua namorada me devolvesse o colar de esmeraldas que ela está usando.

– Como assim, senhora duquesa? – perguntou, curvando-se diante dela como cumprimento.

– Essa mulher é uma ladra – disse a condessa alto, o que fez a música parar. – Esse colar de esmeraldas e os brincos que ela ousa ostentar nesta casa pertencem a mim.

– Claro que não são os seus – gritou a moça, levantando-se ao mesmo tempo que a mãe forjava um desmaio. – São presentes do meu tio da Itália.

– Essas esmeraldas são minhas – gritou a condessa.

– São minhas – gritou também Maria Joaquina.

As duas mulheres se estapearam e a mãe da jovem, resignando-se com o fato de ninguém a ter socorrido, saiu do desmaio e resolveu ajudar a filha contra o ataque da condessa. Outras mulheres entraram na briga e os rapazes tentavam separar a grande confusão que se estabeleceu no salão. Em pouco tempo, mais de quinze jovens moças nobres – ou não tão nobres – brigavam umas com as outras.

Alfredo se aproximou de Augsparten e lhe disse:

– Que bela namorada ladra você tem – riu, piscando o olho para o homem que amava. – O que quer que eu faça?

– Nada! Eu vou acabar com essa briga agora.

Ele se levantou de onde estava sentado e disse baixo, mas com seu efeito vampírico que fez com que todos se calassem:

– Parem com isso!

As pessoas pararam o que estavam fazendo. Havia, na sala, perto de trinta membros da corte, além das pessoas escravizadas que os serviam. Augsparten, contrariando o nobre que o trouxera para a corte, paralisou todos. Seus olhos se tornaram vermelhos e ele olhou para a namorada. Ela estava sob seu poder mental.

– De quem são as joias?

– Da condessa – respondeu Maria Joaquina sem conseguir mentir.

– Por que estão com você? – ele insistiu.

– Minha mãe me mandou pegar para usar hoje – disse a moça, e a mãe se preparou para sair sem ser notada, mas não conseguiu se mover.

– Senhora, de onde vocês duas são?

A mãe de sua cortejada sem poder negar respondeu:
— Daqui do Rio de Janeiro.

Ele soube, nesse momento, que as duas mulheres, mãe e filha, eram ladras e se infiltraram na corte como mulheres da nobreza portuguesa ainda sob os auspícios de D. Maria I. Vinham já há quatro anos roubando do Palácio e dos nobres da corte, que não davam falta de seus próprios pertences. Augsparten também estava sendo enganado. A raiva aumentou e ele não conseguiu conter as presas que desceram das gengivas, ficando à mostra. Ele fez com que Maria Joaquina entregasse as joias à condessa. Fez também com que todos naquele recinto esquecessem o que aconteceu ali.

Pegou a namorada e a sogra pelos braços e saiu com elas pela porta principal do salão. Antes de ultrapassarem a soleira, ordenou mentalmente que a música continuasse, e ainda ouviu os primeiros acordes antes de entrar com as duas mulheres no quarto da jovem ladra.

No quarto, ele viu tudo o que fora roubado pelas duas em quatro anos. Elas conseguiriam viver o resto de suas vidas na fartura com os frutos do roubo. Por que ele fora enganado?

Sem conseguir conter a raiva, e não conseguindo segurar a sede que aumentava a cada instante, aproximou-se da velha e mordeu seu pescoço. Não fez com que ela não sentisse dor, pelo contrário, fez a mulher saber que iria morrer naquela hora. A filha a tudo assistia, chorando baixinho, esperando também o seu destino. Ela sabia que o vampiro não iria deixá-la viva.

— Por que você me enganou? — ele largou o corpo sem vida da mulher, que fez um som surdo ao bater no chão.

– Eu não enganei – chorou ela –, eu ia te contar... Ela não deixava! Ela me obrigava a fazer coisas...
– A procurar um marido rico? – perguntou ele.
– A procurar um marido rico – confirmou ela.
– Pois então tudo acabou – disse ele, se aproximando.

Ele a beijou nos lábios, e Maria Joaquina não parava de chorar. Augsparten mordeu o seu lábio e sugou o pouco do sangue que ali surgiu. Ela não parou de chorar e ele mordeu seu pescoço. A raiva era tanta que mais que sugar o sangue da namorada, ele estraçalhou seu pescoço. Sugou todo o sangue da mulher e também a largou no chão. Quando estava para se acalmar, entrou no quarto Alfredo, que não ficara sob o poder mental do vampiro e de tudo se lembrava. Olhou as mulheres mortas e fez cara de desdém.

– Você precisa sumir daqui – avisou o jovem.
– O que aconteceu? – perguntou o vampiro, com a voz grave de quem acabara de se alimentar.
– Alguns escravos viram o que aconteceu na sala e estão espalhando que você é um vampiro.
– Eu vou embora – disse ele se recompondo. – Vou voltar pra minha casa no interior.
– Eu vou com você – ofereceu-se o jovem.
– Você não sabe o que está dizendo.
– Sei sim – disse ele, aproximando-se sem medo do vampiro. – Vou arrumar nossas coisas.

Naquela noite mesmo, quatro carruagens saíram do Paço Imperial em direção à Mansão do Rio Vermelho. Alfredo seguia com mais oito escravos em direção ao interior de Minas.

As mulheres foram encontradas mortas pelos escravos no dia seguinte e todos os roubos foram revelados. D.

João VI pediu à corte que não comentasse nada a respeito do acontecido.

Na primeira carruagem, o vampiro dava as instruções a Alfredo de como seguir viagem durante o dia. O português viveria feliz na Mansão do Rio Vermelho por um tempo. Os empregados, transformados pelo vampiro, viviam no máximo duzentos anos.

VI

Dias atuais.

São Luiz era uma cidade com pouco mais de sessenta mil habitantes, com uma economia voltada principalmente para a agricultura. Cresceu principalmente na época do café. O crescimento do país fez com que se adentrassem as matas em busca do ouro de Minas Gerais. Em outros lugares, como em São Luiz, o solo permitia o plantio, e vários colonos se aglomeraram e formaram a cidade. Ficava próxima às cidades de Juiz de Fora e Ubá.

A grande maioria dos habitantes não soube da existência e nem teve contato com o vampiro Augsparten. Era como se ele não houvesse existido, e as duas loiras assassinadas, para os moradores, foram executadas por um maníaco de quem a polícia conseguira dar cabo.

Algumas pessoas, no entanto, tinham a imagem do ser das trevas bem nítida em suas memórias – como Jean, um jovem asmático, filho de uma francesa e órfão de pai.

Ele foi um dos assediados pelo vampiro e quase morreu de anemia e complicações respiratórias devido às inúmeras vezes que Frederich Augsparten se alimentou de seu sangue. Recuperado e bem melhor de saúde, começou a namorar Patrícia Galvão, grande amor de Jaime, que nunca ousara se declarar à loira. Já namoravam há três anos e Jean pretendia se casar com a jovem. O que o impedia? Talvez a instabilidade profissional. Ele não estava empregado, e vivia às custas da mãe, a francesa.

Patrícia, por sua vez, era dona de uma confecção de sucesso e, com ajuda da mãe, estava muito bem de vida. Ela nunca soube que Jaime a amava perdidamente, e tecia pelo psicólogo uma grande e fiel amizade. Assim como era amigo e confidente de Jaime, Jean era seu namorado.

O psicólogo sofria por esse romance e conversava sobre ele entre seus amigos, mas desde que começara a desenvolver a magia e receber os poderes das bruxas locais, optara por ser uma pessoa solitária. Tinha amigos, mas não teria uma esposa e filhos enquanto não estivesse seguro de que estava realmente tudo bem.

Naquela manhã, Goretti procurou por Jaime em seu consultório. A jornalista estava em uma crise depressiva e sentia uma ansiedade muito grande por não ter notícias de Douglas, o vampiro que conheceu em Juiz de Fora. Eles estavam se entendendo. Douglas a tinha visitado ocasionalmente. Algumas vezes, eles fizeram amor e ele se alimentou da jornalista. Depois disso, desapareceu. Não havia mais notícias do vampiro. Ela sempre procurava por Jaime na esperança de que, como ele era amigo do dono da Mansão do Rio Vermelho, soubesse alguma coisa daquele que amava.

– Goretti, que bom vê-la – disse Jaime ao recebê-la. Eles marcaram de almoçar juntos no Bar de Sempre.
– Também fico feliz de te ver. Você atualmente não tem tempo para mais nada a não ser o trabalho – repreendeu ela.
– Pois é, minha amiga. Agora estou com o consultório cheio o dia todo e sem folga. Mas isso é bom – disse ele, fechando a porta de sua sala. Virou-se para a secretária e informou – Dayse, estamos saindo para almoçar. Hoje eu só volto às catorze horas.
– Está bem, doutor – respondeu a secretária, também se arrumando para sair para o almoço.

Os amigos saíram e rapidamente chegaram ao bar que há muito tempo era o ponto de encontro dos jovens da cidade. Era hora de almoço, quarta-feira, mas o bar estava bem cheio, e Jaime teve dificuldade em achar uma mesa para sentar-se com Goretti. Vários amigos os cumprimentaram quando entraram e, enfim, sentados, puderam pedir algo para beber. Goretti pediu uma cerveja, mas Jaime preferiu um suco de laranja, já que teria que trabalhar ainda muitas horas à tarde.

– Então, Goretti, quais são as novidades?
– Não tenho novidades – respondeu ela. – Só mesmo trabalho em excesso. Estou sem nenhuma notícia de Douglas.
– Eu também não tenho – afirmou Jaime. – Muito estranho ele desaparecer assim. É claro que um vampiro pode estar aqui do nosso lado e nós não o veremos se ele não quiser ser visto.
– Você acha que ele não quer ser visto por mim? – perguntou a jornalista apaixonada pelo vampiro de Juiz de Fora.
– Não creio, pelo que me contou sobre vocês dois – disse Jaime baixo.

– Pois é, mas eu não estou entendendo. Faz quase seis meses que não tenho nenhuma notícia dele.

– Há anos que eu não tenho contato com Augsparten – desabafou Jaime.

– Mas todos nós pensávamos que ele tivesse morrido – rebateu ela.

– Se não fosse César ter encontrado com ele em Salvador, eu, somente eu, tinha a sensação de que ele não morrera aquele dia, naquela sala.

– Pois é – exaltou-se Goretti. – Esses caras acham o que? Que somos brinquedos?

– Calma, Goretti – riu Jaime da exasperação da amiga. – Se tiverem que voltar, farão isso na hora certa.

– Você acha que será bom que eles voltem? – perguntou ela, preocupada.

– Por que não?

– Eles não são como a gente – tentou explicar-se ela.

– Não sei...

– No fundo, você ama Douglas, mas tem medo que ele volte para você.

– Ele é um vampiro, Jaime – disse ela baixinho para não ser ouvida por mais ninguém no bar. Estava barulho o suficiente para mascarar as palavras dela.

– E daí? – perguntou Jaime, rindo.

– Daí que eu não posso ter um relacionamento com um cara que pode me matar a qualquer momento...

– Ou te transformar em vampiro também – Jaime completou, ainda rindo.

– Pois é! Isso é loucura – enfatizou ela. – Eu sou uma louca.

– Não é não. Deixa de ser boba. O cara, pelo que você me disse, é um amante sem igual, bonito, gentil com você. Você disse que ele é bonito...
– É lindo – interrompeu ela.
– Ele é maravilhoso.
– Então você não está louca. É tesão mesmo.
– Pode ser. Mas tomara que seja só isso mesmo.
– Você também pode não querer mais nada com ele e decidir esquecer tudo isso.
– Não tem jeito, Jaime. Eu estava apaixonada pelo César, e por causa do Douglas, terminei com ele, e o magoei muito. Ele nem vem mais a São Luiz com a frequência que vinha antes.
– Coitado! Eu gosto do César.
– Eu também – concluiu ela. – Olhe quem está chegando.

Jaime olhou para a porta e viu entrar uma jovem loira de um metro e oitenta de altura. A mulher de olhos azuis e pele muito clara tinha se mudado para São Luiz para administrar a fábrica de meias do pai. O empresário morreu no ano anterior, e Thais Ferreira mudou-se do Rio de Janeiro para a cidade do interior. Ela, à princípio, estivera relutante em abandonar a cidade onde nasceu e cresceu, e fez o que pôde para não ter que se mudar para um lugar tão pequeno. Jaime observou a mulher de quase trinta anos e viu como era linda, elegante e fina.

– Vou chamá-la para se sentar conosco – disse Goretti, que conhecia Thais.

Antes que Jaime pudesse falar qualquer coisa, Thais estava sentada na mesa com eles. Ele pôde a observar mais de perto, e ainda pensou que ela poderia fazer parte do seleto grupo de loiras de Augsparten. *Bobagem*, pensou ele, *você nem conhece a garota e já quer vê-la morta pelo vampiro.*

– Um prazer conhecê-la – cumprimentou Jaime.
– Almoce conosco.
– Muito obrigada pelo convite – ela aceitou, ajeitando-se na cadeira. – Estou há tão pouco tempo na cidade que não conheço quase ninguém.
– Mas você nasceu em São Luiz? – perguntou Jaime.
– Sua família é daqui.
– Sim, a minha família é daqui. Eu nasci no Rio. Meus pais se separaram e eu fui morar com minha mãe ainda muito criança. Papai voltou para São Luiz, montou a empresa aqui e não se casou novamente.
– Ele morreu ano passado – explicou Goretti.
– Sim – continuou a loira –, e como não temos mais ninguém, pois sou filha única, tive que vir administrar a fábrica.
– Nossa! Você não trabalhava no Rio? – perguntou Jaime.
– Sim – ela sorriu. – Eu tenho uma rede de lojas de roupas espalhada pela zona sul.
Jaime pode ver que ela não estava satisfeita de estar fora de seu mundo habitual. Perscrutou a mente dela e viu que estava sofrendo.
– E vai manter a fábrica? – perguntou Jaime.
– Pelo menos até ter certeza de que vale a pena. Preciso ter essa visão: entender se posso manter a fábrica com alguém aqui administrando, ou se é melhor vender a empresa e investir nas minhas lojas.
– E sua mãe? – perguntou Goretti.
– Mamãe não quer mais trabalhar. Quer curtir a vida em paz, e eu acho que está certa. Hoje mesmo ela embarcou para Chicago. Tem um relacionamento lá e talvez nem volte para o Brasil.

– E você vai almoçar? – perguntou Jaime ao ver sua refeição chegar.

– Sim – respondeu ela. – Eu vou comer uma salada só.

– Só uma salada não dá energia – brincou Goretti, que recebia também seu prato de lombo à mineira.

– Como muito pouco – disse Thais, o que era óbvio por sua figura. – Em uma vida inteira como modelo de passarela, aprendemos que um grama a mais é péssimo para o trabalho.

Eles riram e continuaram a conversar algumas amenidades. Thais queria saber o que fazer naquela cidade e Jaime lhe disse que era para encontrá-los sempre ali mesmo. O Bar de Sempre era o local de encontro dos amigos e, em breve, ela estaria rodeada de pessoas conhecidas. Ela sorriu, mais por educação do que alegria, mas seu sorriso lhes disse que dificilmente ela seria feliz fora do Rio de Janeiro, onde estava seu coração.

Quando voltou para o consultório, Jaime pensou em Augsparten. Thais era o tipo de mulher que agradaria ao amigo. Ainda bem que ele não estava mais em São Luiz. Era uma pena que ela tivesse que se forçar a morar em uma cidade tão diferente da sua terra natal. Provavelmente estava acostumada com festas e encontros da sociedade que a vida de modelo e empresária lhe propiciavam no Rio, tão diferente de São Luiz.

Ele já vira pessoas que, por falta de uma rede de apoio ou afazeres em um lugar novo, acabavam se entregando a vícios, como o álcool e até mesmo drogas. Torcia para que esse não fosse o fim de Thais.

VII

Padre Lucas chegou à mansão de d. Leonora para o chá daquela tarde. Estava um pouco atrasado, e quando foi recebido na sala, as mulheres presentes o olharam em reprovação. O padre estava na cidade há alguns anos e era querido pela sua diocese. As pessoas que frequentavam a sua igreja eram fiéis em seus comentários de que o padre era uma pessoa íntegra e cumpridora de suas obrigações eclesiásticas. Algumas moças da cidade ficaram frustradas quando viram que não poderiam ter nenhum relacionamento além de entre pároco e fiel com o padre.

– Desculpem-me, senhoras – disse ele entrando –, mas aconteceu uma coisa na igreja e me atrasei.

– Não se preocupe, padre – D. Alice Galvão sorriu. – O que foi que aconteceu?

D. Alice Galvão era a mais calma entre as mulheres presentes. Mãe de Patrícia Galvão, era costureira e estava sempre cheia de encomendas de roupas para qualquer ocasião, desde as mais simples até roupas de gala para festas importantes.

– Eu estava saindo pra cá – começou a contar o padre –, quando entrou na igreja um homem idoso, que eu não conhecia, dizendo que em breve ele voltaria.

– Ele quem, meu Deus? É mais um desses evangélicos que querem a volta de Jesus? – perguntou d. Creusa Cavalcanti.

Creusa Cavalcanti era a mais ranzinza do grupo de mulheres, e ela olhou para o padre levantando os óculos e torcendo um pouco o nariz.

– Não. Pelo contrário – respondeu ele –, não me pareceu nenhum religioso. Parecia mais algum aviso do mal. Como se o próprio demônio estivesse para aparecer.

O padre se benzeu, e as mulheres do círculo repetiram o gesto.

– O homem entrou – continuou o padre –, e um cheiro de coisa podre se instalou no ar. O ambiente da igreja estava carregado, como se muitas energias do mal rodopiassem entre os bancos onde estávamos. Eu segurei meu crucifixo, e então ele mostrou um objeto pendurado no seu pescoço, rindo. Parecia querer me dizer que meu crucifixo não valia de nada. Ele não tinha nenhum dente saudável na boca e exalava um mau hálito insuportável. Tinha ainda os olhos baços, como se fosse cego, mas enxergava tudo ao redor de onde estava.

O grupo prendeu a respiração, e o padre continuou a história.

– Assim, eu perguntei: "Quem voltará?" E ele respondeu: "Aquele a quem vocês expulsaram desta cidade. Ele voltará para ocupar o lugar dele". Buscando entender, perguntei outra vez: "Quando virá?" e a resposta foi "em breve, em breve." Por fim, ele riu muito alto e saiu pela porta.

– Não ligue para isso, padre – acalmou-o d. Ângela Ferraresi. – Hoje em dia, o mundo está cada vez mais cheio de loucos.

Ângela Ferraresi era uma mulher de sessenta anos como a maioria das mulheres dessa idade, mas parecia sempre muito mais velha pelo seu modo de se vestir, ou mesmo por estar sempre quieta.

– Também não me pareceu apenas um louco. Eu não sei o que pensar – disse o padre, bastante aflito.

– E onde estará essa pessoa agora? – perguntou d. Leonora.

– Saiu pela porta, e quando corri para vê-lo, já tinha desaparecido.

– Cruz credo, padre. – D. Tereza Marques, a mãe de Jaime, também se benzeu. – O que pode ser isso?

– Não sei – respondeu o padre. – Mas depois do que passamos nesta cidade, todo cuidado é pouco.

– Com certeza – concordou d. Leonora. – Mas sirva-se, padre. Café, chá, como sempre, o senhor está em casa.

O padre sorriu e se serviu das guloseimas que a anfitriã oferecia. Toda quarta-feira à tarde, as velhas bruxas se reuniam na casa da ricaça para tomar um café e ter um pouco de conversa fiada.

A anfitriã, descendente direta de Gioconda Ferraresi, a mais forte das bruxas antigas, da época da fundação de São Luiz, era a mais elegante entre elas. Foi casada com um médico da cidade e, quando ele morreu, agregou a sua fortuna à do marido e continuou vivendo muito bem. Apesar de rica, era uma mulher que prestava serviços à cidade ajudando o hospital público com seu dinheiro. Ela sempre fazia festas, rifas e outras campanhas de arrecadação de verbas para que o hospital prestasse um serviço de qualidade aos que precisassem do atendimento. Em uma dessas festas, ela havia conhecido Frederico Augsparten, que tinha doado uma quantia razoável para o hospital.

Naquela tarde, no entanto, nenhuma delas ficou satisfeita com a notícia que o padre lhes dera. O que será que viria por aí?

– E Margarida? – perguntou d. Ângela Galvão. – Ainda não está saindo de casa?

– Sai muito pouco – explicou a mãe de Jaime. – Ela está morando com o sobrinho e está bem, mas sente muitas dores e prefere não sair de casa. Vai ao médico quando precisa, faz fisioterapia em casa e é só.

– Outro dia eu fui visitá-la – interferiu d. Creusa Cavalcanti. – O sobrinho estava lá com Jorge, o namorado, e eles são tão cuidadosos com ela que dá gosto de ver.

– Que bom – disse d. Leonora servindo mais café ao padre. – E pensar que tia e sobrinho passaram tanto tempo quase sem se falar.

– Grande culpa da Margarida – explicou d. Leonora.

– Ela é uma pessoa muito difícil, e achava que o sobrinho precisava morar com ela para, assim, ficar com a fortuna da irmã.

– Agora, quem vai ficar com a fortuna da Margarida é o sobrinho. Mundo cheio de voltas – refletiu d. Creusa Cavalcanti.

O sobrinho de d. Margarida, Lucas, era advogado na cidade de São Luiz. Desde que voltara a se entender com a tia, mudou-se para sua casa depois do acidente que ela sofreu. O advogado começou a namorar Jorge, um amigo de infância. Jorge se diferenciava de Lucas por ser ruivo de olhos verdes e usar o cabelo grande e preso atrás na nuca. Era formado em agronomia. Em uma festa beneficente anual de d. Leonora, Lucas, Jorge e Clemente, outro amigo, saíram mais cedo com Augsparten para uma festa particular regada a muito sexo, na qual o vampiro tinha se alimentado de todos os presentes.

Lucas e Jorge passaram um tempo sem se falar, talvez com vergonha um do outro, até que Lucas resolveu quebrar o clima de tensão entre eles e convidou o amigo para uma cerveja. Viram que além de amigos de infância, poderiam ser namorados e viver juntos. À princípio, d. Margarida preferiu não entender o que estava acontecendo, depois, aceitou o ruivo como seu sobrinho agregado.

– Vocês acham que deveríamos contar ao Jaime sobre esse homem na igreja? – perguntou o padre.

– Acho que sim – respondeu d. Ângela Ferraresi. – Isso pode não ser nada, mas sei lá...

– Eu também acho que ele deva saber disso – concordou d. Leonora.

– Tudo bem – aceitou o padre. – Eu vou ligar pra ele quando chegar à igreja.

– Talvez fosse bom ele ir até a igreja – sugeriu a mãe do psicólogo. – Pode ser que ele sinta alguma energia diferente...

Padre Lucas pediu permissão às mulheres e usou seu celular para ligar para Jaime. Não quis lhe adiantar nada por telefone, mas o rapaz concordou de se encontrar com o clérigo em uma hora na igreja.

* * *

– Exatamente aqui – explicou o padre a Jaime, quando se encontraram na igreja. – O homem, que parecia ter saído de uma lata de lixo, parou aqui e me disse que ele voltará.
– Ele quem, padre? Augsparten? – Jaime sentiu a energia local. – Eu não acho que ele usaria esse tipo de gente, e nem precisaria de um aviso.
– O que pode ser então, Jaime? – perguntou o padre, bastante preocupado.
– Eu vou tentar descobrir, padre – reconfortou-o Jaime.
– Não se preocupe com isso. Deve ser só algum desvairado.
– Todo cuidado é pouco, meu caro. Todo cuidado é pouco.
– Com certeza, padre – disse Jaime se assentando no banco da igreja. – Vou rezar um pouco aqui.
– Fique em paz – concordou o clérigo, deixando-o sozinho na igreja.
Jaime se concentrou e pediu ajuda às ancestrais. As bruxas de São Luiz lhe responderam enviando energias boas e positivas, as quais ele pôde sentir invadindo todo o seu corpo. Permaneceu sentado no banco da igreja ouvindo o silêncio interior e, ao longe, o ruído da cidade durante o dia. Ele foi informado naquele momento que estariam sob a mira de um ser maléfico que causaria problemas na cidade. Viu suas ancestrais rodando ao seu redor e emitindo luzes e energia para dar-lhe força e sabedoria.

O psicólogo saiu da igreja depois de quase uma hora em contato com aquelas bruxas, que a cada dia se tornavam mais íntimas e mais conhecidas. Ele conseguia sentir que elas o protegiam durante todo o tempo. Estava feliz por isso, mas também queria encontrar Augsparten, e talvez esse poder dificultasse o encontro.

VIII

Jaime ficou preocupado com a conversa do padre Lucas, mas ainda assim acreditava que Augsparten não mandaria nenhum tipo de aviso. Ele não usaria um mendigo – ou, pelo que o padre descreveu, até mesmo algo que se parecia com um zumbi, um morto-vivo para avisar que estava voltando para São Luiz. Será que estava mesmo voltando? Muitos anos se passaram desde a última vez em que se viram, e como estaria o vampiro atualmente? Jaime sabia que fisicamente ele não teria mudado em nada. Era parte da natureza dos vampiros não se modificarem desde o momento de sua transformação. Jaime não conseguia mais se comunicar com o vampiro devido ao fato de ter se desenvolvido no caminho da bruxaria e da magia. Havia muitos bruxos ao seu redor que, protegendo-o do mal, iriam impedir que ele se aproximasse do vampiro alemão. Ele adoraria conversar com Frederico como nos velhos tempos.

Em casa, Jaime sentou-se na sua espreguiçadeira na varanda de seu quarto, sentindo a brisa da noite e o cheiro suave dos patchoulis plantados no jardim, pensando na vida. Lembrou-se da conversa com Goretti e o quão infeliz estava a jornalista pela ausência de seu vampiro. Ele riu. Se alguém pudesse imaginar que os dois estavam pensando em "nossos vampiros", teriam todos sido internados em um hospício, e jogariam a chave fora.

Espreguiçou-se e relaxou na cadeira. Um vento mais forte trouxe-lhe a ideia de chuva e ele preferiu entrar e se deitar. Aproximou-se da mureta da varanda e sentiu uma vez mais a noite. Pareceu-lhe que fora envolvido por um cheiro muito forte de patchouli. Era como se Augsparten estivesse ali com ele. Ele sentiu-se bem. Um pingo de chuva fez com que entrasse no quarto e fechasse a porta da sacada, mas foi acompanhado pelo cheiro da planta.

Vestiu um calção largo e desceu para sua sala. Adorava ficar naquela sala bebendo alguma coisa, ouvindo uma música. No tempo do vampiro, não havia música na sala, mas Jaime instalou um ótimo sistema de som e podia relaxar no seu sofá.

Abriu uma garrafa de vinho tinto de uma safra antiga que trouxera mais cedo do porão e colocou Mozart para tocar. Sentou-se na poltrona e esticou os pés. Adorava essa paz de sua casa. Adorava estar sozinho na Mansão do Rio Vermelho, relaxando à noite.

Pensou em Augsparten. Ele sentia falta de conversar com o vampiro, mas ele não estava ali. A música e o vinho encheram a sala e lhe deram uma paz diferente de todos os dias.

Pensou naquilo que o padre tinha dito mais cedo. Não acreditava que o vampiro alemão fosse utilizar esse tipo de ameaça. Quem mais poderia estar interessado em disseminar esse medo entre eles? Quem estaria por vir? Ele sentiu a energia do mendigo dentro da igreja e percebeu que não era a de vampiros. O zumbi que o padre recebeu em sua igreja fora mandado por alguma força maligna que queria criar uma instabilidade emocional entre eles. No entanto, deixaria esse problema para depois.

Relaxou na poltrona, sorveu mais um gole de seu vinho e começou a sentir uma energia diferente na sua sala.

Levantou-se e começou a andar em volta do sofá. A energia estava mais forte no alto da escada, e ele se lembrou de que foi ali que tinha visto as bruxas antigas antes de incorporar seus poderes. Elas estariam ali? Ele parou em frente à escada, abriu os braços e tentou ver, no invisível para pessoas normais, o que aquelas mulheres queriam dizer. Um elo de energia foi estabelecido entre Jaime e o topo da escada que dava para o segundo andar, mas o bruxo não conseguia ver quem estava lá em cima.

Uma luz branca intensa começou a se derramar pela escada. Sabia que precisava descobrir de quem emanava aquela força e o que ela significava. Deu um passo em direção à escada e sentiu a força aumentar. Algo tentava impedir que ele se aproximasse. Manteve os braços abertos e deu mais um passo em direção à luz, que agora brilhava intensamente. Era uma energia boa. Apesar de ser uma luz forte, Jaime sabia que luz também poderia vir de algo ruim. No entanto, naquele momento, ele sabia que era algo bom que estava ali com ele.

Ele parou de andar na frente da escada, totalmente banhado pela luz, e aguardou. Deixou-se inundar pela luz e pela energia que circulava naquele momento na sua sala. Era uma sensação boa e em toda parte de seu corpo alguma coisa pinicava e lhe dava uma sensação de estar se ligando à energia.

Alguns minutos se passaram e uma voz feminina lhe disse:

– Jaime, uma nova luta se aproxima. Dessa vez mais intensa e mais perigosa. Há muita coisa que você desconhece e que precisa saber.

– Quem está aí? – perguntou ele.

– Eu sou uma de suas antepassadas – respondeu a voz.

– Procure saber sobre mim e sobre seu tio-avô Patrick. Eu sou Adeline. Há muito que precisa ser desvendado ainda. Você corre perigo.

– Os vampiros...

– Eles voltarão. Mas eles não serão seu maior problema – disse a voz.

– Adeline, quando você viveu entre nós? – perguntou ele.

– Muitos anos atrás – disse ela, e ele sentiu um sorriso em sua voz incorpórea. – Eu estava aqui quando Patrick saiu do caminho da luz.

– Eu vou procurar saber. – Ele continuava banhado pela luz que vinha do topo da escada e maravilhado por aquilo estar acontecendo.

– Você é a maior força que existe hoje na cidade, mas vai precisar da ajuda de todos – concluiu a voz.

– Por quê? O que vai acontecer?

– Tudo a seu tempo, Jaime. Prepare-se! – A voz da mulher foi incisiva, ameaçadora, e por fim desapareceu com a luz, deixando Jaime parado e atônito no pé da escada.

– O que mais essa casa pode me oferecer? Meu Deus! – disse ele em voz alta, mesmo estando sozinho.

Andou pela sala tentando relembrar cada palavra que foi dita e tomou um novo gole de seu vinho. A bebida desceu agradável e ele virou o resto da taça. Encheu novamente e se sentou na poltrona. Sempre ficava curioso e assustado quando algo desse tipo acontecia. Ainda bem que dessa vez não teve que lutar pela sua sobrevivência. Lembrou-se de quando foi atacado por um ser maligno dentro de casa. A energia dessa vez era positiva. Quem eram Adeline e Patrick? Era hora de ligar para d. Tereza.

– Mãe – disse ele ao telefone quando a mãe atendeu. – Tudo bem?

– Tudo, meu filho. O que aconteceu? – Ela percebeu no seu tom de voz que algo não estava bem.

– Mãe, quem era Adeline?

– Por que quer saber? – ela perguntou, assustada, ao ouvir o nome da antepassada.

Há muito tempo, Tereza Marques não ouvia falar no nome dessa ancestral. A bruxa que vivera no século dezenove foi a maior bruxa do clã, e o marido, Patrick, fora o pior bruxo entre eles.

– Acho que ela veio me visitar hoje – brincou Jaime no telefone, o que fez sua mãe ficar mais preocupada.

– Sério? Você está louco? Adeline morreu em 1912. Era irmã de seu tataravô Antônio.

– Ela mesma. Esteve aqui.

– E o que ela queria? – perguntou a mãe de Jaime, aflita.

– Queria me dizer para procurar saber o que aconteceu com ela e com Patrick. Quem era Patrick?

A mulher arrepiou-se toda ao ouvir o nome que Jaime pronunciara e respondeu:
— Por que desenterrar Patrick agora, meu Deus?
— Não sei, mãe. Por isso mesmo te liguei. Você deve saber essas coisas.
— Sei sim, meu filho. Sei de tudo, mas como eu gostaria que isso ficasse no passado... — A mulher tinha lágrimas nos olhos.
— Por quê, mamãe?
— Porque o nome de Patrick não é pronunciado nessa família há quase um século. Somente nós... nós... do conselho, você sabe...
Jaime riu, a mãe evitava falar que eles eram bruxos.
— Pois é, somente nós do conselho sabemos a respeito desse passado.
— E pelo visto não é coisa boa...
— Não, Jaime, não é! — A mulher continuava muito nervosa.
— Mãe, calma. Podemos conversar melhor. Se quiser eu vou pra aí.
— Hoje não, meu filho. Vamos falar sobre isso amanhã.
— Que horas, mãe?
— Vou chamar as outras e o padre Lucas pra conversarmos — concluiu a mãe.
— O padre me chamou hoje na igreja — começou Jaime. — Ele recebeu uma pessoa lá de quem não gostou...
— Ele nos disse — interrompeu a mãe. — Tínhamos nos reunidos hoje na casa de Leonora para nosso café semanal e ele nos contou tudo.

— O que você acha que pode ser, mamãe? — perguntou Jaime.

— Não sei, meu filho. Ou melhor, não quero saber. Mas amanhã conversaremos sobre tudo isso.

— Dá um beijo no pai — disse ele, percebendo que a mãe queria desligar.

De volta à sua solidão, Jaime estranhou ainda mais o fato de a mãe ter ficado tão nervosa. O que mais ele precisava descobrir? Uma reunião extraordinária na casa de d. Leonora no dia seguinte não poderia ser boa coisa.

IX

São Luiz, 1872.

São Luiz estava em paz. Vários anos haviam se passado após o incidente com o vampiro da mansão, definitivamente denominada "do Rio Vermelho", na cidade, e quase ninguém mais se lembrava do ocorrido. As velhas bruxas da cidade passaram seus poderes para suas descendentes e não se falava mais em vampiros, e muito menos em bruxas.

Adeline era bisneta da italiana Gioconda Ferraresi, e na evolução da linhagem das feiticeiras, era ela quem trazia a maior carga de poderes mágicos. Era ela quem acumulava todos os pertences das bruxas antigas do começo da cidade, porém não sabia disso. Seus pais a criaram para ser uma simples dona de casa, mulher submissa ao marido e geradora de grande prole. A família Ferraresi naquela época contava com muitos descendentes, a maioria homens trabalhadores do campo e plantadores de café. A cidade estava calma e crescendo; a mansão, abandonada e lacrada – todos acreditavam no poder maligno da casa e por isso nem passavam perto dela. Vez ou outra, uma pessoa adoecia e procuravam a matriarca da família Ferraresi – d. Elisa, mãe de Adeline – ou a matriarca da família Marques, d. Silvia, para que elas benzessem o doente. Elas eram, como outras velhas da cidade, pessoas comuns que benziam as pessoas.

Elisa Ferraresi, apesar de ser descendente direta da antiga Ferraresi, não possuía tantos dons e não se importava com tal coisa. Teve um grande desgosto quando sua filha caçula, da oitava gestação, Adeline, nasceu, e viu a marca nas costas da criança. Soube, a partir daquele dia, que a filha era uma bruxa. Queria afastar a menina daquilo que ela considerava uma maldição, e não contou nada para a família.

Adeline cresceu como uma criança linda e normal. Tinha muitos amigos e uma saúde de ferro. Certo dia, estava com amigas na beira de um córrego, lavando algumas roupas, e acabou caindo na água. Para não ficar molhada, tirou a blusa – estava só entre meninas –, e continuou lavando suas roupas só com as roupas de baixo.

Entretida que estava, não observou que havia alguém a espreitá-las. Patrick, irmão da mãe, um homem de caráter duvidoso, era um dos poucos que não trabalhava na roça. O *bon-vivant* preferia viver de estelionato, pequenos furtos e confusões.

Patrick viu a menina sem a blusa e começou a admirar o corpo adolescente da sobrinha. Pedófilo, em pouco tempo apresentava uma ereção e sentia um imenso prazer em observar a criança. Em uma das voltas que Adeline fez, Patrick viu a marca da bruxa. Ele arregalou os olhos, pensou na sua própria marca, bem menor, e mudou o foco de seus interesses. A ereção murchou. Não havia mais desejo sexual pela sobrinha, e sim um interesse no poder que ela tinha, e o que poderiam fazer juntos. Ele poderia conseguir o que quisesse se conseguisse se unir a ela.

Uma semana após, ele apareceu na casa de Elisa Ferraresi. Vinha visitar a irmã, coisa que não fazia há anos. Ele não era nem um pouco dado a esses laços familiares, e Elisa estranhou.

– Está precisando de quê, Patrick?

– Nada, minha irmã. Não posso ter saudades e querer visitar a minha irmã querida?

– Não é de seu costume visitar parentes. – A mulher permaneceu na suspeita. – Você deve estar precisando de dinheiro.

– Não desta vez – ele riu. – Minha fama é a pior possível nesta casa.

– E não é pra menos...

– Onde estão seus filhos? – perguntou ele.

– Pelo campo. Meu marido está na roça, alguns já o acompanham na lida. Os meninos, João, José, Pedro e Antônio já tomam conta de boa parte da plantação. Antônia, Clara e Júlia cuidam das galinhas e da horta de casa. Só Adeline, que ainda é mais jovem, fica mais em casa. Ela cuida das roupas e da casa.

– Adeline – repetiu Patrick. – Essa acho que não conheço...

Elisa sentiu um arrepio, mas não associou ao interesse do irmão pela filha mais nova. Olhou para ele e se dirigiu à cozinha.

– Você fica para o almoço, né? – disse ela, olhando as panelas.
– Se você insiste – respondeu ele, sorrindo. – É bom que eu conheço todos.
– Pode ficar, Patrick.

A mulher foi acabar de fazer a refeição simples de todos os dias: arroz, feijão, uma verdura e farinha. Não comiam carne todos os dias, e somente tinham esse luxo se conseguissem matar alguma caça. O fogão a lenha ardia sob as panelas e o cheiro bom da comida invadia a casa.

Os filhos aos poucos chegavam e Patrick se apresentava como o tio querido que viajava muito. Adeline foi a única que não acreditou no que ele falava. Ela sabia que ele não era muito correto, mas queria saber quem era aquele sujeito. Enquanto almoçavam, ela sorria para o tio e sem querer – ela não entendia sobre seus poderes – usava seus poderes para perscrutar o que o homem sentia. Ele a olhava com olhos interessados em seus poderes de bruxa. Ela riu ao sentir isso, mas ficou preocupada quando soube que o que ele pensava era verdadeiro, e ela era uma delas. Viu que ele a tinha observado lavando roupas e viu o que ele pensou quando avistou sua marca nas costas. Ali, naquele almoço, ela soube tudo que sua mãe tentara esconder por tanto tempo. Não demonstrou nenhuma preocupação evidente. Esperou que o almoço acabasse, que todos se retirassem para seus afazeres, e então convidou o tio a ir visitar a plantação. A mãe, a princípio assustada, concordou com ela.

X

Adeline não era a menina boba que Patrick pensava que fosse. Em uma semana, mostrou a ele a roça toda e roubou dele, sem que ele percebesse, todas as informações que precisava. Descobriu toda a história das antepassadas, descobriu que ele era um bruxo fracassado com poucos poderes, mas que em casa tinha todos os instrumentos de magia usados pelas antigas. Ela demonstrou interesse em vê-los, em conhecer a sua casa, mas havia um grande empecilho: uma moça de dezesseis anos não poderia ir à casa de um homem solteiro sem se tornar falada na cidade. Ela tinha uma reputação a preservar, e não poderia ir contra aos preceitos do pai e da mãe. Elisa, sua mãe, apesar de irmã de Patrick, não via esses encontros diários de Adeline e Patrick com bons olhos. Um dia, abordou a filha quando estavam sozinhas em casa.

– Me diga, Adeline, o que tanto conversa com seu tio Patrick?

– Coisas do passado, minha mãe – disse ela, olhando nos olhos da mãe. – Coisas que você não quis me contar.

A mãe assustou-se, largou o que estava fazendo e sentou-se ao lado da filha.

– O quê, por exemplo? – perguntou ela.

– O que significa essa marca nas minhas costas?

– Patrick viu a marca? – perguntou ela, espantada.

– Sim, e me disse que você também tem, que sua mãe e sua avó tinham... – Ela sorriu. – Ele me disse que também tem, mas a dele é fraquinha.

– Ele também tem uma marca?

– Sim, mamãe. Não se faça de boba. Você sabe muito bem o que nós todas somos.

A mãe deixou escapar uma lágrima. Não queria que a filha fosse uma bruxa. Não queria que sua linda filha caçula fosse uma pessoa terrível que mexesse com um poder do qual ela tinha muito medo. Ela morria de medo dos mortos e de qualquer coisa sobrenatural.

– Não se preocupe, mamãe. Eu quero lidar com isso e eu sei lidar com o tio Patrick.

– Ele é muito velho pra você, minha querida. Você pode até achar que ele é interessante porque ainda não conheceu outros homens...

– Não vou ser molestada pelo tio Patrick, mamãe. Não se preocupe, eu sei o que estou fazendo.

– Eu espero, minha filha. Eu espero mesmo – disse a mãe ainda com água nos olhos.

– Mamãe, papai não precisa saber dessa conversa. Fica entre nós duas.

Elisa sentiu que o que a filha acabara de lhe dizer era uma ordem mental, guiada por forças mágicas, e ela não teria como contar ao marido nem que quisesse. Chorou o resto do dia, mas estava refeita bem na hora de receber todos de volta do trabalho.

– Como foi o dia na roça, meu marido? – perguntou ela, oferecendo uma toalha de saco de farinha para ele se lavar.

– Foi tudo bem, mas a colheita vai atrasar – respondeu ele. – A chuva que deveria cair semana passada ainda não deu sinal.

Um a um, foram todos se assentando à mesa para que a mãe servisse a janta. Comeriam uma sopa grossa de batatas com ovos e couve. Tinham muitas galinhas poedeiras. Ovo não haveria de faltar nunca naquela casa.

Mais tarde, quando todos já dormiam, Adeline lembrou--se da conversa com o pai e da estiagem que poderia comprometer a colheita, e saiu de seu quarto, onde dormia com as irmãs, e foi para a sala da casa. Fechou a porta de comunicação com o corredor e os quartos e se deixou ser intuída por forças que há muito gritavam por ela.

Desenhou mentalmente no chão um pentagrama e pensou: *"Antepassadas, vocês que foram tão boas para tantos, me ensinem o que devo fazer. Meu pai precisa da chuva, minha terra precisa ser molhada, precisamos viver. Por favor, me ajudem".*

Uma luz amarela surgiu no meio do pentagrama que ela havia imaginado no chão, e foi tomando vulto e se espalhando pela sala. A luz foi envolvendo Adeline e ela começou a flutuar no meio da sala. Apareceram vozes que lhe contavam segredos ao pé do ouvido. Apareceram mãos que pegaram no seu corpo e lhe transmitiram energia. Apareceram cinco mulheres ao seu redor, fechando o cerco e lhe transmitindo o que era preciso. Em determinado momento, ela sorriu, abriu os olhos amarelos e disse:

– Quero chuva para que a colheita do meu pai seja farta.

A luz e toda a energia naquela sala pareciam percorrer seus braços e pernas, rodaram pela sala e entraram pelos poros de Adeline. Ela pisou novamente no chão frio da sala, abriu os olhos azuis, sorriu e voltou para o quarto para dormir. Ninguém na casa ouviu nada nem viu coisa alguma.

No dia seguinte, ela acordou como de costume, e os homens estavam parados na soleira da casa: não podiam ir para a roça por causa da chuva, que iria cair fina e constante por três dias para molhar bem o terreno todo.

XI

Seis meses se passaram e Adeline se tornou uma moça. Ficou muito mais bonita do que as irmãs e muito mais inteligente do que todos em casa. A colheita foi um sucesso e, com isso, o pai de Adeline conseguiu quitar antigas dívidas e investir na nova safra. Estavam bem de vida.

A mãe vira a mudança na filha acontecendo a cada dia, e ficou quieta querendo entender porque as coisas estavam tão bem para a família. Patrick continuava aparecendo de vez em quando, e Adeline roubava sua atenção para longas conversas.

O pai de Adeline começou a notar que tio e sobrinha não se desgrudavam e, um dia, em conversa com a esposa, altas horas da madrugada, quando supôs que todos dormiam, resolveu abordar o assunto:

– Elisa, não gosto de ver Adeline o tempo todo de flozô com seu irmão.

– Eu já disse isso a ela – concordou a mulher –, mas ela não toma jeito.

– Parece até que eles são namorados – esbravejou o homem.

– Credencruz, homem – Elisa se benzeu. – Ele pode ser pai dela.

– Mas não é – concluiu ele. – Eles podiam mesmo era casar e viver felizes, uai.

– Tá louco, homem – repreendeu Elisa. – Você acha que ela iria querer uma coisa dessas?

– Não sei! – Ele virou para o canto, pronto para dormir.

– Pergunte você a ela.

O homem dormiu quase na mesma hora, e Elisa chorou o resto da noite. Adeline, que ouvira tudo de seu quarto, achou que era uma ótima solução para obter as coisas que Patrick dizia ter em casa. Casar com o tio talvez fosse a melhor solução, e ela sabia o que precisava fazer.

O dia ensolarado foi saudado pela família, que estava de pé desde às cinco horas. Elisa não dormiu depois da conversa com o marido, e Adeline estava mais sorridente que nunca. Parecia que sonhara um conto de fadas. Depois que todos saíram para a lida, Elisa chamou pela filha para mais uma de suas inúmeras conversas:

– Minha filha, está tudo bem?

– Claro, mamãe. Estamos bem, a roça está dando fartura, estamos todos saudáveis...

– À sua custa? – perguntou a mãe.

– Como assim, mamãe?

– Você está interferindo nisso tudo, minha filha? – perguntou a mãe, segurando as mãos da filha.

– Quem sou eu, mamãe? – Ela riu. – Bem que eu gostaria muito de ajudar...

– Eu sei o que você anda fazendo, Adeline. Já vi você na sala fazendo bruxaria.
– Bruxaria, mamãe? – Repreendeu ela. – Isso é de nossa natureza, nós não podemos rejeitar nosso passado.
– Eu tenho medo, minha filha – A mãe começou a chorar.
– Não chore – Adeline abraçou a mãe e tentou confortá-la.
– Foi o Patrick quem te contou isso tudo? – A mãe voltou a interrogar.
– Você sabe que não. Ele me contou poucas coisas que ele sabia, coitado, mas são elas que me contaram tudo.
– Elas quem, minha filha? – Perguntou a mãe, ainda mais assustada.
– As antigas, mãe – respondeu ela, olhando nos olhos da mãe. – As nossas antepassadas.
– Meus Deus! Isso é pecado!
– Não é não, mamãe.
– Seu pai ontem falou de casar você com o Patrick... – A mãe segurou uma lágrima.
– Sério? – Perguntou Adeline, fingindo surpresa, como se não tivesse ouvido a conversa.
– Sim. Ele disse que você anda muito de flozô com Patrick, que parece namorado.
– E o que você acha? – Perguntou a filha.
– Eu não acho nada. – A mãe se levantou chorando. – Mas se é pra você continuar com essas bruxarias em casa, prefiro que se case e vá com ele.
– Tudo bem, eu aceito.
Adeline sorriu. Era o que planejava.
– Você está louca, minha filha.

– Não estou não, minha mãe. Fique tranquila. Eu sei bem o que vou fazer.

Interromperam a conversa porque um dos irmãos de Adeline, João, o mais velho, entrou em casa sentindo-se mal. A garota fez com que o irmão se deitasse e a mãe lhe trouxe um copo com água. João relatou que estava trabalhando e começou a ficar tonto, sentindo um mal-estar muito grande e, de repente, caiu. Dois irmãos precisaram trazê-lo na charrete porque ele não conseguia nem andar. As mulheres o examinaram, Adeline tirou-lhe as botas e Elisa viu que o filho estava com febre. O que poderia ser? Não tinham muitos recursos na cidade para tratar do filho. Uma febre desconhecida matava sempre.

Os mesmos filhos que trouxeram o rapaz foram à cidade buscar o dono da farmácia, que também era dono do armazém e do armarinho.

O português gordo e de cabelos brancos cofiou o bigode e disse às mulheres:

– Esse menino foi picado de cobra?

– Não sei, seu Antônio – respondeu Elisa. – Tiramos suas botas, mas não as calças.

O português levantou as pernas das calças do rapaz e lá estavam: dois pontos de perfuração dos dentes da serpente, a prova do veneno que o estava matando.

Ele se afastou do rapaz e disse à mãe:

– Picada de cobra – Balançou a cabeça, triste. – Ele vai morrer.

Deixou a mãe aos prantos e a irmã estupefata e saiu do quarto. Adeline olhou novamente as pernas do irmão e gritou com a mãe:

– Me ajude, vamos salvá-lo!

A mãe, mais por susto do que por iniciativa própria, fechou a porta do quarto e olhou para a filha.

Adeline riscou com uma faca que estava em sua mão um pentagrama no chão do quarto e deu as mãos à mãe.

– Fecha os olhos e repita exatamente o que eu falar.

Adeline respirou fundo e começou a orar. Suas palavras vindas de inspiração espiritual eram repetidas pela mãe. Uma luz amarela, sempre amarela, invadiu o quarto, envolvendo mãe e filha, e também envolvendo o rapaz deitado na cama. Horas se passaram. A família estava do lado de fora do quarto sem poder fazer nada. No interior do cômodo não se ouvia ou via nada. Fazia-se um silêncio sepulcral, que todos sabiam que tinham de respeitar. Na realidade, dentro do quarto, havia muita luz e muita gente falando e rezando. Havia ali uma convenção de bruxas em torno do rapaz moribundo.

Somente pela manhã Adeline e a mãe saíram do quarto, exaustas, sem um pingo de energia no corpo.

– Preciso de um café – disse a mãe.

– Eu também – concordou Adeline, pegando água quente do fogão a lenha que alguém acendera.

Os irmãos e o pai entraram no quarto e viram que o mais velho dormia suavemente, sem febre, sem veneno no corpo.

Estava milagrosamente curado.

XII

Seis meses depois do incidente com a picada de cobra e a salvação do irmão, Adeline se casou com Patrick.

Os pais não queriam mais que ela morasse com eles por medo da bruxa que ela demonstrou ser, e os irmãos a temiam como se ela fosse um monstro verdadeiro. A vida em casa acabou se tornando insuportável. Ninguém a agredia, ou falava alguma coisa a respeito da cura, nem mesmo o irmão, apesar de agradecido por ter a vida salva, conseguia forçar uma naturalidade para conversar com Adeline.

Patrick, quando soube do acontecido, procurou pela irmã e Elisa não quis contar o que aconteceu.

– Ela curou seu filho, mulher – explodiu Patrick ao silêncio da irmã. – Ela é uma de nós, e você sempre soube disso.

– Uma de nós o quê? – perguntou a mulher, chorando.

– Você sabe, Elisa – respondeu ele, abraçando a irmã.

– Sabe também que ela conseguiu com a sua ajuda. Adeline e Elisa, duas bruxas poderosas – ele riu.

– Como ousa? – Perguntou ela escapando do abraço do irmão, se afastando daquela sina pecadora.

– Somos todos da mesma laia, irmã. Eu tenho tudo que as antigas deixaram pra trás. Tenho o grimório da Ferraresi, tenho o facão, a vara, o Caldeirão, todas as roupas antigas, tenho tudo anotado.

– Você é um bruxo! – gritou ela – Você manteve essa desgraça viva entre nós.

– Claro que não, Elisa. Todos nós nascemos com esse dom, que você considera maldição. Todos temos poderes, e Adeline é sem dúvidas a mais forte.

– Você quer se casar com ela, mas você não a ama...

– Tampouco ela me ama – respondeu ele rindo. – É uma união de bruxaria, irmã. Vamos juntar nossos poderes.

– Ela sabe disso? – perguntou Elisa.

– Sim – respondeu ele. – Podemos marcar a data?

Assim, naquela tarde, sem muitos convidados, os poucos presentes na igreja sendo parentes, Adeline e Patrick casaram-se. O padre foi convencido a fazer a união entre tio e sobrinha pelos próprios noivos, usando de seus poderes mentais.

Durante o período pré-casamento, Adeline e Patrick andaram brincando com magia e fazendo pequenas coisas para se divertirem. Mudanças climáticas, fazer chover quando era necessário, influenciar o sol a sair na maioria dos dias; magia trivial. Usaram um ritual para Patrick ganhar algum dinheiro em jogos de azar. Reviveram árvores mortas e fizeram plantas florescerem fora de época. O que mais assustou a população da cidade foi quando Genésio, um fazendeiro vizinho que levava um boi para uma outra fazenda no centro da cidade, deixou o animal escapar do transporte, que saiu desembestado pelas ruas acertando pessoas e quebrando coisas. Adeline estava no centro e ao ver o boi, que corria em sua direção, simplesmente levantou as mãos e fez com que o animal parasse em sua frente e se ajoelhasse diante dela.

Os homens da fazenda, exaustos de tanto correr, prenderam o animal de volta na charrete e agradeceram a moça rapidamente, se afastando o mais rápido que podiam. As pessoas que viram o que ela fez, assustadas, saíram de perto e se esconderam. Ela continuou seu caminho até a igreja, entrou, rezou e voltou para casa. O nome de Adeline nunca mais foi esquecido na cidade depois daquele dia.

A moça saiu da igreja de braços dados com o marido e no adro abraçou a mãe.

– Você não tem motivos para chorar mais não – disse ela à mãe. – Eu vou ser feliz!

– Assim espero, minha filha.

Um a um, ela abraçou todos os irmãos, abraçou o pai e lhe disse:

– Quando precisar de chuva, mande me avisar.

O homem sorriu, beijou a testa da filha e, com a família, ficou no adro observando o casal se afastar na charrete de Patrick, que os levava para onde iriam morar por muito tempo.

Adeline sorria o tempo todo de braços dados com o marido, que guiava o cavalo que os puxava.

Apesar de ser bem mais velho – Patrick estava com quarenta anos – o seu cabelo ainda era muito preto e caía sobre a pele muito clara, fazendo com que sua idade parecesse ser bem menor. Era um homem sem beleza, no entanto, não usava barba nem bigodes, e os olhos negros eram profundos como se ele nunca houvesse dormido. Por nunca ter trabalhado, era magro e desprovido de músculos desenvolvidos, apesar de ser alto. Adeline era uma jovem bem alta, e o casal estava em perfeita harmonia.

A noiva, deslumbrada pelo casamento, mas muito mais interessada no que poderia resultar dessa união, não via a hora de conhecer a casa de Patrick. Ele morava em uma antiga propriedade da família Ferraresi que lhe coube na partilha dos bens. Era a mesma casa onde vivera Gioconda Ferraresi, que viera da Itália ainda criança e se tornara a força espiritual da cidade anos atrás.

Adeline entrou na casa e sentiu um arrepio. Sentiu a presença da antepassada e o quanto elas iriam se dar bem.

XIII

Cinco anos depois, o casamento seguia do jeito que Adeline planejara. Patrick odiava, mas trabalhava para manter a esposa e as quatro filhas que tiveram. Adeline interferiu até na própria gestação e teve quatro meninas em duas gestações. Nascidas ambas de partos gemelares, as crianças de quatro e três anos cresciam saudáveis. Patrick era dirigido pela esposa. Até mesmo na hora do sexo era ela quem decidia o que aconteceria.

Desde que chegou à casa, Adeline assumiu o quarto onde o marido guardava toda herança das bruxas antigas. Ele tentou por muito tempo, sem sucesso, fazer algum feitiço, transformar pedra em ouro, mas nunca teve poder suficiente para tal feito. Nesse tempo de casada, Adeline leu as anotações de todas as mulheres que a antecederam e soube de coisas que ninguém havia lhe contado. Descobriu da briga que se estabeleceu entre as antigas e Augsparten. Descobriu o que fizeram e onde ele estava preso nas correntes de energia. Descobriu como ele fora descoberto, delatado às autoridades por um vampiro que viera morar na cidade depois de sua prisão. Por que teria esse vampiro criado essa confusão toda? Estavam todos vivendo em certa harmonia, alguns animais morriam e o vampiro não atacava os humanos da cidade. Se não tivesse sido delatado, não teria havido o grande ritual que fez com que todas as descendentes das antigas tivessem esse poder protetor. Desde o ritual que Gioconda Ferraresi descrevera com detalhes no seu grimório, todas eram bruxas poderosas. Gioconda não falava em passar o poder para homens, e talvez fosse por isso que o poder de Patrick era fraco? Não obteria respostas ali nos livros. Depois das antigas, houve um período de paz e as gerações seguintes não precisaram demonstrar sua magia. Até o seu nascimento. Até o seu irmão ter sido picado por uma cobra. Não existia uma benção para picada de cobra. Ela usou magia, e o poder das antecessoras para limpar o organismo do irmão. Ela sabia que tinha força para isso.

Patrick trabalhava vendendo a produção da fazenda do sogro no mercado da cidade e nas redondezas. Era um trabalho cansativo, exaustivo, mas era o único que ele tinha capacidade de executar. Apesar de ter que trabalhar sob as ordens diretas da mulher, que controlava um pouco sua mente, ele realizava pequenos roubos e falcatruas dos próprios fregueses e do sogro. Ganhava mais do que precisava para o sustento da casa, e Adeline guardava o que sobrava contra a vontade do marido. Ele bebia nos fins de semana e quando chegava em casa bêbado, a esposa o colocava para dormir no quarto dos fundos, perto do quarto dos empregados. Nunca ousou discutir ou ser agressivo com ela. Estava infeliz, mas tinha sido o caminho que havia escolhido para viver. Queria o poder da bruxa, e conseguiu uma bruxa poderosa. Era casado com uma mulher que não conseguia dominar e ele precisava se submeter a todas as suas vontades.

Uma noite, quando chegou do trabalho, trouxe um amigo para jantar sem avisar a esposa.

– Querida, esse é o Natanael, trabalha também vendendo produtos agrícolas – disse ele, apresentando o homem.

– Encantado por conhecê-la, senhora. Seu marido fala sempre da linda família que tem – disse o galanteador homem de cabelos negros e longos.

– Boa noite, senhor...

– Natanael, senhora, Natanael Pereira.

Adeline estremeceu por ouvir aquele nome dentro de sua casa, mas apesar de todos os instintos que tentavam avisá-la de um perigo, pensou que deveria estar enganada. Não poderia ser o Natanael sobre o qual lera no Grimório da Gioconda.

A noite correu sem atropelos, mas Adeline sabia que recebera na sua casa um vampiro. Ela queria saber mais a respeito dessa raça de que só ouvira falar nos textos que tinha lido. Será que Patrick sabia disso? Era impossível não saber! Ele deveria estar tentando passar a perna em Natanael também. Ela não se conformou com a ação do marido, que, ao convidar o vampiro para sua casa, expunha a ela e às filhas ao perigo. Soube que Natanael trabalhava na cidade, era dono de um negócio de vendas da produção local há muitos anos. Seu negócio fora herdado do avô, e agora ele era o responsável. Na realidade, tinha assumido a identidade do próprio neto, para que a população não percebesse que ele jamais envelhecia. A cidade convivia com um vampiro desde que expulsaram Augsparten e ninguém sabia disso.

— Você conhece esse Natanael de onde? — perguntou Adeline quando se viu sozinha com Patrick.
— Do trabalho — mentiu ele.
— No que você está se metendo, Patrick? — perguntou ela, ríspida.
— Em nada — titubeou ele.
— Você sabe o que ele é e sabe também que, ao convidá-lo para essa casa, expôs a mim e às nossas filhas ao perigo.
— Ele não fará mal nenhum a nós — falou o marido, tentando se explicar.
— Você pretende se tornar um vampiro, Patrick? — perguntou ela, quase gritando e olhando em seus olhos.
— Eles são imortais — foi a resposta sem convencimento que o pseudobruxo conseguiu emitir.
— Patrick, eu te proíbo de se meter com isso.
— Durma, querida — Ele a beijou na testa. — Eu prometo que nada vai acontecer!
Adeline conhecia muito bem o marido para saber que não deveria ficar tranquila.

XIV

Certa noite, Patrick não voltou para casa. Adeline sabia onde ele estava. Sabia também que nunca mais seria seu marido, tampouco pai de suas filhas. Ela chorou pensando que o infeliz e incompetente falso bruxo tinha cedido às graças de Natanael e se deixado transformar em vampiro. Adeline tinha dúvidas se o vampiro o seduziu ou se Patrick, ansiando tanto pela vida eterna e juventude garantida, pedira a Natanael que o transformasse. Ela conhecia a vida do vampiro, e ele não havia transformado ninguém em toda sua existência.

Ele vivia em São Luiz desde que Augsparten o mandara prender em 1808. Fugiu da prisão e seus carcereiros fizeram vista grossa, permitindo que ele vivesse no interior.

Augsparten voltou para São Luiz em 1820 e foi preso pelas bruxas locais em 1825, por delação do cidadão de São Luiz, Natanael. O vampiro alemão nunca soubera dessa traição, realizada por vingança.

Patrick saiu de casa disposto a ser transformado em vampiro. Não conseguiu ser um bruxo com a força de sua esposa, e estando infeliz na vida e no casamento, resolveu que a vida das trevas era o seu caminho.

Natanael não queria transformar Patrick. Tentou argumentar que jamais fizera outro igual a ele, e que ele mesmo vivia uma vida sombria e triste há seiscentos anos. Que jamais conseguira uma pessoa amada para confortar seus dias e seguir com ele pela eternidade adiante. Patrick ficara irredutível. Ofereceu dinheiro ao vampiro.

– Você acha que você tem dinheiro para me dar? – perguntou o milionário Natanael. – Eu não preciso do seu dinheiro, Patrick.

– Eu dou o que você quiser – insistiu ele. – Eu lhe dou minha mulher, minhas filhas.

– Pare com isso, idiota! – gritou Natanael. – Você não sabe o que está falando.

Patrick chorou. Sentiu-se o pior homem do mundo. Era um desgraçado, e nem o próprio ser das trevas o queria.

Patrick, vendo que o influente Natanael não seria comprado por dinheiro que ele não tinha para oferecer, começou a ofender o vampiro.

– Você é, na realidade, um incompetente – gritou ele.

– Foi preso no Rio e deixaram você sair de lá porque não se importavam com um vampirinho de merda. Se fosse um homem forte, não teria se escondido no interior.

– Cala a boca, Patrick. Você não sabe do que está falando.

– Se Augsparten souber que você está aqui, você está morto.

– Ele não está mais entre nós. Está preso para sempre.

– Está? Tem certeza? – perguntou Patrick andando ao redor do vampiro. – É fácil fazer contato com ele. Minhas antepassadas o afastaram daqui, mas eu o libertei há dois anos, e posso trazê-lo de volta. Aí será a sua vez de desaparecer, seu vampiro covarde.

– Você não sabe do que Augsparten é capaz.

– Você não sabe do que eu sou capaz – ameaçou Patrick mais uma vez. – Nós dois juntos podemos acabar de vez com Augsparten. Ele é forte, mas nós dois, dois vampiros, não seremos páreo para ele.

– Você não é um vampiro – exclamou Natanael.

– Ainda – ele riu. Sabia que estava conseguindo o que queria. Natanael precisava só de mais um empurrão. – Só eu sei onde está Augsparten agora. Então, você decide.

– Decido o que? – explodiu Natanael. – O que você quer?

– Se eu for um vampiro, serei leal a quem me transformar, se for ele...

Natanael estava enfurecido e tinha medo do que Patrick poderia fazer. Era fácil, estraçalharia a garganta do falso bruxo e teria um inimigo a menos. Seus olhos se tornaram vermelhos a ponto de inundar a sala do casarão onde estavam, suas presas se alongaram e ele, quebrando o pacto que se fizera há anos, avançou contra o humano e mordeu seu pescoço. Patrick, apesar de ser um bruxo com poucos poderes, conseguiu se desvencilhar do abraço apertado do vampiro e jogá-lo no chão. Natanael olhou assustado para o homem à sua frente e não entendeu o que estava acontecendo. O pseudobruxo se aproximou do vampiro imobilizado no chão e, com uma pequena faca presa no cós da calça, feriu o braço de

Natanael e sugou o sangue do vampiro para dar início à sua transformação.

– Não faça isso – disse o vampiro, com a voz grave de quem acabara de se alimentar. – Você não entende o que está fazendo.

Patrick sentiu uma dor aguda no estômago e largou o vampiro no chão, correndo pela sala. Em alguns minutos, desmaiou, e Natanael se aproximou dele. Não queria transformá-lo, mas foi coagido pelo próprio bruxo. Em breve, ele seria um vampiro. Cabia agora a Natanael cuidar dele durante todo processo de transformação e sede aguda. Sentou-se ao seu lado. Olhou para o braço que Patrick cortou e a ferida já cicatrizava.

Só restava a espera.

XV

Adeline Ferraresi, Maria Clara Marques e Catharina Galvão se reuniram na noite de lua cheia em outubro daquele ano. Patrick não tinha voltado para a casa desde a sua transformação. Adeline sabia que havia algo errado com o marido, e por isso mesmo preparou-se para enfrentá-lo. Não poderia mais ser casada com ele, e se tivesse morrido ao se transformar em vampiro, seus votos estavam encerrados.

Adeline deixou as filhas na casa da vizinha mais próxima, a quase dois quilômetros de distância, no intuito de protegê--las. Ela e as duas amigas entraram para o quarto onde estava todo o seu material de magia e se deram as mãos. Precisava impedir que o marido fizesse alguma besteira.

Iniciou um ritual no quarto com o caldeirão fervendo e exalando fumaça, apesar de não haver fogo ou calor por baixo dele. As três mulheres faziam círculos em volta, entoando um cântico mágico e a energia do caldeirão invadiu o quarto. Uma luz amarela emanando do centro do quarto foi se intensificando e envolvendo as três bruxas.

Adeline sentiu a aproximação de Patrick. Ele vinha pelo caminho de terra que dava acesso à casa, e não vinha sozinho. Ela sentiu a presença maléfica de Natanael. Conhecera-o em casa, mas somente agora teve certeza de que ele era o mal encarnado. Atrás dos dois estavam quatro outros seres exatamente do mesmo tipo que Patrick havia se transformado.

Adeline sentiu um arrepio e as duas amigas seguraram suas mãos. A força das três mulheres juntas era grande. Quanto mais se uniam, mais luz amarela invadia o quarto e a casa.

Patrick chegou à porta. Estava transformado: olhos vermelhos, pele muito branca, presas à mostra. Exalava um cheiro de mato molhado muito forte. Não havia perfume nos vampiros transformados por Natanael, mas sim o cheiro de mato. Não cheiravam bem – talvez pela falta de cuidados. Patrick nunca mais tomou um banho depois da transformação. Já não gostava do hábito antes, era um ser fedorento.

À porta, forçou a entrada, mas não era mais o dono da casa e só poderia entrar se fosse convidado por Adeline.

– Adeline – gritou ele –, eu quero entrar.

A bruxa estava firme no seu ritual e não enfraqueceu ao ouvir seu nome gritado pelo antigo marido. As três estavam ligadas em corpo e mente e sabiam o que as outras estavam pensando. Elas tinham que ser fortes para vencer os seis vampiros que estavam do lado de fora da casa.

Natanael se aproximou da porta e tentou enviar uma ordem mental para que a dona da casa abrisse a porta e os convidasse a entrar.

– Adeline, você pode ser uma de nós e podemos viver para sempre – gritou Patrick à porta. – Eu não quero viver sem você.

Adeline enviou uma mensagem telepática para o ex-marido, dizendo que ele a deixasse em paz.

– Eu vou destruir essa casa e vou matar nossas filhas se você não abrir a porta – gritou Patrick.

– Claro que não – interferiu Natanael. – Deixe as crianças.

Patrick olhou para o seu amigo, assustado, e voltou a esmurrar a porta.

– Abra a porta, Adeline.

– Ela não vai abrir, Patrick – uma voz masculina se fez ouvir por trás do vampiro.

Ele se voltou e viu os quatro irmãos de Adeline parados a menos de dez metros dele. Todos estavam armados com garruchas e estacas de madeira.

– Olha, os irmãos se uniram – zombou Patrick. – Vocês acham que são páreo para mim?

– Não. Eles podem não ser – gritou Elisa saindo de trás dos filhos –, mas você ainda assim vai morrer!

Patrick e Natanael se assustaram e Patrick ficou paralisado pela força do feitiço da irmã. Natanael tentou se afastar, mas João acertou sua perna com um tiro e o vampiro caiu. Antes que se recuperasse da lesão, ele se viu atacado por dois irmãos e Pedro acertou seu coração com uma estaca de madeira. O vampiro ficou imóvel. Antônio tirou da bainha uma espada e decepou a cabeça do vampiro português. O corpo e a cabeça pegaram fogo imediatamente e desapareceram em fumaça. Os quatro vampiros mais novos, ao verem o que estava acontecendo, saíram correndo com sua velocidade vampírica e nunca mais se soube deles.

– Agora eu vou matar esse monstro – disse Pedro, se aproximando do tio vampiro.

– Não! Por favor! – suplicou Adeline que abriu a porta e saiu para o terreiro. – Ele é o pai das minhas filhas. Não o matem! Vamos prendê-lo como nossas antecessoras prenderam o outro vampiro.

– Você sabe tudo, minha filha. – Elisa a abraçou chorando. – Eu quis tanto poupar você dessa maldição.

– Não é maldição, mamãe – respondeu Adeline. – Vamos prendê-lo debaixo da terra com correntes de energia para que durem toda a eternidade.

– E como faremos isso? – perguntou o irmão João.

– Vocês não têm que fazer nada. – Elisa sorriu. – Nós cuidaremos de tudo.

As mulheres entraram na casa e Elisa observou cada item do local que nunca tinha visitado. Achou a casa da filha linda. Entraram no quarto da magia e ainda saía fumaça do caldeirão. As duas amigas de Adeline seguiam emitindo cânticos. As quatro bruxas se deram as mãos e a força energética do quarto ganhou ainda mais poder. Uma luz brilhante saiu do meio do caldeirão e subiu em direção ao teto. A mesma luz trouxe Patrick para dentro do quarto e as mulheres aumentaram o tom do mantra. Lá fora, os rapazes se assustaram quando o vampiro subitamente desapareceu.

O cântico aumentava em ritmo e volume, e o vampiro no meio de tudo era envolto por correias de energia branca que o prendiam e o imobilizavam cada vez mais. Ele estava envolvido naquela força de luz. De repente, Adeline emitiu um grito agudo e alto, tão alto que depois disseram ter sido ouvido na cidade. O vampiro envolvido naquela energia subiu na luz que ia em direção ao teto, e foi enterrado a quilômetros de distância da casa. Esperava-se que nunca mais conseguisse se libertar.

O laço que unia as quatro mulheres foi quebrado e elas caíram exaustas no chão. A luz amarela desapareceu como se tivesse sido engolida pelo caldeirão. O cômodo estava escuro exceto pelas velas acesas no altar da bruxa e o caldeirão, frio e vazio.

Adeline abriu os olhos e sorriu. Ela sabia que havia conseguido afastar o vampiro de vez de sua vida. As outras três mulheres começaram a se mexer lentamente, depois ficaram de pé e saíram pela porta do quarto. Adeline foi a última. Deu uma última olhada e trancou a porta atrás dela. Esperava nunca mais ter que entrar naquele lugar.

Os irmãos esperavam a mãe do lado de fora da casa.

– Como vocês souberam que eu iria precisar de ajuda? – perguntou Adeline.

– Eu estava de olho em você, minha filha. Nunca vim à sua casa porque Patrick me proibiu de vir visitar vocês desde que se casaram – Elisa olhou para os filhos. – Os meninos sentem muito a sua falta.

– Eu também sinto falta de vocês – Adeline abraçou a mãe. – Vamos retomar o tempo perdido.

– Volta a morar conosco – sugeriu João.

– Não, querido. Eu agora tenho quatro filhas que estão crescendo muito rápido e são lindas. Nós continuaremos morando aqui, mas vamos nos ver sempre.

Adeline abraçou também os irmãos, um a um. Por fim, virou-se para as outras mulheres.

– Minhas amigas – disse ela, dirigindo-se às duas companheiras de luta –, sem vocês duas eu não sei o que teria acontecido hoje.

– Você é forte, Adeline – Maria Clara Marques sorriu em resposta.

– Você é a melhor de todas nós – concordou Catharina Galvão.

– Obrigada – Adeline sorriu, confiante mais uma vez.

– Obrigada, meus irmãos. Mamãe, temos muito que conversar. A mãe riu e sabia que, dali em diante, não teria mais nada para esconder da filha. Inclusive, tinha muito a aprender com ela.

XVI

Dias atuais.

— **Ali onde é o coreto** do jardim – explicou d. Leonora – era o quarto de magia de Adeline.
— Então por isso é o ponto de maior energia que temos aqui? – perguntou Jaime.
— Sim – concordou ela. – Depois do evento com Patrick, Adeline viveu mais sessenta anos. Seu poder imenso foi diluído através da linhagem das filhas.
— Talvez ela tenha sido a maior bruxa que existiu nessa nossa história – disse d. Tereza.
— Acredito mesmo que ela tenha sido a mais poderosa – concordou d. Cleusa. – Depois dela, o maior poder concentrado aconteceu em você, Jaime.
— E temos que lembrar que Jaime é o segundo homem na nossa linha de especiais – d. Margarida, que detestava se referir a si mesma como bruxa. – Antes dele, só Patrick, que era um fiasco.

As mulheres riram da colocação da amiga ao se lembrarem das histórias antigas.

– Adeline teve quatro filhas. Depois que prenderam Patrick e mataram o vampiro Natanael, ela viveu em paz com a família e as filhas. As amigas, Galvão e Marques, eram antepassadas das nossas amigas aqui. D. Alice Galvão e d. Tereza Marques sorriam ao serem citadas, inclinando as cabeças em deferência.

– Na cidade, Adeline era a benzedeira que até mesmo os padres que passaram pela cidade respeitavam e, para a qual, às vezes, encaminhavam pessoas que precisavam de sua reza.

Padre Lucas sorriu.

– Mas nenhum outro teve que entrar na confusão não, né? – perguntou ele, referindo-se a ter participado do último ritual contra Augsparten, já que ele também era descendente das bruxas antigas.

– Não – riu d. Leonora. – Nenhum outro.

– Sorte ou azar o seu, padre Lucas – brincou Jaime. – E sempre foram dados esses dons às descendentes das cinco originais? – perguntou ele à anfitriã.

– Sim. Eram elas Gioconda Ferraresi, Maria da Glória Avelar, Maria da Penha Galvão, Maria Augusta Marques e Maria de Fátima Cavalcanti.

– Mas todos os instrumentos de magia que estavam naquele quarto... O que foi feito deles? – perguntou Jaime.

– Algumas coisas estão com cada uma de nós, meu filho – explicou d. Tereza Marques.

– Muitas coisas ainda estão guardadas no quarto abaixo do coreto – continuou d. Leonora.

– Não seria o caso de juntar tudo em um local só? – perguntou o padre Lucas.

– Não acho – respondeu Jaime. – É melhor que cada um de nós tenha parte do legado para que nunca seja totalmente vulnerável e, assim, caia em mãos malignas que possam destruí-lo.

– Por esse lado eu concordo – afirmou d. Cleusa. – Até hoje esteve sempre separado, e o unimos quando precisamos.

As mulheres estavam reunidas na sala de d. Leonora para o café da tarde e Jaime fora até elas para conversar sobre o louco que abordou o padre Lucas na igreja. O psicólogo estava preocupado sobre a pessoa a quem estavam se referindo, e a volta misteriosa anunciada. Ele esperava que fosse Augsparten, mas poderia ser qualquer desgraça que a cidade não merecia.

– Eu fico preocupado que Patrick queira voltar – disse d. Leonora. – Ele não é nada confiável.

– Nenhum vampiro é confiável – exclamou d. Cleusa.

– Eu confiava no Frederico – sussurrou Jaime, a voz baixinha.

– Mas não são amigos. Os vampiros, eu andei estudando – começou a falar padre Lucas –, aproximam-se das pessoas e são falsos amigos quando precisam verdadeiramente deles.

– A qualquer momento podem virar o jogo – d. Margarida se benzeu.

– É da natureza deles – continuou o padre. – Existe a sede de sangue que os leva a cometer grandes chacinas.

– Os vampiros mais novos sim – interrompeu Jaime. – Os mais velhos têm controle quanto a essa sede. Podem passar uma longa temporada sem se alimentar de sangue. Augsparten é um dos mais antigos no mundo.

– Mesmo assim, meu filho – aconselhou d. Tereza Marques –, não deveria confiar tanto assim nele.
– Estamos falando de um vampiro morto – exclamou d. Margarida.
– Quem tem certeza de que ele morreu? – perguntou d. Leonora.
– Pelo contrário – Jaime disse, afável –, eu sei que ele está vivo.

Os presentes lembraram-se de que o vampiro Frederich Augsparten, depois de assassinar duas loiras na cidade, fora descoberto, e o inspetor Souza foi ao seu encalço. As bruxas reuniram-se na igreja para um ritual e precisaram da ajuda do padre Lucas, já que d. Margarida estava acamada. A mais velha do grupo tinha sofrido um acidente doméstico e quebrado o pé. Esse acidente foi provocado por Lucas, seu sobrinho, por ordem de Augsparten, para enfraquecer o grupo das bruxas. D. Margarida caiu da escada que dava para o segundo andar de sua casa e ficara dias no hospital.

No ritual, seu desejo era matar o vampiro, ou aprisioná-lo outra vez, mas não conseguiram completar o objetivo porque o vampiro havia se alimentado do sangue de Jaime, o bruxo mais poderoso de todos ali reunidos.

– Sabe? – perguntaram as mulheres juntas em uníssono.
– Sim. Desde que ele se foi, eu nunca mais tive contato com ele, mas sinto a sua presença bem longe, ainda vivo – explicou Jaime.
– Meu Deus! Será que vai começar tudo de novo? – perguntou o padre assustado.
– Espero que não, padre – tranquilizou-o Jaime.

Ficaram conversando mais meia hora e todos viram que precisavam ir para suas casas. Jaime prontificou-se a levar d. Margarida e a mãe. D. Cleusa deu carona ao padre.

Sozinha na sua sala, d. Leonora continuou preocupada. Ela estava com medo do que poderia acontecer com eles e com a cidade.

Sentou-se na sua poltrona e se concentrou. Começou a pensar no futuro diante dela. Entrou em transe e viu – alcançando o futuro – o que aconteceria na cidade e como poderiam ajudar. Ela ficou naquele estado de transe por mais de uma hora e, ao acordar, estava muito assustada. Chorou por alguns instantes, mas levantou a cabeça e disse alto:

– Estaremos prontos todos!

* * *

Jaime, na Mansão do Rio Vermelho, depois de levar as duas senhoras para suas respectivas casas, estava na sacada do seu quarto, deitado na espreguiçadeira, mas ainda assim preocupado com o que aconteceria. Augsparten, ele sabia bem, não mandaria um aviso por um ser tão estranho, um zumbi. Será que aquele homem a quem o padre se referiu sequer estava vivo?

Havia outros vampiros pelo mundo e agora ele tomara conhecimento de Patrick, igualmente trancafiado pelo ritual de bruxaria. Poderia ser ele, o outro bruxo da família, que se tornara um vampiro por ambição, que voltaria para São Luiz com o intuito de se vingar da população? O que ele desejava realmente fazer na cidade e contra quem viria espalhar o seu mal? Ele se tornara vampiro por livre escolha e quisera fazer mal à esposa e às filhas.

Jaime não conhecia nada a respeito de Natanael, mas não parecia ser um vampiro exemplar. Ele morava em São Luiz porque sabia que Augsparten não voltaria tão cedo para a cidade. Gostaria de saber mais sobre a briga que ele tivera com Augsparten no Rio e que resultou na prisão subsequente do vampiro. Natanael, depois de anos preso, veio morar em São Luiz. Somente o alemão poderia contar o que acontecera.

O bruxo relaxou e acabou passando por uma modorra ali mesmo na varanda. Nenhum inseto ou animal chegaria perto do corpo nu de Jaime. Ele estava protegido pela própria magia. Saiu de seu corpo e caminhou por uma floresta escura. Estava procurando algo que ele mesmo não sabia o que era. O lugar estava deserto e, como era noite, pouca iluminação vinha da lua cheia, que quase nada mostrava. Ele sabia onde estava e onde deveria pisar. Estava vestido com uma túnica branca que protegia todo o seu corpo, mas estava nu por baixo daquele pano, que também servia para aquecê-lo. Os pés, no entanto, estavam descalços. Andou mais um pouco em direção a uma luz tênue que avistava ao longe e, ao se aproximar mais, viu uma casa de pedras de construção secular e com uma iluminação nas janelas da frente. Ele se aproximou e viu que a porta estava aberta. Sentindo que deveria entrar na casa, bateu na porta e se fez notar. Uma voz que ele não distinguiu se era de homem ou de mulher mandou que ele entrasse.

No enorme salão que surgiu à sua frente depois do corredor, ficou deslumbrado com o que viu. Uma luz intensa vinha do teto, que nada ofuscava a visão do bruxo. Paredes com pé direito alto que não correspondiam à estrutura da casa no exterior, pintadas de verde, uma cor escura e enferrujada, pouca mobília, e mais ao centro um enorme caldeirão exalava uma fumaça da fervura do seu interior, inundando o cômodo com um cheiro doce, uma mistura de alfazema e hortelã. Jaime pôde ver que o caldeirão fervia sem fogo embaixo dele.

Ele andou pela sala imensa e assustou-se ao ver uma mulher que ele não notara antes mexendo no líquido do caldeirão.

– Como vai você, Jaime? – perguntou ela, encarando-o.

– Eu estou bem. Quem é você? – perguntou ele, sem medo da bruxa de longos cabelos brancos, amarelados pela falta de limpeza regular.

– Eu sou sua amiga. Estou aqui para trazer informações importantes para você. Você vai viver momentos de muita tensão daqui pra frente – disse ela, olhando-o com seus olhos esbranquiçados. – Muita tensão! Terá que ter muita força e muita astúcia para se safar dessa guerra que está por vir.

– Mas o que é que vai acontecer? – perguntou ele, curioso.

– Você saberá. O que eu posso dizer é que os sugadores de sangue vão voltar para a cidade, e você é o único que pode reunir as forças do bem para combatê-los.

– Combater, todos eles? – perguntou ele, preocupado com Augsparten.

– Nem todos, mas somente você saberá distinguir entre o bem e o mal, e assim saberá combater o que há de ruim, salvar as pessoas certas e cumprir a sua função como um de nós.

– Ela abriu os braços e ele percebeu sua magreza esquelética por baixo da roupa surrada que usava.

– Um de nós? – perguntou ele. – Você também é uma descendente de Gioconda?

– Somos todos descendentes de Gioconda, rapaz. Agora vá. Volte para sua casa e cuide-se – disse ela, voltando a mexer no caldeirão.

– Tudo bem – concordou ele. – Para quando eu devo esperar toda a confusão que você diz?

– Quanto antes possível, talvez amanhã a cidade já receba um aviso. Antes de sair, beba um pouco dessa minha poção.

Ela tirou a concha com a qual mexia o líquido fervente e a ofereceu a Jaime. Este, sem receios, bebeu o líquido que, apesar de soltar fumaça, não lhe queimou a boca.

Acordou na sua espreguiçadeira sentindo uma aragem fria que vinha do jardim trazendo-lhe o perfume dos patchoulis em flor. Aspirou o perfume, pensou no amigo vampiro e entrou no seu quarto, caindo na cama e continuando a dormir, dessa vez sem sonhos.

XVII

O Bar de Sempre era o local mais animado do centro da cidade a qualquer hora do dia. Na hora do almoço, a maioria das pessoas que trabalhavam ao redor se reuniam para almoçar; à noite, os amigos se reuniam para tomar uma bebida, para comer alguma coisa, e alguns seguiam para outros lugares depois, outros permaneciam ali até altas horas se divertindo.

César veio à cidade para se encontrar com Goretti e marcara com ela no Bar de Sempre para almoçarem antes de pensarem em trabalho. A mulher não via o colega jornalista a algum tempo devido ao seu trabalho na capital, mas falava com ele com certa frequência.

Ele parecia estar mais bonito aos olhos da amiga. Ela reparou que seu cabelo estava mais loiro do que de costume, e parecia até mesmo que seus grandes olhos azuis estavam mais iluminados. César era uma pessoa luminosa, e deixava transparecer suas emoções no rosto. Nesse dia em especial, estava muito feliz de voltar à cidade, de rever a amiga de tantos anos, mas também ansioso para lhe contar que subira de cargo no jornal que trabalhava na televisão da capital. Agora ele era responsável pelo jornal da tarde.

Goretti, por sua vez, depois de tanto sofrimento pela ausência de Douglas, estava sem muito brilho. Vestia-se como sempre, de jeans e uma camiseta colorida, usava o cabelo sempre preso na nuca em um rabo de cavalo e, sem nenhuma maquiagem, seu rosto mostrava cansaço e tristeza.

– Goretti, minha querida – cumprimentou César.
– Estou muito feliz em estar de volta a São Luiz e te ver.
– Eu também, César. Você sumiu de vez. Há meses que não vem à cidade – repreendeu ela.
– Nem tanto – falou, fazendo cara de sério. – Bom, talvez tenha tempo mesmo. Como vão as coisas?
– Está tudo do mesmo jeito. Eu tenho muito trabalho, muita chateação no serviço e nada de novidades.
– Eu tenho uma novidade – disse ele com um sorriso lindo –, fui promovido. Agora sou responsável pela edição do jornal da tarde.
– Que ótimo! – Ela sorriu realmente feliz em saber da novidade do amigo. – Eu fico extremamente feliz com seu sucesso.
– Eu sei – ele sorriu para ela. – Você é uma grande amiga, e torce pelo sucesso de todos nós.
– Eu, naquele jornal que trabalho, só mudo de cargo se assumir a direção, mas o chefe parece que não vai morrer nunca.
– Talvez ele seja um vampiro – brincou César.

Os dois riram, mas ela continuou:

– Não é não. Se fosse, eu saberia. Ele é um velho que deve ter mais de quinhentos anos, e só serve para encher o saco.

– Sério? – perguntou César, que nunca a escutara reclamar do chefe antes.

– Não. Estou brincando. Ele até que é bem maleável. Mas ainda assim deve ter quinhentos anos.

Continuaram a compartilhar risadas e, nesse momento, a garçonete veio atendê-los. César pediu uma massa longa com molho de carne e Goretti apenas um bife com batata frita. Cada dia comia menos e, por isso mesmo, estava muito magra.

Comeram em silêncio, mas quando acabaram de almoçar, um homem maltrapilho entrou no bar e gritou:

– Ele está voltando – gritou ele, levantando os braços. – Ele está voltando. Cuidado, todos vocês!

Os amigos se assustaram e sentiram o cheiro de putrefação que inundou o bar. César assustou-se e perguntou à Goretti o que poderia ser aquilo.

– Eu não sei – respondeu ela, igualmente assustada.

– Não conheço esse homem e nem sei do que ele está falando.

– Vamos conversar com ele? – perguntou César, que era repórter nato e nunca deixava um furo jornalístico escapar.

– Vamos – concordou ela. – Ele já está saindo, vamos lá.

Levantaram-se e saíram atrás do mendigo. Goretti avisou à garçonete para anotar na conta o valor do almoço e correram pela porta. Ao chegarem à rua, não viram mais o homem. Não tinham nem a mínima ideia de onde ele poderia ter se enfiado. Não havia portas em que ele pudesse entrar e nem esquinas para dobrar. Ele parecia ter evaporado no ar. Ninguém que estava do lado de fora do bar vira o homem.

– Onde ele se meteu? – perguntou Goretti.

– Não sei – respondeu César olhando para os dois lados da rua. – Do que será que ele estava falando?

– Não sei, mas precisamos falar com o Jaime – disse ela, pegando o celular do bolso e ligando para o psicólogo. Estava ansiosa e parecia que o amigo não queria atender o telefone. O Bar de Sempre ficava na esquina e eles estavam parados no meio da rua, tentando ainda descobrir onde teria se metido o homem que estivera no bar. Ao menos nisso concordavam todos, sobre o cheiro horrível que tinha permeado o ambiente.

– Olá, Goretti – Jaime atendeu o telefone no seu consultório.

– Tudo bem, Jaime? Estamos com um problema – disse ela, rapidamente.

– O que foi que aconteceu? – perguntou Jaime.

– Estávamos César e eu almoçando aqui no Bar de Sempre e entrou um homem fedorento e gritou: "ele está voltando. Ele está voltando. Tenham cuidado".

– De novo essa história? – questionou Jaime do outro lado da linha.

– Como de novo? – perguntou ela, interessada.

– Apareceu um homem, pode até ser o mesmo, dentro da igreja e disse a mesma coisa para o padre Lucas – explicou Jaime. – Ele me procurou e contou essa história. Agora com vocês...

– Pois é – continuou ela –, saímos correndo do bar e ele simplesmente desapareceu.

– Foi o que aconteceu com o padre Lucas também. Vocês estão no Bar de Sempre? – perguntou Jaime.

– Sim, acabamos de almoçar – respondeu a jornalista.

– Esperem por mim – pediu Jaime, e Goretti ouviu um barulho de alguém pegando chaves do outro lado da linha.

– Vou me encontrar com vocês agora.

Goretti desligou o telefone e avisou a César que Jaime estava vindo conversar com eles. Entraram no bar e voltaram para a mesa em que estavam sentados. A garçonete voltou e, questionados, resolveram que não queriam nenhuma sobremesa. Ambos optaram por pedir um café.

Jaime chegou muito rápido. Quando entrou no bar, o seu celular tocou e ele atendeu. Era a diretora da escola municipal dizendo que um homem tinha entrado gritando a mesma coisa que eles já haviam ouvido. Ele acalmou a mulher dizendo que era um louco e que estavam providenciando a sua internação. Desligou o telefone e o prefeito estava chamando em outra ligação. O assunto era o mesmo: havia um louco gritando na frente da prefeitura gritando e a polícia estava com medo de prendê-lo e ele ser apenas um paciente psiquiátrico. No mesmo momento, o prefeito disse que o homem sumiu entre os policiais e ninguém sabia para onde tinha fugido.

– Desculpem-me – disse Jaime cumprimentando os amigos com beijos no rosto. – A coisa está começando a ficar confusa. Vamos para o meu consultório.

– Você já almoçou? – perguntou Goretti.

– Não, mas não dá pra perder tempo com isso agora. Vamos conversar – disse ele firme.

Saíram do bar e foram andando para o consultório de Jaime, que ficava a poucos metros de distância, na mesma rua. Entraram na sala do psicólogo e ele fechou a porta. César e Goretti se assentaram e ele permaneceu em pé. Andou para um lado e para o outro e disse, enfim:

— Vamos ter problemas.

— Mas que tipo de problemas? — perguntou César. — O que esse ser quer difundindo essas notícias na cidade?

— Ele diz que alguém vai voltar — lembrou Goretti.

— Quem vai voltar?

— Não sei — desabafou Jaime. — Eu não sei. Esse é o problema.

— Augsparten? — perguntou César.

— Não. Ele não faria um aviso tão baixo — explicou Jaime.

— Não sei quem é, mas sei que não é um ser do bem. Podemos ter muitos problemas com essa corja que está aparecendo e desaparecendo dos lugares.

— Parecem zumbis — afirmou Goretti. — O que vi era um velho, parecia que não tinha vida nenhuma, e tinha um cheiro horrível.

— Pois é — lembrou Jaime. — Augsparten não usaria esse artifício para anunciar sua chegada; ele nem mesmo anunciaria a chegada. Acho que ele prefere se manter no anonimato. Ele não quer aparecer.

— Não quer — confirmou César. — Ele não gosta dessa balbúrdia.

— Sei disso! — Jaime continuava em pé e andou um pouco mais pela sala. — Minha preocupação é que outros vampiros, ou outros seres do mal, queiram fazer alguma confusão na nossa cidade. Eu precisava me encontrar com esse homem.

— Pra quê? — perguntaram ambos. — Para saber quem está por trás disso. Para ver se o ser é uma entidade, ou se é apenas um louco que está tirando nosso sossego.

– Você ainda não o viu... – conjecturou César. – Difícil saber onde ele vai aparecer.

– Sim – concordou Jaime. – Mas vamos ficar atentos. Ele pode reaparecer a qualquer momento.

– Será que deveríamos chamar o inspetor Souza? Ele vai adorar estar no meio dessa coisa toda – sugeriu Goretti.

– Coitado, ele deve estar na casa de campo, feliz da vida e em paz, e a gente vai tirar o velho do seu canto? – brincou Jaime. – Enfim, vou ligar para ele também.

– Não sei o que fazer – disse César por fim. – Eu estava voltando para a capital depois de amanhã, mas acho melhor não. Prefiro ficar aqui mais uns dias.

– Tudo bem – concluiu Jaime. – Mas se cuidem.

Os amigos deixaram o psicólogo sozinho no seu consultório e saíram pelas ruas de São Luiz, atentos a qualquer movimento. Não viram mais nada naquele dia, por mais que procurassem.

Jaime telefonou para d. Leonora e relatou os últimos acontecimentos de que tivera notícia. Ambos estavam preocupados com o desenrolar da história. Conversaram tanto que Jaime esqueceu de contar para a velha bruxa sobre o sonho que tivera com a mulher na mata. Ainda se perguntava se teria sido realmente só um sonho.

XVIII

A noite estava escura e fria e ninguém parecia notar o silêncio intenso das ruas. Havia qualquer coisa de irregular e sombrio naquela noite.

Jean e Patrícia saíram e foram jantar com amigos em uma casa de campo afastada da cidade. Os amigos, ali reunidos, tomaram algumas cervejas e vinho, e depois do jantar ficaram na sala bebericando e conversando. Há muito tempo Jean não visitava José Francisco, antigo amigo de escola. Ele atualmente era casado com Cibele e moravam no Rio de Janeiro. Iam sempre a São Luiz, onde tinham uma casa de campo. Dessa vez, José Francisco fez contato com o amigo Jean e os chamou para jantar lá.

Também estavam presentes Cláudio Roberto e Miriam, sua esposa. José Francisco brincou com Patrícia:

– Eu soube que você correu sério risco aqui na cidade.

– Como assim? – perguntou ela.

– Uai, vocês não tiveram aí um matador de loiras? – riu.

– Doidera aquilo – interrompeu Jean –, mas foi tudo resolvido e o assassino morreu.

– Ah, é? – perguntou José Francisco, interessado no assunto, que estava por fora por não morar na cidade.

– Sim, a polícia desvendou o mistério e o cara foi morto ao ser capturado – explicou Jean.

José Francisco era um homem branco de trinta e cinco anos, engenheiro e muito bonito. Aparentava ter menos idade do que de fato tinha, e os cabelos cheios e curtos davam um toque de jovialidade a ele. Sua esposa, Cibele, era uma mulher mais jovem, tinha vinte e seis anos e trabalhava como enfermeira em uma casa de saúde do Rio. Tinha cabelos lisos, escuros, mas talvez pela profissão trazia-os sempre amarrados na nuca. Eles estavam morando na cidade maravilhosa há seis anos, desde que Cláudio fora transferido pela empresa. Não tinham filhos ainda.

– Você não está vindo mais com frequência à cidade, não é, Zé? – perguntou Jean para mudar de assunto.

– Não, o trabalho é muito e eu tenho sempre que viajar. Aí fica difícil. Desta vez eu vim mesmo para ver a casa e estou pensando muito em colocá-la a venda.

– Sério mesmo? – perguntou Cláudio. – Mas por quê?

– A gente quase não vem mais pra cá. Fica essa casa fechada, estragando tudo e correndo riscos de ser invadida. Não que haja alguma coisa de muito valor aqui, mas tem sempre alguma coisa importante para nós mesmos que pode ser roubada. Se eu vender, vou investir na minha casa do Rio e acabar de construí-la. Falta pouco.

– Você está construindo uma casa no Rio de Janeiro? – perguntou Patrícia. – Mas não é muito arriscado, morar lá em uma casa?
– Não. Eu estou construindo uma casa em um condomínio fechado na Barra da Tijuca. Tenho toda a segurança necessária lá.
– Que bom! Esse bairro é famoso – observou Miriam.
– Famoso como sendo um lugar de gente rica, né? Pois é, menina, mas não é pra tanto. Minha casa mesmo vai ficar em um valor muito bom, e olha que vai ser uma casa imensa.
– Zé quis fazer uma mansão no terreno que compramos – explicou Cibele. – Aí pra encher a casa vou ter que ter uma dúzia de filhos.
– Nossa! – exclamou Patrícia. – E você quer ter tantos filhos assim?
– Eu quero ter pelo menos quatro – respondeu ela. – O Zé não quer tantos.
– Para mim, um basta – replicou ele. – Filho é uma coisa muito complicada no mundo atual.
– Falou igual a minha mãe – disse Jean, rindo do amigo.
José Francisco abriu outro vinho e Jean e Patrícia foram servidos. Cláudio bebia cerveja e Miriam, suco de laranja.
Cláudio era originário de São Luiz e Jean o conhecia de vista, embora nunca tivessem se falado. Ele era um homem forte de pele marrom clara, praticante de musculação e professor de artes marciais. Tinha uma academia no centro da cidade. Miriam era mais velha do que ele três anos, com trinta e dois, mas parecia muito mais velha. Não se vestia com roupas da moda e os cabelos lisos e castanhos estavam bem mal cuidados. Ambos não tinham filhos e nem pretendiam

ter. Estavam casados há três anos e moravam em uma casa simples na periferia de São Luiz.

Os três casais se divertiram muito e quando Jean chamou Patrícia para irem embora, já passava das três horas da madrugada.

– Eu acho que precisamos ir – justificou-se Jean, endereçando ao resto.

– Mas ainda é cedo – tentou argumentar José Francisco.

– Cedo nada – Patrícia olhou no relógio. – São três horas da manhã. Nossa, tenho que acordar cedo...

– Daqui a pouco – brincou Cláudio.

– Sim, tenho que acordar daqui a pouco e nem fui dormir. Mas a noite foi ótima – ela sorriu, levantando-se.

– Foi mesmo – concordaram os outros.

– Eu também preciso ir embora, Zé – aproveitou Cláudio, e Miriam acenou em concordância.

Prometeram se encontrar novamente e o casal de loiros entrou no carro de Jean e se dirigiu para o centro de São Luiz. José Francisco ainda ficou pra trás conversando na porta com o anfitrião.

Jean, no carro, começou a rir.

– Você está rindo de quê? – perguntou Patrícia.

– Da pergunta do Cláudio sobre você correr perigo de morrer.

– Eu nem sabia disso – enfatizou ela. – Vocês esconderam tudo de mim. Eu só soube que tinha um cara matando loiras depois que ele morreu. Nem sei quem foi direito.

– Melhor assim – concluiu o namorado. – Você não corria perigo porque eu e Jaime estávamos protegendo você.

– Que lindo! – ela riu, mostrando os lindos dentes brancos. – Então a donzela estava protegida pelos cavaleiros da távola redonda. Muito bom.

– Mais ou menos isso.

Jean continuou dirigindo e quando virou em uma rua escura perto da casa de Patrícia, avistou na calçada um pé de sapato vermelho de mulher.

– Perderam um sapato – apontou ele.

Patrícia olhou para o local e disse:

– Tem uma mulher deitada naquele lugar também.

Jean parou o carro e deu uma pequena ré, já que havia passado do local, e observaram a cena. Era um beco igualmente escuro, e na calçada estava um pé de sapato vermelho. Ao olhar mais atento, via-se uma mulher de vestido vermelho caída no chão.

Preocupados, saíram do carro e foram ver o que estava acontecendo. A cena era macabra. Na calçada, via-se o sapato vermelho como um sinal para chamar a atenção para o corpo da mulher. Entrando no beco, usando a lanterna dos celulares, Jean viu o corpo de uma mulher jovem elegantemente vestida e, a dois metros de distância, sua cabeça de longos cabelos negros.

Uma mulher acabara de ser jogada no beco, com a cabeça decepada. Não havia sangue no local. Patrícia deu um grito e correu para o carro. Jean também foi para o carro, muito assustado, fechou a porta do veículo e ligou para a polícia. Dessa vez, foram eles que encontraram o corpo. A diferença é que não era o corpo de uma loira.

A polícia chegou ao local e isolou a área. O dia amanheceu sem chuva, mas nublado. O legista pôde dizer que a vítima não fora morta naquele lugar devido à falta de sangue, mas não podia adiantar mais nada. O rosto da mulher demonstrava que ela estava muito satisfeita, parecia feliz.

Patrícia precisou tomar um calmante para se recompor, e naquela manhã, não foi trabalhar. Estava abaladíssima pelo corpo que tinha visto. Jamais encontrara algo semelhante.

A polícia preferiu não deixar que o assassinato fosse divulgado na mídia local. A mulher era uma professora de música, solteira, de vinte e nove anos de idade. Não era muito conhecida fora do meio artístico, e não tinha muitos amigos.

XIX

Naquela manhã, Jean foi para o consultório de Jaime com César e Goretti. Depois de avisar a polícia, avisou também aos amigos sobre o que acabara de encontrar no beco.

– Era a Manuela, professora de piano do conservatório – explicou Jean. – Eu levei um baita susto. Vai começar tudo de novo?

– Não, Jean – disse Jaime. – Não sei o que é, mas teremos algumas confusões por aí.

– Como assim, Jaime? – perguntou o loiro francês.

– Já faz uma semana que corre por aí um homem gritando nos lugares públicos que "ele voltará", "cuidado" e ninguém sabe quem é esse homem e nem mesmo quem voltará – Jaime foi sucinto ao resumir a história.

– Será Augsparten? – perguntou Jean.

– Não acredito que seja – interveio César. – Ele não usaria esse artifício para anunciar sua chegada.

– Existe uma coisa que pode ser pior do que a volta do Augsparten? – perguntou Goretti entredentes.

– Nossa Senhora – disse Jean, fazendo o sinal da cruz.

– Eu vou ligar para o inspetor Souza. – Jaime pegou seu celular para ligar para o velho militar. – Ele não vai querer ficar fora dessa.

– Eu estava pra ligar ontem e me esqueci.

– Melhor falar com ele mesmo – concordou César.

Jaime falou com Souza pelo telefone e o mesmo se prontificou em chegar à cidade ao entardecer. Pelo modo de falar, Jaime notou que ele estava bastante animado com a notícia. Deveria estar muito à toa e enfrentando um tédio enorme.

– O que vamos fazer? – perguntou César.

– Ainda não sei – respondeu Jaime. – Dessa vez, pelo menos, Patrícia ficou sabendo do que aconteceu.

– Sim, mas isso não a tira do perigo – desabafou Jean.

– Não, Jean. Todos nós corremos perigo. Eu preciso me preparar para isso – falou Jaime, como se estivesse falando mais para si do que para os outros.

– Eu tenho que ir para o jornal – lembrou Goretti.

– Eu vou pra casa também – emendou Jean.

– Tudo bem – concluiu Jaime. – Eu aviso sobre qualquer coisa que souber.

Os amigos saíram e ele telefonou para d. Leonora.

– Então vai começar de novo? – perguntou a velha senhora. – Essa onda de crimes não pode voltar a acontecer na nossa cidade.

– Pois é, minha querida. Eu não te contei, mas outro dia tive um sonho...

Jaime contou o sonho que tivera com a casa no meio da floresta e a bruxa mexendo a poção no caldeirão que fervia sem fogo embaixo. Disse a ela que tomara da poção no sonho.

– Você sabe que não foi sonho, não é mesmo, Jaime? – explicou a senhora. – Você esteve na casa da bruxa da floresta, e tomou a poção que ela fazia. Essa poção vai te dar mais força para lutar contra o mal que vem por aí.

– Será Patrick? – perguntou ele.

– Eu acho que sim – respondeu d. Leonora. – Ele é muito baixo e mau-caráter. Ele bem pode usar desses artifícios para assustar todo mundo.

– Eu preciso saber onde ele está.

– Acho que ainda não está na cidade. Ele vai aparecer. O problema é com quem ele vai aparecer. Ele não é do tipo que anda sozinho por aí.

– Pois é, d. Leonora. Isso me dá medo – desabafou Jaime. – Não sei o que esperar, e nem se dou conta de resolver esse problema. Vou precisar de todos vocês.

– Com certeza, meu filho. Estaremos todos juntos nessa batalha que está por vir.

– Como assim? O que a senhora sabe que eu não sei?

– Nada demais, Jaime. – Mesmo através do telefone, Jaime sentiu que ela não estava contando algo que sabia. – Eu também estou com medo de Patrick voltar, e resolver trazer sua vingança para todos nós.

– Ele é bem capaz de querer se vingar da cidade inteira – falou Jaime, se irritando. – Agora o que temos a fazer é esperar que se manifeste.

– Não sabemos nem onde encontrá-lo – d. Leonora parecia estar com muito medo. – Talvez ele queira vir até a minha casa – concluiu ela assustada –, já que ele morou aqui em sua época.

– Vamos todos para sua casa essa noite ver o que podemos fazer – resolveu Jaime, definindo os planos. – Chame todos os outros.

– Tudo bem, meu filho. Até a noite.

Jaime desligou o celular e precisou atender um paciente. Ele não estava com a cabeça no lugar para fazer um atendimento psicológico, porém mandou que o rapaz de vinte e dois anos com depressão entrasse. Depois de uma hora de consulta, ele saiu do consultório e foi à delegacia.

Encontrou o delegado Magalhães, seu amigo de colégio, e perguntou ao militar o que tinham encontrado de novidade no caso.

– Ela era uma mulher sozinha – começou ele. – Não tinha parentes na cidade e nem muitos amigos. Vivia só para a música.

– Eu sei disso. – Jaime lembrou-se de ter estudado no conservatório da cidade, de ainda manter um vínculo com os professores da sua época e conhecer os que davam aula lá atualmente. – Ela era a mais calada de todos lá. Normalmente músicos fazem muito barulho.

Os dois riram.

– Pois é. Aí ninguém sabe onde ela foi ontem e nem com quem saiu. Ao que parece, nem o vestido nem o sapato eram dela.

– Como assim, Magalhães? Ela alugou o traje para uma festa? – perguntou Jaime.

– Não foi alugado. O sargento Ulisses procurou saber em todas as lojas de aluguel de roupas. Não era de nenhuma loja daqui – o delegado falou, dando de ombros, demonstrando que estava perdido no caso.

– Quer dizer que não temos nenhuma informação a respeito dela e de quem possa ter feito aquilo com a vítima? – concluiu Jaime.

– Não. O legista disse que ela não foi morta naquele lugar – explicou o delegado. – Ele acha que a morte aconteceu por volta de meia-noite, mais ou menos, e que ela foi desovada ali naquele beco.

– Segundo Jean, que a encontrou, pareceu que o assassino deixou o sapato na calçada para que alguém a encontrasse no beco.

– Pois é, Jaime. A perícia viu isso também. Sorte que seu amigo não mexeu em nada. A namorada dele quase desmaiou no local, mas eles não tocaram em nada e a gente pôde trabalhar tranquilo.

– Magalhães, eu tenho muito interesse nesse caso porque eu continuo amigo de todos no conservatório, e me sinto até parente de todos lá. Qualquer coisa que você saiba, por favor, me informe. Eu preciso saber de tudo. – Durante a última frase, Jaime usou seu poder de bruxo para convencer o delegado a sempre informá-lo sobre qualquer novidade do caso.

– Pode deixar, Jaime. – O delegado se levantou para levar o psicólogo até a porta, e se despediram.

Jaime andou na rua pensando sobre o que estava acontecendo e quais os riscos que a população da cidade estava correndo. Queria saber onde estava o vampiro que começava a incomodar a cidade.

Andou por mais um quarteirão, e, ao virar a esquina, viu o homem maltrapilho gritando no meio da rua.

– Ele vai voltar! Cuidado, todos vocês! Ele vai voltar!

Jaime correu até ele e conseguiu sentir o cheiro de putrefação que ele carregava. Ou aquele indivíduo estava morto, ou nunca tinha tomado sequer um banho na vida. Ele estava colérico, gritando alto para que todos ao redor o ouvissem. Jaime pegou o celular para fazer uma foto do indivíduo e ao olhar novamente para o ponto onde antes o fedorento gritava, não o viu mais. Sentiu o cheiro podre ainda na rua, e logo tudo voltou ao normal, como se o homem nunca tivesse estado lá.

Ele não conseguiu tirar a foto do desgraçado, mas pelo menos o tinha visto e sabia que ele era um emissário de um vampiro poderoso. O homem era apenas um fantoche na mão do ser das trevas, e não faria mal a ninguém. Mas quem estaria fazendo com que ele aparecesse e desaparecesse dos locais? Durante o dia, um vampiro estaria dormindo e não teria esse tipo de controle. No entanto, se fosse Patrick, como suspeitava, seu antepassado também tinha nascido bruxo.

Voltou para seu consultório, o paciente da hora seguinte já o aguardava. Ele o fez entrar e o atendeu por uma hora.

XX

Goretti estava preocupada, como todos os outros, sobre o que viria a incomodá-los na cidade. Sentia que não poderia esperar coisa boa e precisava conversar com Douglas como nunca antes. Ela sabia que ele poderia ajudá-los. Tentou sentir o amor de sua vida, ansiou por saber onde ele estava, mas não conseguia se unir em pensamento ao vampiro de Juiz de Fora. *"Ele deve estar dormindo"*, pensou ela, *"agora é dia. Mais tarde eu tento falar com ele"*.

César voltara para casa e ela ficou sozinha na sua sala no jornal. Queria falar do assassinato, mas não podia. A polícia proibiu a todos da imprensa de publicarem qualquer coisa que tratasse daquele assunto.

– Alô – respondeu ela, atendendo o celular de um número particular.

– Eu sei quem matou a professora – ela ouviu uma voz cavernosa do outro lado da linha.

– E quem foi? – perguntou ela, sem medo e sem susto, preparada para enfrentar o problema.

– Eu não posso falar por telefone – respondeu a voz.
– E por que você ligou para mim, e não para a polícia?
– Porque você está interessada em saber quem matou a professora. A polícia não quer saber...
– Como assim? Claro que eles querem saber.
– A polícia quer prender qualquer um e dizer que encontrou o assassino – continuou o homem no telefone.
– Eu quero saber – insistiu Goretti.
– Venha se encontrar comigo – chamou a voz de barítono.
– Onde? – perguntou ela.
– Eu vou te dar o endereço, mas venha sozinha. Não conte para ninguém que você está vindo para cá.
– Ok.

Goretti anotou o endereço da casa distante do centro da cidade e avisou o chefe que iria sair atrás de um furo jornalístico.

Entrou no carro e saiu em disparada para o local do encontro. Estava empolgada com o que poderia obter de informações, mas ao mesmo tempo sentia receio do que encontraria naquele lugar. Quanto mais se distanciava do centro da cidade, mais deserta ficava a estrada e nenhuma construção ficava por perto.

De repente, ela avistou a construção na beirada do rio que banhava a cidade. Era um galpão velho que parecia abandonado. Pensou em ligar para César e percebeu que seu celular estava sem sinal. Naquele momento, ela não poderia mais recuar. Mandou uma mensagem de texto, mesmo sabendo que o repórter não receberia. Caso acontecesse alguma coisa, tinha esperanças de um registro chegar até ele eventualmente.

Aproximou-se do galpão e não ouviu nenhum barulho. Não havia ninguém ali e tudo parecia imóvel. Ela contornou a construção e, do lado oposto onde estacionara, encontrou uma porta aberta. Estava escuro lá dentro e ela não conseguia ver nada do lado de fora. Hesitou por um instante, e com toda a sua coragem entrou na construção. Seus olhos custaram a se acostumar na penumbra do ambiente e ela deu mais três passos para dentro do lugar completamente vazio. Teve um grande susto quando a porta bateu e fechou-se atrás dela. Ela voltou até a porta, mas já estava trancada. Olhou novamente para a frente e viu que tudo continuava vazio e em silêncio. Caminhou um pouco mais e começou a sentir que estava sendo observada por alguém.

– Quem está aí? – gritou ela.

Nenhuma resposta, e nenhum som se fez ouvir. Goretti sabia que não estava sozinha. Caminhou um pouco mais para o interior do galpão e ouviu asas de pássaros esvoaçando no telhado. Era um lugar abandonado que deveria estar cheio de ninhos, principalmente de pombos. Quando ela chegou ao centro do galpão, sentiu a presença de alguém atrás dela. Virou-se e deu de cara com o homem que gritava pelas ruas de São Luiz. O cheiro de podridão invadiu o local e ela abafou a respiração, dando um passo para trás.

– Quem é você?

– Ele voltará e ele quer que você seja dele – gritou o ogro mal cheiroso.

– Quem voltará? – perguntou ela. – Quem é ele?

– Você vai saber quem ele é – respondeu o homem à sua frente. – Em breve, todos vão saber quem ele é.

– Você me chamou até aqui para me dizer quem matou a professora... – começou a dizer.

– Ele matou a professora – respondeu ele, interrompendo.

– Ela não quis colaborar com seu plano.

– Colaborar como? – perguntou ela.

– Ele queria que ela fosse como ele, e morasse com ele.

– Onde ele está? – perguntou Goretti.

– Está dormindo no fundo da terra – respondeu o homem.

– E quando ele voltará? – perguntou ela.

– Em breve. Ele está organizando forças para voltar.

– E...

– Você está perguntando muito e deve ficar calada – interrompeu ele rispidamente, coçando a cabeça provavelmente cheia de piolhos.

– Mas você me trouxe até aqui...

– E é aqui que vai ficar! – gritou ele.

Nesse momento, o chão se abriu e Goretti caiu em um cômodo vazio e sem janelas abaixo do piso do galpão. Ela sentiu arranhões na pele, mas não se machucou seriamente. Levantou-se a tempo de ver o ogro fechando o alçapão sobre ela. Estava presa em um cubículo de quatro metros quadrados, sem janelas e sem luz. Começou a gritar, mas sabia que ninguém a ouviria. Ela caíra em uma armadilha do vampiro. O que ele queria com ela? Como ela faria para sair daquela prisão?

Lembrou-se do celular no bolso, mas, se do lado de fora do galpão não havia sinal, dentro daquele buraco, muito menos. Mesmo assim, usou o celular para ver onde estava. Não tinha nada naquele lugar. Estava imaculadamente limpo e vazio. Fora feito para prender alguém. Ela viu que César não recebera a mensagem que enviara para ele, e escreveu outra, contando o que tinha acabado de acontecer com ela. Em alguma hora do dia, ou quando a tirassem dali, a mensagem iria chegar ao seu amigo.

Ela estava apavorada, porém decidiu ficar quieta para poupar energia se precisasse correr ou brigar com alguém.

XXI

Jaime estava no seu consultório quando recebeu um telefonema. O número era desconhecido e o DDD era baiano. Sobressaltou-se, pensando que poderia ser Augsparten.

– Alô – atendeu com o coração a mil.
– Dr. Jaime – disse a voz do outro lado da linha. – Eu sou o Danilo, empregado do senhor Augsparten. Podemos conversar agora?
– Claro que sim. – Jaime dispensaria até o presidente da República em troca de ter notícias do amigo vampiro.
– Dr. Jaime, o Frederico queria muito encontrar com o senhor – começou Danilo.
– Onde ele está? – perguntou Jaime.
– Ele quer ir a São Luiz, e me pediu para ligar primeiro e saber se o senhor gostaria de encontrá-lo.
– Claro, mas como faremos para marcar esse encontro?
– Ele estará à noite em São Luiz – respondeu Danilo –, mas ele prefere não ir à sua casa.
– A casa é dele também – disse Jaime sem pestanejar.

– Não, doutor Jaime. A casa foi dada de presente ao senhor e agora ele não pode entrar sem que o senhor o convide. No entanto, vocês podem resolver isso depois – concluiu Danilo.

– Tudo bem – concordou Jaime. – Onde vou vê-lo?

– Ele fará contato, doutor.

– E você, onde está?

– Estou em um hotel em Juiz de Fora, mas devo seguir com ele para a sua cidade.

– Está certo, fico aguardando.

Desligaram o telefone no mesmo instante que César entrou no consultório de Jaime, aflito.

– Goretti desapareceu – disse ele sem esperar nenhum segundo.

– Como assim? – perguntou Jaime.

– Ela disse ao chefe que iria atrás de uma reportagem e simplesmente não voltou. Não atende celular e nem recebe mensagens – explicou César.

– Uai, isso não é costume da Goretti. Onde ela se meteu? – perguntou Jaime.

– Não sei. Alguém disse que viu ela pegar a BR com o carro.

Jaime ficou preocupado com a amiga e não tinha como descobrir onde ela se metera. Estava muito feliz com o telefonema de Danilo e a possibilidade de rever Augsparten naquela noite, e agora tinha que trabalhar com esse desaparecimento de Goretti.

– O cara que trabalha com ela lá no jornal disse que ela recebeu um telefonema, anotou alguma coisa e saiu em disparada avisando que iria atrás de uma reportagem – explicou César.

– Será que era a respeito do assassinato? – questionou-se Jaime.

– Ela pode estar em perigo! – gritou César, esbaforido.

– Quem pode estar em perigo? – perguntou o inspetor Souza, também entrando na sala de Jaime sem bater.

– Inspetor Souza, que prazer revê-lo.

Jaime se levantou e abraçou o velho amigo.

– Que bom que o senhor está aqui conosco – concordou César.

– Mas quem está em perigo? – o inspetor repetiu a pergunta.

– Goretti – respondeu César. – Ela sumiu. Avisou no jornal que iria atrás de uma reportagem e desapareceu.

– Isso tem quanto tempo? – perguntou Souza.

– Ela saiu logo depois do almoço, tem mais ou menos umas quatro horas que ela sumiu.

– E vocês não têm noção de onde ela possa ter ido?

– Não – respondeu César, ressentido.

– Mas o que anda acontecendo nesta cidade de novo? – perguntou o inspetor, coçando a cabeça.

– Tivemos mais um caso de assassinato com decapitação. O corpo da mulher foi achado no beco da mesma maneira que encontraram a Khriss e depois a Marietta. Decapitação sem sangue no local – explicou Jaime.

– E Augsparten? – perguntou Souza.

– Não foi ele. Ele não está em São Luiz – concluiu Jaime.

– Por onde anda? – perguntou o inspetor.

– Ele virá a São Luiz hoje à noite me ver – confessou Jaime. – Recebi um telefonema do empregado dele.

– Danilo? – perguntou César.

– Sim. Ele me ligou um pouco antes de você chegar. – Jaime andava em círculos pela sala. – Será que Douglas vem também com ele?
– Por quê? – perguntou César.
– Porque Douglas pode encontrar a Goretti facilmente – disse Jaime, o plano se formando na cabeça dele.
– Como assim? – perguntou Souza. – Eles tiveram alguma coisa que eu não sei?
– Sim, inspetor, eles andaram se encontrando por aí e Goretti está apaixonada por ele – falou Jaime, desabafando a história.
– Meu Deus! Essa menina é louca? – perguntou Souza.
– Eu não sabia disso – falou César, parecendo aturdido.
– Ela não me contou sobre conhecer esse vampiro. A gente nem viu ninguém em Juiz de Fora quando ele marcou conosco naquela noite.
– Eu acho que ele apareceu e fizeram ele desaparecer – disse calmamente o inspetor Souza. – Senti a presença dele, e depois não senti mais nada.
– Eu também tive essa sensação, mas foi quando eu dormia à tarde. Acho que até fui à sua casa – lembrou César.
– Segundo a Goretti, ele mora debaixo do parque Halfeld – explicou Jaime, lembrando-se da geografia da cidade, onde o parque era uma das praças centrais.
– Mas onde podemos começar a procurar pela Goretti? – perguntou César.
– Não podemos pedir à polícia, ainda não tem vinte e quatro horas que ela sumiu – explicou Souza. – Será que podemos sair por aí tentando achar o carro dela?

– Não sei – duvidou Jaime. – Acho muito difícil encontrar um carro parado em algum lugar. E se ela seguiu pela BR, pode ter entrado em alguma via de terra para alguma roça ou lugar desconhecido, e vamos demorar um século para encontrar qualquer rastro.

– Acho que posso pedir ajuda à polícia mesmo não tendo passado tanto tempo – disse Souza, levantando-se e tomando o caminho da porta. – A gente vai se falando.

Ele se despediu e saiu do consultório de Jaime. César e Jaime ficaram calados por um tempo e então o repórter falou:

– Eu gosto muito da Goretti.

– Eu também – concordou Jaime.

– Eu gosto muito. Eu *amo* a Goretti – enfatizou César.

– Você nunca disse isso pra ninguém.

– Não. Nunca disse. Agora estou com medo de nunca mais poder dizer... – Os olhos se encheram de lágrimas.

– Não podemos pensar no pior, César. Nós vamos encontrá-la.

– Mas e se foi esse vampiro que a sequestrou, ela pode ser morta a qualquer momento – falou o repórter, seus medos ressoando.

– Mas não será. Teremos ajuda para procurá-la em breve.

– Você acha que Augsparten pode nos ajudar? – perguntou César.

– Não sei. Não sei nem se vou conseguir falar com ele. – Jaime se lembrou de que era agora o maior bruxo da cidade, e talvez não conseguisse se aproximar do vampiro de perto. – Vá para casa e eu ficarei a postos. O melhor que temos a fazer é esperar o contato da Goretti.

– Acho mesmo que devo ir para casa – concordou César –, mas não se esqueça de mim se souber de qualquer coisa.

Jaime conduziu o amigo até à porta e fechou-se novamente no seu consultório. Sua secretária deveria estar muito confusa com o entra e sai de gente no consultório do psicólogo, já que ele tinha mandado cancelar algumas consultas. Ele se sentou na sua cadeira. Relaxou e começou a pensar sobre o que estava acontecendo. Estavam começando a reviver toda a história do vampiro em São Luiz. Ele lembrou-se do amigo que construiu a Mansão do Rio Vermelho. O que Augsparten queria era a paz do interior quando veio para aquelas bandas. Não conseguiu ficar anônimo devido a sua sede de sangue. Foi descoberto e preso pelas bruxas antigas, voltou muitos anos depois e a polícia acabou descobrindo quem era e também, por fim, o expulsaram da cidade. Ele não teria sossego em lugar algum. O que ele poderia querer em São Luiz naquela noite? Jaime teria que esperar a chegada do vampiro.

XXII

Na delegacia, o inspetor Souza reviu vários amigos do tempo de ativa e conheceu o delegado Magalhães, que estava no comando naquele momento.

– Eu estava em São Luiz quando aconteceram as duas mortes das loiras – explicou o inspetor. – A gente acabou descobrindo quem era o assassino e ele foi morto.

– Muito estranho esse fato – começou Magalhães –, a gente encontrou o corpo e não havia sangue no local. A vítima fora exsanguinada antes de ser jogada no beco.

– Como no caso das duas loiras. A Khriss foi encontrada em um terreno baldio, e a Marietta no motel. Ambas decapitadas – acrescentou Souza.

– Mas inspetor, e o sangue dessas mulheres? – perguntou o delegado. – Eu não acredito, mas parece coisa de filme de vampiro.

– Pois é – riu o inspetor, sem dizer sim ou não à hipótese do delegado.

– O que é que o senhor acha disso? – perguntou o delegado. – Um maníaco homicida?

– Não. Não sei o que dizer sobre o caso, delegado.

– Ele fez sexo com a vítima antes de matá-la, mas deve ter usado algum preservativo porque não há nenhum indício de quem seja que esteve com ela – comentou o delegado. – E a cara de satisfação da vítima é muito estranha.

– É exatamente como aconteceu com as outras duas, delegado. Acho que temos mesmo um assassino à solta, e precisamos tomar todo o cuidado do mundo com relação à nossa população.

– Mas não podemos disseminar o pavor entre os cidadãos.

– O delegado temia por uma confusão maior.

– Não, não podemos. Por falar nisso, delegado, temos uma jovem desaparecida há algumas horas. Eu sei que não podemos decretar sumiço com menos de vinte e quatro horas, mas essa moça não desapareceria sem avisar aos amigos e ao jornal onde trabalha – disse o inspetor se apressando no assunto.

– Nossa! Quem é ela?

– A Goretti, jornalista do jornal local e uma moça muito correta com suas coisas e com o emprego que tem – continuou Souza. – Se ela saiu do jornal dizendo que tinha uma reportagem para fazer e desapareceu, é muito provável que coisa boa não esteja acontecendo com ela.

– E o senhor acha que devemos começar as buscas? – perguntou o delegado, assustado.

– Sim, delegado. Acho que podemos começar a procurar pelo carro dela. Deve ser a coisa mais fácil de achar – Souza sorriu. – Será que não tem aí um desses localizadores de carros modernos?

– Podemos dar uma olhada, inspetor.

O delegado levantou-se e saiu de sua sala. Conversou com Gonçalves e entraram de volta na sala em que o inspetor Souza aguardava.

– Inspetor, o Gonçalves é meu braço direito aqui na delegacia e entende tudo de localização de carros. Ele pode nos ajudar – apresentou o militar.

– Que bom, Gonçalves. No meu tempo, não havia tanta tecnologia como hoje, mas eu sempre acompanhei de perto essa evolução toda.

– Não sei se conseguiremos descobrir onde está esse carro, senhor, mas vamos tentar – disse Gonçalves.

Ele saiu da sala do delegado e foi para junto de seu computador de última geração para procurar pelo carro de Goretti. A jornalista tinha um Ford Focus preto há dois anos. Adorava o carro e adorava dirigir em alta velocidade na estrada.

O inspetor ficou na sala do delegado sozinho por um tempo e começou a se lembrar do delegado Shapper, que estava na ativa na época dos assassinatos das duas loiras. O gordo e desajeitado delegado era uma piada para seus comandados, mas fez uma carreira militar sem manchas. Poderia até ser taxado de bobo ou mesmo de imbecil, mas quando tinha que resolver alguma coisa na cidade, estava sempre a postos. Era alcoólatra e isso não tinha como esconder. Foi para a reserva depois de solucionado o caso das loiras.

– Inspetor – Gonçalves chamou na porta da sala –, eu vi pelas câmeras da cidade que a moça saiu do jornal e pegou a estrada em direção a Juiz de Fora. Mas parece que ela não chegou até lá.

– Como assim, Gonçalves?

– O carro dela está parado perto de um galpão abandonado às margens do rio, a mais ou menos dez quilômetros daqui – explicou Gonçalves.

– Uai, então vamos até lá – sugeriu o inspetor.

– Vamos – concordou o delegado. – Mas o senhor não deveria ir, inspetor.

– Por que não? – perguntou Souza, surpreso.

– O senhor não está mais na ativa e pode ser perigoso – explicou Magalhães.

– Tudo bem, vou avisar o Jaime. – O inspetor se levantou.

– Acho melhor irmos todos, na verdade.

Saiu da sala e já estava escurecendo, eram quase sete da noite. Encontrou Jaime na saída do consultório e contou a ele o que encontraram na delegacia. Jaime se prontificou a ir com ele para o local, mas acrescentou que seria bom que também levassem César.

O repórter estava no Bar de Sempre fazendo um lanche e tomando um café. Estava preocupadíssimo com o desaparecimento de Goretti, e não conseguira descansar e nem mesmo ficar em casa. Jaime disse-lhe o que sabiam e ele largou o que estava comendo, pagou a conta e saiu com os amigos. Entraram no carro de Jaime e seguiram para o local. Precisavam estar lá caso encontrassem Goretti, e caso houvesse uma coisa mais sinistra ainda no local, como suspeitavam.

As duas viaturas passaram por eles em direção ao local referido e eles as seguiram. Jaime dirigia muito bem e adorava uma corrida na estrada. César e Souza nem se importaram com a velocidade que o psicólogo usava no caminho; queriam chegar lá e descobrir o que estava acontecendo.

Ao se aproximarem do galpão, as viaturas pararam com os holofotes ligados para clarear o local e o delegado gritou no megafone que, se houvesse alguém no interior, que saísse de mãos levantadas. O carro de Goretti estava parado no mesmo lugar que ela estacionara mais cedo.

Não houve uma resposta do interior do galpão. Nenhuma luz, nenhum movimento. Os militares se aproximavam e ao darem a volta no galpão encontraram a porta aberta. Sem luz no interior, o soldado Fidelis usou uma lanterna especial militar para iluminar o local. Entraram todos com suas lanternas e não havia nada no local.

Caminharam mais e, no meio do galpão, encontraram um buraco com um alçapão aberto. Fidelis jogou o facho de luz dentro do cômodo cavado no chão, e não havia ninguém. Na busca por qualquer indício, viu um celular. Usando uma corda, o soldado desceu o buraco e pegou o aparelho.

Do lado de fora, ao ver o celular, César confirmou que pertencia a Goretti.

– Mas ela não está lá – concluiu Magalhães. – Ela pode ter sido levada para outro local.

– Sim. Para onde, meu Deus? – perguntou-se César.

– Vou liberar para que um de vocês leve o carro dela para São Luiz e vamos continuar as buscas.

– Tudo bem – concordou Jaime.

Os militares voltaram para dentro do galpão e os três amigos ficaram do lado de fora perto do carro da jornalista. Estavam muito aflitos.

– Ela pode estar em perigo – disse César, se manifestando alto.

O inspetor Souza não disse nada e andava em círculos em volta do carro. Jaime estava parado olhando na estrada.

De repente, um cheiro amadeirado intenso e conhecido do psicólogo invadiu suas narinas. Ele reconheceu o cheiro de patchouli e olhou em volta. Perto de uma árvore estava um homem todo vestido de preto, com cabelos longos presos na nuca. Jaime não o conhecia, mas sabia que se tratava do vampiro Douglas. Ele não pode se aproximar muito, nem mesmo olhar para o vampiro.

– Quem pode estar em perigo? – perguntou Douglas.

– Goretti – respondeu Jaime.

O vampiro abriu os olhos e inundou a região inteira com a luz vermelha de sua raiva. Seus caninos estavam à mostra.

– O que aconteceu? – perguntou ele.

– Ela saiu do jornal sem avisar ninguém, dizendo que vinha atrás de uma reportagem e desapareceu nesse galpão – explicou Jaime.

César e o inspetor viram Jaime conversando com o vampiro e se aproximaram também. Foram envolvidos também pela luz vermelha dos olhos de Douglas.

– Você é o Douglas? – perguntou César, parecendo que estava mais afirmando do que perguntando de fato.

– Sim, já nos conhecemos em Juiz de Fora – respondeu o vampiro.

– O que você acha que pode ter acontecido com a Goretti? – perguntou César.

– Não sei ainda, mas seguirei para dentro do galpão e direi a vocês o que aconteceu.

O vampiro usando de sua velocidade sobrenatural entrou e saiu do galpão passando pelos militares sem ser notado.
– Patrick está envolvido nisso. Temos que achá-lo – disse Douglas quando voltou. – Ela não está por aqui. Não adianta ficarmos por aqui. Eu vou achá-los.

Douglas desapareceu na escuridão da noite, deixando o cheiro de patchouli envolvendo Jaime, César e o inspetor que ficaram perplexos.

Resolveram voltar então, e Jaime dirigiu seu carro e César e o inspetor foram no carro de Goretti. Ainda tinham muito que fazer naquela noite.

XXIII

Naquela noite, no Bar de Sempre, Isnar, Élio, José Carlos, Lívio e Júlio tomavam uma cerveja e discutiam algumas reformas que a prefeitura queria fazer na cidade, e dividiam-se em opiniões contra ou a favor. Gostavam de se reunir para a cerveja da noite e, desde a fatídica noite em que os rapazes encontraram a loira decapitada no terreno baldio, tornaram-se amigos. Élio era o advogado que ajudou os rapazes nas questões legais de testemunho sobre o aparecimento do cadáver.

Jean e Patrícia estavam em uma mesa mais distante e tomavam um suco de frutas. Estavam esperando dar a hora para irem a uma balada. Conversavam pouco. Depois que Jean achou a morena morta, ficaram os dois com medo de saírem às ruas e se tornarem as novas vítimas. Porém, naquele dia, tinham combinado com alguns amigos de irem dançar e não podiam adiar esse compromisso.

O bar estava lotado como todas as noites de fim de semana, e ninguém notou que nas ruas o silêncio era muito grande e o vento não soprava. Uma escuridão anormal tomou conta das ruas e mesmo com a luz dos postes tudo estava mais escuro. Um cheiro ruim impregnou as ruas e invadiu os olfatos de quem por ventura estivesse nas calçadas. O cheiro foi tão intenso que entrou pelo bar e fez com que muitos reclamassem. Parecia que alguma coisa morta e em putrefação estava entre eles. Élio foi o primeiro a sentir o cheiro.

– Que cheiro ruim – disse ele aos amigos.

– Ruim mesmo. Parece carne podre – concordou Lívio.

– O que será? – perguntou José Carlos. – Geraldo, o que que tá fedendo por aí? – gritou para o garçom.

– Não é aqui não – respondeu o garçom. – O cheiro está vindo da rua.

– Insuportável – disse Isnar se levantando para ir à porta e ver o que estava produzindo aquele cheiro.

Todos no bar estavam inquietos, e algumas pessoas pararam de comer, sentindo-se enjoadas. Quando se aproximava da porta, Isnar foi impedido de continuar por Jaime, que entrou com César e o inspetor Souza.

– Ninguém sai do bar – gritou ele. – Não saiam do bar e, Geraldo, feche as portas.

– Mas o que está acontecendo? – perguntou Geraldo.

– Depois eu conto para todos. Fiquem dentro do bar – ordenou Jaime, fazendo gestos para que todos permanecessem no mesmo lugar.

Geraldo obedeceu ao psicólogo e fechou as portas, o que fez com que o cheiro ruim ficasse mais fraco e desaparecesse por completo minutos depois. Jaime pediu uma vodca e a tomou em um gole. Achou uma mesa e sentou-se com César e Souza para aguardarem. Nem ele mesmo sabia o que deveria esperar, mas principalmente, precisavam aguardar para o que quer que estivesse nas ruas voltasse para o inferno de onde não deveria ter saído.

– O que está acontecendo, Jaime? – perguntou Jean, se aproximando do amigo.

– Muita coisa, meu caro – disse Jaime. – Chame a Patrícia e sentem conosco na mesa.

O jovem loiro foi até a namorada e trouxeram os copos para a mesa onde Jaime estava sentado. Ele e a loira olharam para os três na mesa e viram que não poderia ser nada bom.

– O que está acontecendo, gente? – perguntou Patrícia.

– Entre outras coisas, Goretti foi sequestrada – respondeu César ríspido.

– Como assim? – perguntou Jean.

– Vocês encontraram a mulher morta e decapitada – começou Jaime. – Como nos casos da Khriss e da Marietta, o que a matou não é humano.

– Como assim? – foi a vez de Patrícia perguntar.

– Quando ocorreram os assassinatos na cidade, tínhamos um vampiro que as matou – continuou Jaime. – Ele foi pego e expulso da cidade.

– Vampiros não existem – falou Patrícia, categórica.

– Claro que existem – falou Souza, sem paciência nenhuma.

– Então, tudo bem, era um *serial killer*. Foi expulso da cidade? Não foi preso? – perguntou ela.

– Não. Na época acreditamos que ele tivesse morrido. – Jaime lembrou-se do desaparecimento de Augsparten. – Só que agora existe outro vampiro pior na cidade.

– Pior? Por que pior?

– Porque esse é um ser maligno que quer se vingar da cidade toda. Esse cheiro é coisa dele – concluiu Jaime.

Jaime estava falando com tanta pressa que não notou que os garotos da outra mesa também tinham parado para escutar sobre o ocorrido. Estavam interessados nas explicações que o psicólogo fornecia sobre o caso que tinham presenciado.

– E o que podemos fazer? – perguntou Élio, interrompendo assustado, e foi quando Jaime notou que os outros também estavam prestando atenção.

– Uma coisa importante é evitar sair às ruas à noite até conseguirmos acabar com ele – informou Souza.

– E vamos ter que ficar aqui no bar até amanhecer? – perguntou Júlio. – Vamos ficar muito bêbados.

– Não brinque, Júlio – Lívio o repreendeu. – Se temos que ficar aqui, vamos ficar.

– Eu preciso ir embora – relutou Júlio. – Não posso ficar fora de casa esta noite, minha mãe não está bem de saúde.

– Eu sugiro que você fique aqui um pouco mais – aconselhou César.

– E o que estamos esperando? – perguntou Isnar.

– Que as coisas fiquem em paz lá fora – respondeu Souza.

– Mas se é como vocês estão dizendo, deve ter gente correndo perigo nas ruas – observou José Carlos.

– A polícia já foi avisada – disse Souza.

– Mas e a Goretti? – perguntou Jean, se dando conta de que não falaram mais dela.

– Ela sumiu – desabafou César. – Desapareceu.

– Mas a polícia também está procurando por ela – acalmou-o Jaime.

– E o Douglas também – acrescentou César.

– Quem é Douglas? – perguntou Élio.

– Um amigo dela – Jaime falou, tentando despistar mais o assunto. Já tinha falado o bastante. – Ele também é da polícia.

Os amigos ficaram à mesa sentados e vez ou outra tomavam as bebidas que estavam à frente; Jaime consumira quatro doses de vodca e estava muito ansioso. Ele, afinal, tinha um encontro marcado com Augsparten. Não fazia ideia de onde o vampiro apareceria para vê-lo.

Não se sabe se foi por causa da porta fechada, mas o cheiro de podre das ruas desapareceu. Não sentiam mais nada, e Júlio voltou a insistir que queria ir para casa. A mãe estava com problemas cardíacos e ele estava muito preocupado com ela.

– Eu moro perto e vou correndo – insistiu ele.

Jaime tentou observar o ambiente ao redor do bar com seus poderes mágicos e não sentiu a presença de nenhum ser maligno que pudesse estar à espreita. Mesmo assim, temia pela vida do rapaz.

– Eu chego em casa e telefono para avisar que cheguei bem – insistiu Júlio.

– Tudo bem – concordou Isnar, que se sentia sempre responsável pelo grupo. – Mas não pare para falar com ninguém e, a qualquer coisa que vir ou sentir, grite e ligue para nós.

Júlio levantou-se e abriu a porta do bar. Não havia mais cheiro podre e não havia mais escuridão nas ruas. Será que o mal havia passado? Será que tudo aquilo não seria uma brincadeira de mau gosto combinada por todos ali presentes? Ele deu um aceno com a mão direita e saiu para a rua. Fechou a porta do bar e correu para casa.

Havia algo de muito estranho no ar que ele mesmo não percebeu: o silêncio. Não havia ruídos em nenhuma das ruas. Em determinado ponto, ele se cansou e parou de correr. A casa estava logo ali e ele podia diminuir o ritmo. Chegaria em casa e poderia enfim telefonar para os amigos dizendo que nada tinha acontecido no caminho. Respirou fundo e abriu os braços para respirar melhor. Fechou os olhos, inspirou fundo, e quando os abriu, viu um homem parado a cerca de dez metros de onde ele estava.

O homem estava vestido inteiramente de preto, confundindo-se com a escuridão da rua, e estava parado entre Júlio e sua casa. O rapaz não sabia o que fazer. Teve uma sensação de medo imenso, mas pensou que poderia ser porque estavam falando de vampiros no bar. Era como ver um filme de terror e tentar dormir depois. O medo era certeiro. Ele deu mais alguns passos em direção à sua casa e o homem levantou a cabeça, e então Júlio viu um par de olhos vermelhos que iluminaram a rua. Ele sentiu o cheiro forte de mato molhado no ar e começou a chorar. Já não poderia se salvar naquele momento. Não havia como correr e nem quem pudesse ajudá-lo. O homem aproximou-se e Júlio viu que, na sua boca, um par de presas apareceu sob o lábio superior. Soube, então, que morreria ali.

O vampiro aproximou-se mais de Júlio que, imobilizado pela força mental do ser das trevas, não conseguia nem gritar. Júlio sentia o cheiro desagradável do vampiro a sua frente e observou a face branca, os olhos vermelhos e profundos e, principalmente, as presas que pareciam cada vez maiores.

– Não se assuste tanto, rapaz – brincou o vampiro com uma voz que parecia sair do fundo de uma caverna. – Isso não vai doer nada.

Rindo, o vampiro abraçou Júlio.

A última coisa que o rapaz percebeu foram os caninos afiados do vampiro perfurando seu pescoço, e o prazer imenso antes de morrer sem sangue e ser deixado jogado na calçada.

O vento voltou a correr pelo seu caminho e o silêncio absoluto deixou de existir.

XXIV

A porta do bar abriu e entrou um rapaz de pele marrom clara, de olhos negros, bem vestido, procurando uma pessoa como se conhecesse alguém naquela cidade. Jaime foi o primeiro a vê-lo e percebeu que era humano. Qualquer movimento estranho poderia causar um grande susto. Assim, soube que era Danilo. Levantou-se e se apresentou ao rapaz.

– Onde ele está? – perguntou Jaime.

– Ele está na rua. Eu o deixei no carro. Ele não quer entrar e ver todos aqui dentro – respondeu Danilo.

– Mas estamos fechados aqui dentro porque há outro vampiro lá fora – falou Jaime baixinho, conversando com o baiano em sussurros para ninguém mais ouvir.

– Ele sabe. Por isso mesmo, pede que você vá até ele. Ele não quer ser confundido aqui dentro com o outro – Danilo fez uma expressão de malignidade.

– Entendi, mas meus amigos... – Jaime deu a entender que eles não aceitariam que ele saísse sozinho àquela hora do bar com o perigo lá fora.

– Eu ficarei aqui e você pode convencê-los de que consegue sair sozinho – Danilo sorriu.
– Tudo bem – concordou Jaime. – Meus amigos, esse aqui é o Danilo. Meu amigo que acabou de chegar a São Luiz.
– Danilo? – perguntou César, dando a entender que sabia quem ele era. – Está tudo bem com você?
– Está sim – respondeu o baiano. – Eu estou com sede. Acho que vou tomar uma cerveja.

O rapaz também estava incomodado de estar em um lugar onde não conhecia ninguém, e não poderia contar com o seu patrão para ajudá-lo a ficar bem. Augsparten estava do lado de fora do bar, esperando pelo psicólogo no carro.

Jaime avisou que sairia, mas que era rápido e que eles não se preocupassem. Ninguém deu a mínima importância ao fato e começaram a conversar com Danilo. Patrícia queria saber mais de Salvador; Isnar e Élio disseram que a cidade estava muito suja quando foram lá. Já Lívio e José Carlos nada diziam, começando a ficar preocupados com o fato de Júlio ainda não ter telefonado.

Do lado de fora do bar, a noite estava fresca e tudo parecia normal. Jaime não sentiu o cheiro de podridão que estava no ar momentos atrás, mas ao ver o carro preto estacionado do outro lado da rua, sentiu a essência do perfume do vampiro alemão. Habituado a sentir o aroma de suas flores, o cheiro do vampiro era diferente e muito mais forte. Jaime começou a andar em direção ao carro e sentiu um arrepio percorrer o corpo todo. Havia algo dizendo a ele para não se aproximar do vampiro. Havia, no momento, várias bruxas tentando impedir esse encontro e esses espíritos circulavam ao redor de

Jaime para convencê-lo a não se aproximar mais. Nas suas casas, as bruxas vivas de São Luiz acordaram assustadas.

D. Leonora foi a que mais se assustou. Parecia que alguma coisa tinha batido na sua janela e sacudiu seu corpo na cama. Ela acordou e pensou em Jaime. Será que ele estava se metendo em alguma enrascada?

D. Tereza, a mãe de psicólogo, também foi acordada de forma súbita e, assim como a líder das bruxas, pensou no filho e imaginou que ele estivesse envolvido em alguma coisa ruim.

As outras mulheres, também acordadas, passaram a rezar em silêncio em suas camas. O padre, na igreja, estava no altar e rezava pelo bem da cidade. Sentiu um arrepio no corpo, imaginou que poderia ser o vento – era muito tarde da noite –, mas viu que Jaime estava no meio da rua se dirigindo a um carro preto desconhecido.

Todos ficaram em alerta e, na rua, os espíritos das bruxas queriam impedir que Jaime entrasse no carro. Queriam impedir que ele se encontrasse com o vampiro a quem todos temiam no passado. Jaime foi mais forte do que o desejo das antepassadas e se aproximou do carro. A porta do carona se abriu. O cheiro do perfume do vampiro o invadiu e ele entrou. Sentou-se no banco do carro olhando para a frente e sentiu a presença do vampiro no banco de trás.

– Quanto tempo, Jaime – cumprimentou Augsparten. – Não olhe para trás. Devido a sua magia e todos esses espíritos aí fora que tentaram te impedir de entrar no carro, ainda não podemos nos encarar. Corremos o risco de tentarem nos destruir.

– Eu não quero destruir você, Frederico – Jaime estava emocionado por estar na presença do amigo vampiro.

– Eu sei, Jaime – Frederico estava inalando o cheiro do psicólogo, que lhe dava tanto prazer e sede. – Ficamos muito distantes, e com isso você cresceu muito no conhecimento das bruxas que me fizeram prisioneiro alguns anos atrás e depois me expulsaram novamente... Enfim – suspirou ele –, estamos aqui novamente juntos e separados por uma imensidão de fatores que nos fazem quase inimigos.

– Frederico, eu sou descendente das bruxas antigas...
– E é o mais forte de todos até agora – completou o vampiro. – Eu sei de tudo que aconteceu com você desde que eu fui embora de São Luiz.

– E por que eu não sei nada do que se aconteceu com você? Custei para ter certeza de que você não estava morto – a voz de Jaime estava embargada pela emoção.

– Você não poderia saber, Jaime – o vampiro explicou com calma –, as suas bruxas amigas não permitiram que você soubesse que eu estava vivo e impediram qualquer comunicação comigo. Há muitas delas que vivem ao seu redor e vamos ter trabalho para conseguirmos superar tudo isso e um dia nos encontrarmos de verdade.

– E o que está acontecendo agora? – perguntou Jaime.
– Onde está Goretti? Por que eu posso ver e falar com Douglas mas não com você?

– Nossa! Tantas perguntas – o vampiro riu, mostrando as presas alongadas. – Você sempre foi muito afoito e cheio de curiosidade. O que está acontecendo? Patrick, seu tio de longa ascendência, é um bruxo e também um vampiro. Ele era uma pessoa de má índole e um salafrário. Casou-se com Adeline, bisneta da Gioconda, para aumentar o seu poder de magia. Foi um dos seus maiores erros, ela aumentou seu poder e enfraqueceu o dele. Como tinha sede de poder e queria a vida eterna, aproximou-se de Natanael e fez com que ele o transformasse em vampiro.

– Quem é esse Natanael? – perguntou Jaime.

– Um vampiro que conheci no Rio muitos anos atrás, e com quem briguei e ordenei sua prisão na corte de D. João VI. Ele conseguiu fugir e veio para São Luiz porque sabia que eu estava aqui, e foi ele quem delatou às pessoas da cidade que eu era um vampiro. O resto da história você já conhece – explicou Augsparten.

– E onde está Natanael agora?

– As bruxas e os seus irmãos o mataram na noite que prenderam Patrick, há cento e cinquenta anos – respondeu ele.

– Onde está Goretti? – perguntou Jaime.

– Não sabemos. Douglas está procurando por ela, mas ainda não teve nenhuma informação – concluiu o vampiro.

– Patrick pode tê-la capturado e tem a intenção de matá-la. – Jaime sentiu medo pela amiga.

– Não acredito que ele faça isso. Ele é esperto, e não vai machucar a sua amiga. Deve usá-la como chantagem para conseguir alguma coisa.

– E o que faremos? – disse Jaime. – Onde você ficará?

– Danilo arrumou tudo para nós. Ficaremos bem, e eu vou manter contato com você para que consigamos resolver esse problema todo. Aliás, o que posso te dizer é que vamos ter problemas, dos grandes. – Augsparten respirou fundo. – Patrick não é um vampiro que age sozinho. Ele virá com muitos ao seu comando.

– Sério? – Jaime disse alto. – Então a população da cidade corre perigo.

– Sim. Todos correm perigo, e por isso mesmo você é a força que vai conseguir salvar todos aqui. Mas posso te garantir que haverá perdas...

– Perdas... – Jaime pensou um pouco, e sentiu a dor do que viria. – Sinto muito por tudo que você passou.

– Eu sei, Jaime. Agora volte para seus amigos e não olhe para trás. Como disse, não tente me ver ainda.

O vampiro fechou os olhos e se escondeu na escuridão do carro.

A porta do carona se abriu e Jaime saiu do carro. Ao seu lado, muitos espíritos esperavam por ele. Alguns o envolveram e perscrutaram para desvendar se ele não tinha sofrido nenhum ataque do vampiro. Acompanharam o bruxo até a porta do bar, e o deixaram entrar sozinho.

– Onde você foi? – perguntou César.

– Ali fora – respondeu Jaime.

– Ali fora. Com esse perigo todo? – quis saber Élio.

– Tudo bem. Eu já estou de volta e não sofri nada. Júlio ligou? – perguntou Jaime.

– Não, mas ele é assim mesmo – respondeu Lívio. – No mínimo, deve estar dormindo e nós estamos aqui preocupados com ele.

– Tomara – sussurrou Jaime. – Eu quero outra vodca.

Ficariam no bar até o amanhecer. Jean e Patrícia avisaram aos amigos que não poderiam ir dançar, e ninguém saiu do Bar de Sempre até raiar o dia.

XXV

Os primeiros raios de sol permitiram que Jaime abrisse a porta do bar e todos finalmente saíssem. O inspetor procurara uma mesa reservada e desabara por lá, dormindo até o amanhecer. Os outros, jovens, acostumados às noites de farra, continuaram bebendo sem se importar com o fato de não poderem sair.

Jaime saiu primeiro e olhou a rua. Não havia nada de anormal naquele espaço ali perto. Abriu as outras portas e todos foram saindo e se dirigindo às suas casas. César e Jaime andaram um pouco mais e entraram na praça da cidade. Três moradores de rua estavam deitados no chão, mortos. Não havia um traço sequer de sangue, mas eles sabiam que o vampiro, ou vampiros, no plural, tinham sido os responsáveis. César gritou para que o inspetor Souza se aproximasse e ele viu os três deitados.

– Ele fez a festa ontem – comentou ele.

– Sim, e não ouvimos um ruído diferente que possa ter acontecido aqui – observou César.

– Mas não teve nenhum ruído ou barulho. Tudo ocorre em silêncio – explicou Jaime.

O inspetor ligou para a delegacia para dar a notícia e chamar os peritos para levarem os corpos. Em pouco tempo, os militares estavam na praça. Cercaram o local e começaram a observar cada detalhe que poderia determinar o que tinha acontecido ali.

– Estávamos de vigia a noite toda – notificou Gonçalves.

– Passamos por essa praça muitas vezes, e não vimos nada acontecer.

– Não se preocupe, Gonçalves – tranquilizou-o o inspetor. – Essas coisas acontecem.

– Mas senhor, nós poderíamos ter impedido – penitenciou-se o sargento.

– Vocês também estavam correndo riscos desnecessários ao fazer essa ronda – falou com firmeza o inspetor. – Estamos lidando com algo perigoso, e todo cuidado é pouco.

– Sim, senhor – respondeu o sargento. – Mesmo assim, peço desculpas.

O sargento cumprimentou o militar da reserva e voltou para junto dos corpos e de seus soldados. Era um militar competente. Gonçalves deveria ter trinta e dois anos, observou Souza. Era um homem alto, musculoso, sem exageros e de pele muito branca. A cor da pele contrastava com o cabelo preto e os olhos escuros que tudo viam. Ele andou por perto dos corpos, observou, tentou ver, deu a volta, procurou e nada encontrou. Mandou que o legista levasse os corpos para que o Instituto Médico desse seu parecer.

Os carros da polícia partiram em direção à delegacia e uma moça de vinte e dois anos que passara a noite no bar apareceu correndo e chorando muito. Ela se atirou no pescoço de Jaime e chorou ainda mais. Quando, por fim, conseguiu parar de chorar, quase gritou:

— Ele morreu!

— Quem morreu, Marta? — perguntaram os três homens ali reunidos.

— Ele morreu — repetiu ela, chorando mais. — Encontramos o corpo de Júlio na calçada, perto da casa dele — soltou tudo de vez.

— Júlio? — indagou César.

Os três correram na direção apontada por Marta e ao chegarem perto da casa do amigo, viram que alguns rapazes olhavam o corpo estendido na calçada sem mexer em nada na cena do crime. Gustavo já havia ligado para a polícia e estavam esperando a viatura.

César, Jaime e Souza viram que o rapaz de vinte e dois anos fora mais uma das vítimas dos vampiros. Quantos mais seriam até serem pegos?

— Quem o encontrou? — perguntou o inspetor. — Vocês tocaram nele?

— Eu tentei ver se tinha pulso na carótida — disse Armando, que era estudante de Medicina. — Mas não mexi em mais nada.

O rapaz estava assustado, fizera o que tinha aprendido na faculdade, mas um cadáver na rua sempre é um susto muito desagradável. Os outros três que estavam com ele, incluindo Marta, que voltara a se juntar ao grupo, estavam mais afastados e as duas mulheres choravam.

— A polícia já foi avisada — continuou Armando. — Paulo ligou do celular dele e estamos aqui esperando.

– Encontraram três mortos na praça – avisou César aos quatro jovens. – Estamos com um perigo à solta na cidade e não queremos que vocês saiam de casa à noite sob hipótese nenhuma.

– O que está acontecendo? – perguntou Marta, enxugando os olhos com as mãos.

– Não sabemos ainda – mentiu Jaime. – Por isso mesmo é melhor que vocês não corram perigo saindo à noite desnecessariamente.

– Mas hoje vai ter a festa da faculdade de Jornalismo – lembrou Paulo. – Vai bombar de gente.

– Temos que impedir essa festa – sussurrou Souza.

– Imaginem que prato cheio para os vampiros que estão soltos por aí.

– Não sabemos quantos são, inspetor. Temos que lembrar que Douglas e Augsparten também estão na cidade – Jaime acrescentou baixinho.

– Estão? – perguntou o inspetor. – Você se encontrou com o alemão?

– Sim e não – respondeu Jaime. – Aquela hora que saí do bar fui até o carro dele, que estava estacionado do outro lado da rua, mas eu não pude vê-lo.

– Por que não? – perguntou Souza, curioso.

– Estava muito escuro e não consegui vê-lo – mentiu Jaime, sem querer entrar em mais detalhes. – Mas conversamos um pouco e ele está do nosso lado.

– Temos então um aliado vampiro contra outro vampiro – brincou César, nervoso. – Ele disse alguma coisa sobre Goretti?

– Não. Ele não teve notícias dela, mas até o anoitecer, Douglas vai ter solucionado isso tudo para nós – enfatizou Jaime.

A polícia chegou e, novamente, Gonçalves observou, observou, andou de um lado para o outro e mandou levar o corpo para o IML. Ficou ainda mais preocupado com o seu novo achado.

– Então – perguntou a Souza –, como esse rapaz foi dar essa bobeira e ser morto?

– Ele estava conosco no bar – começou a explicar Jaime –, mas pelo que ele disse, a mãe está muito doente.

– Tem problemas cardíacos – interrompeu César. – Ele disse que não poderia passar a noite toda fora e, tão logo achou que o perigo havia acabado, veio correndo para casa.

– Tentamos de tudo para que ele não saísse do bar – concluiu o inspetor.

– Eu acho que nós precisamos conversar – disse Gonçalves, olhando para os três homens que estavam dando explicações.

– Por quê? – perguntou Souza.

– Porque sinto que vocês sabem mais coisas do que estão me contando. Eu preciso de mais informações – ele enfatizou a última frase. – Podemos conversar hoje depois do almoço? Estejam na delegacia.

– Tudo bem, sargento – concordou Jaime. – Estaremos lá. Quem sabe já teremos alguma notícia da Goretti?

– Quem sabe? Agora à parte desagradável de ser policial. Tenho que dar a notícia da morte do jovem para a mãe dele. – Ele olhou para a casa a vinte metros de distância. – Por que esse rapaz não correu um pouco mais e chegou em casa? – perguntou baixinho, como se estivesse falando para si mesmo.

O sargento Gonçalves se afastou e também César e Jaime começaram a voltar na direção do Bar de Sempre. Pararam de andar e viram que o inspetor estava parado no mesmo lugar do crime, olhando para frente, provavelmente vendo coisa alguma, mas pensando sobre o que estava acontecendo. Era comum o militar tentar resolver seus casos absorto em pensamentos.

– Inspetor? – gritou César. – Vamos embora.

O militar olhou para o lado onde estavam os dois amigos e começou a caminhar em direção a eles. Estava, como todos eles, bem preocupado. Na primeira vez, no caso das loiras, eles procuravam um assassino e não tinham medo por não saber que era um vampiro. Nesse caso, já sabiam que a ameaça era vampiresca, mas não sabiam quantos vampiros teriam que enfrentar. Bendito o sol que começava a arder em suas orelhas.

XXVI

Jaime foi chamado com urgência naquela manhã à casa de d. Leonora. Ela mesma ligou para o psicólogo e disse que precisavam ter uma conversa séria, o mais rápido que ele pudesse.

Ele chegou à casa da líder das bruxas antes das nove horas da manhã, e ao entrar na sala, encontrou todas as velhas senhoras e o padre Lucas. Eles o encararam.

– Nossa, gente – brincou Jaime ao se deparar com a cena.

– Vocês caíram da cama?

– Pelo jeito você nem chegou perto da sua cama hoje, não é, meu filho? – observou d. Tereza.

– Não, a noite foi longa e complicada – respondeu o psicólogo.

Ele cumprimentou todos, beijou as senhoras no rosto e sentou-se na poltrona que estava livre para ele. Ele estava cansado e igualmente preocupado como todos ali presentes.

– O que aconteceu durante a noite, Jaime? – perguntou d. Leonora.

– Não sei ao certo, mas Patrick voltou para São Luiz. Já andou fazendo algumas gracinhas que não gostei, mas não tive como evitar.

– Como assim? – perguntou d. Cleusa.

– Bem, tudo começou com aquele ser estranho gritando que ele voltaria e nós conversamos aqui sobre isso – começou a explicar Jaime. – Depois, minha amiga Goretti estava trabalhando, recebeu uma ligação e desapareceu atrás de uma pista. Depois de muita busca, conseguiu-se encontrar o carro dela em um galpão afastado da cidade. O carro estava lá, mas ela não.

– Cruzes – D. Margarida fez o sinal da cruz. – Onde ela está?

– Não sei ainda. No local, enquanto aguardávamos a polícia liberar o carro dela, Douglas apareceu, e ele está procurando por ela.

– Douglas, o vampiro de Juiz de Fora? – perguntou d. Leonora.

– Sim, ele mesmo – concordou Jaime.

– Como assim, gente? Eu nem sabia que tinha outro vampiro. Ainda mais de Juiz de Fora – interpelou d. Ângela.

– Tem sim – respondeu Jaime. – Bem, depois o que aconteceu foi que fomos para o Bar de Sempre e, de repente, sentimos um cheiro horrível de putrefação vindo das ruas. Era uma coisa realmente horrível. Fechamos as portas do bar e não deixamos ninguém sair até de manhã.

– Ninguém saiu? – perguntou d. Leonora, olhando nos olhos do rapaz.

– Quer dizer – titubeou Jaime –, eu saí.

– Nossa! Mas era um perigo – alarmou-se o padre Lucas.

– Não havia perigo nessa hora, padre – disse Jaime, enfático. – Eu saí para conversar com Augsparten.

– Sério? – perguntou d. Alice. – Ele também voltou à cidade?

– Voltou sim, d. Alice – respondeu Jaime. – Mas ele está do nosso lado.

– Como assim? – perguntou o padre. – O vampiro agora é nosso amigo?

– Padre, nós estamos prestes a entrar em uma guerra com forças muito poderosas. Não podemos esquecer de que Patrick é um vampiro, mas também é um bruxo. Não podemos esquecer também que ele é um salafrário e uma pessoa má – exaltou-se Jaime. – Ele é o mal encarnado. Augsparten viria a São Luiz e chegou em uma hora errada para ele, mas certa para nós. Nós vamos ter que confiar no vampiro que expulsamos daqui.

– Isso não me parece certo – refletiu d. Margarida.

– Você é o poder maior agora, Jaime. Você é quem vai ter que nos proteger de qualquer enrascada maior.

– Qual foi o resultado da noite? – perguntou d. Tereza.

– Bem... – Jaime levantou-se da poltrona, serviu-se de café que estava sobre a mesa de centro e depois prosseguiu: – Depois que o sol nasceu, encontramos na praça três moradores de rua mortos pelo vampiro, ou pelos vampiros, se acreditarmos que Patrick não está sozinho. Logo depois, encontraram o Júlio, nosso amigo, filho da Julietta, morto a vinte metros de casa. Também foi obra de vampiro.

– Meu filho – disse d. Tereza, olhando para o rapaz –, você precisa dormir um pouco.

– Sim – respondeu ele. – Agora eu vou ter que realmente dormir de dia igual um vampiro – brincou ele.

– O que poderemos fazer? – perguntou o padre.

– Rezar, padre, rezar! – definiu d. Margarida. – Eu não tenho forças físicas para brigar com um vampiro.

– Precisamos de todo mundo – interrompeu Jaime. – A senhora tem força sim, e essa sua força é necessária para todos nós.

– Meu filho – chamou d. Leonora –, acho que você precisa tomar cuidado.

– Como assim, d. Leonora? – perguntou ele.

– Eu tive uma visão naquele dia que você saiu daqui de casa, e não vi coisa boa – respondeu a velha senhora.

– O que a senhora viu? – interessou-se ele.

– Realmente será uma guerra – respondeu ela, também se servindo de mais café, parecendo preocupada.

Estavam todos ao redor da mesa de centro com café e biscoitos feitos em casa. Eram feitos para comer enquanto conversavam e recuperavam forças. Padre Lucas já havia experimentado de todos os tipos.

XXVII

Na delegacia, Magalhães estava muito nervoso. Ele não esperava que, ao assumir o posto em uma cidade pacata como aquela, tivesse que lidar com quatro assassinatos em uma só noite. Queria a todo custo resolver tudo rapidamente para não dar à população da cidade motivos para ter medo de sair às ruas ou continuar vivendo no local. O sargento Gonçalves trouxe mais notícias dos corpos.

– Segundo o legista, nenhum dos corpos possuía uma gota sequer de sangue – começou ele. – Parece que todos foram drenados, ou os corpos foram mortos todos em outros lugares e depositados onde foram encontrados.

– Mas Gonçalves, o rapaz, segundo informações, saiu do bar par ir para casa e foi morto no caminho – lembrou ele. – Como poderia ter sido morto em outro lugar? Foi morto ali mesmo onde o encontramos.

– Mas senhor, como explicar essas mortes? – perguntou o sargento.

— Se pudermos explicar as mortes, teremos nosso assassino, sargento. Eu quero uma vigilância redobrada nas ruas e, a qualquer suspeita, vamos prender o meliante para mais indagações — ordenou ele. — O tal homem que andava gritando pelas ruas, por onde anda?

— Ele não era visto sempre, senhor. Parece que ele aparecia e desaparecia do nada — respondeu Gonçalves.

— Isso é impossível! — indignou-se Magalhães. — Parece que nós estamos lidando com histórias de terror iguais às dos livros.

— Também pensei nisso, delegado — interrompeu o inspetor Souza, entrando na sala, cuja porta estava aberta.

— Como é, Souza?

— Eu também pensei nisso, meu caro. Da outra vez que tivemos que lidar com a morte das loiras aqui em São Luiz, foi tudo muito estranho — começou ele. — Não tivemos quatro mortes em uma noite, mas duas loiras em um período curto de tempo.

— Mas vocês pegaram o assassino — interrompeu, afoito, Gonçalves.

— Sim, mas nada impede que agora tenhamos não um, mas dois ou mais assassinos do mesmo tipo. O tipo de morte — lembrou Souza —, na realidade, não segue um padrão. Tivemos três moradores de rua que eu acho que foram mortos por estarem naquele lugar dando bobeira para o assassino, e o rapaz que estava indo para casa. Não existe nenhuma relação entre eles.

— Não, não existe — concordou o delegado. — O único fator comum é a falta de sangue em todos eles. Parecem que foram drenados.

— Por um vampiro — completou Souza, categórico.

— Eu diria por um vampiro — riu o delegado —, se eu acreditasse neles. Vampiros não existem, inspetor.

— Existem sim, delegado — enfatizou o inspetor.

— Deus me livre — Gonçalves se benzeu. — Isso foi obra de vampiros?

— Claro que não, Gonçalves — interpelou Magalhães. — Onde já se viu? E você lá tem medo de vampiros, sargento?

— Não sei, delegado. Nunca vi um, graças a Deus — respondeu o sargento apavorado.

— Existem, delegado. Os vampiros existem e estão entre nós, assim como as bruxas, os demônios e todos os seres que nossa literatura fala e que povoam os filmes — declarou Souza.

— Então existem zumbis? — perguntou Gonçalves.

— Gonçalves, se você não se recompuser, eu vou afastá-lo do caso — esbravejou Magalhães. — Inspetor, foi de muita valia a sua interpelação hoje aqui na delegacia, mas eu continuo não acreditando em vampiros e em nenhuma dessas bobagens.

— Tudo bem, delegado — disse Souza se levantando. — Eu só vim aqui saber notícias se houve algum outro óbito de que não soubemos. Pelo visto não. Precisamos voltar depois do almoço, Gonçalves?

— Não! Foram só esses quatro — respondeu o delegado.

— Voltar depois do almoço? O que é isso?

— Gonçalves queria conversar comigo, Jaime e César — respondeu Souza. — Ele acha que sabemos mais do que estamos informando, mas tudo o que sabemos é isso que eu acabei de dizer.

– Não, inspetor. – Gonçalves fez um gesto com as mãos liberando o inspetor de retornar à delegacia. – A gente está muito nervoso com isso tudo. Fique tranquilo.

– Eu estarei por aí então, sargento. No que eu puder ajudar, conte comigo.

– Tudo bem, inspetor.

Cumprimentos feitos, Magalhães dispensou o sargento e sentou-se novamente na sua mesa. *Vampiros, uma ova. Até o inspetor, velho, vivido, acreditando nessa merda*, pensou ele. *Onde já se viu falar nessas coisas todas?* Levantou-se e andou pela sala, decidindo a tomar um café. Mas como explicar essa falta de sangue e quatro mortes em apenas uma noite? Onde estava a patrulha policial da cidade que não viu nada disso acontecendo? Ele estava cada vez mais ansioso.

O telefone tocou e era um chamado em uma escola da cidade. O caça-gazeteiros da escola encontrou um corpo de uma aluna atrás do ginásio coberto. Precisava comparecer à escola com urgência.

Chamou Gonçalves e mais uma patrulha e foram até o local. Quando chegou lá, recebeu o relato inteiro.

O bedel do colégio fazia a ronda diária quatro vezes no seu turno para manter a ordem na escola e pegar gazeteiros que, por ventura, estivessem matando aulas. Ele era um homem de sessenta e cinco anos que cuidava daquele colégio desde a juventude. Já se sentia dono da escola. Gordo, hipertenso e extremamente ansioso, José, ou simplesmente Seu Zé, não dava folga aos alunos. E por isso mesmo, a maioria dos adolescentes da escola de ensino médio procurava um jeito de matar aulas ou fazer alguma estripulia que irritasse mais ainda o estressado guardião da paz da Escola Santa Rita.

Ele entrou nos banheiros. Entrou nas salas de aula. Entrou em vários cômodos, e como não havia alunos no turno da manhã, ficava fácil fazer a ronda. Depois de fiscalizado o prédio, era importante verificar o pátio. O ginásio coberto estava fechado, mas ele andou ao redor.

Foi precisamente atrás do ginásio, no barranco de terra de mais ou menos três metros antes do muro, que ele encontrou um corpo. Primeiro notou um pé descalço. Aproximou-se mais e viu a aluna de dezessete anos, usando o uniforme da escola, com a roupa e os cabelos cheios de terra e folhas secas. Estava morta. Ele nunca vira coisa mais desagradável em toda sua vida. Nunca tinha visto uma pessoa morta. Subiu escorregando os dois metros que descera para ver melhor o corpo e chegou à Secretaria correndo e sem fôlego. Chamou a polícia; o diretor da escola; o professor de matemática, que era seu amigo; a cozinheira da escola, por quem nutria certo sentimento; enfim, estava histérico.

A polícia chegou junto com o diretor do colégio que, preocupado com a fama do estabelecimento, suava frio e gesticulava, tentando falar alguma coisa. Informado pelo empregado sobre o que achara atrás do ginásio coberto, o diretor Carvalho sentou-se em sua sala e pediu ao Seu Zé que obtivesse o telefone da família da menina.

A mãe da moça não estava preocupada com a filha, que dissera que iria dormir na casa de uma amiga para fazerem um trabalho de escola. A amiga não sabia disso. Imaginou-se que a garota estava com outra pessoa, que podia ser o culpado por seu assassinato.

A polícia chegou e isolou o local. O perito policial que fora chamado por Magalhães avaliou o corpo e disse que a garota provavelmente tinha sido morta por volta das oito da noite do dia anterior. Ela estava fria, pálida e sem nenhuma mancha de sangue ao redor do estrago que fora feito em seu pescoço por dentes bem afiados. Magalhães engoliu em seco e lembrou-se do inspetor Souza: *"vampiros existem sim"*.

Ele saiu do local com Gonçalves ao seu encalço e os dois voltaram para a delegacia. Ambos ficaram calados no carro, e somente na sua sala Magalhães decidiu falar alguma coisa ao sargento:

– O que achou do caso, Gonçalves?

– Não sei, senhor. O senhor não quer acreditar que possa ter sido um vampiro, mas é esquisito.

– Você tirou fotos? – perguntou ele.

– Sim, senhor – O sargento pegou o celular para mostrar as fotos amadoras que fizera e o entregou ao delegado.

Havia várias fotos do pescoço estraçalhado da garota. Pareceu-lhe que uma fera faminta a mordera e não se contivera em apenas sugar o sangue, mas se deliciara em também devorar a carne. Depois, ele veria as fotos oficiais do legista e conversaria a respeito com o médico, mas estava muito claro que aquilo não era coisa de humanos, e não existiam animais ferozes nas redondezas que pudessem causar aquilo.

– Telefone para o inspetor Souza e peça a ele que venha até nós – pediu ele.

– Sim, senhor.

– Sargento, mande para mim essas fotos por mensagem no celular, mas não mostre a ninguém.

– Tudo bem, senhor!

O sargento saiu da sala e Magalhães voltou a pensar. *São cinco corpos então. Essa menina deveria estar na escola até mais tarde e ninguém deu falta dela. Como pode? Uma menina de dezessete anos e ninguém se preocupa.* Com a tecnologia atual, celular, internet e um milhão de aplicativos que servem para as pessoas se comunicarem, onde estava essa mãe que até aquela hora do dia não havia telefonado ou dado falta da filha?

A menina nunca tinha chegado à casa da amiga, se é que esse era o seu plano. Ele esperou um pouco mais e ouviu quando a mãe e o pai da menina morta chegaram assustados à delegacia.

XXVIII

Na noite do rapto de Goretti, Douglas andou pela cidade com sua velocidade vampírica até chegar o momento em que não podia ficar mais exposto ao sol, que começava a manchar o manto da noite com sua claridade. Ele saíra do depósito onde a amada tinha ficado presa durante o dia, e por mais que ele tivesse bebido do seu sangue, não conseguia sentir onde ela poderia estar. Andou pelo centro e sentiu a presença de Danilo, Jaime e César no Bar de Sempre, mas não se atreveu a ir até lá.

Estava passando na praça pela décima vez no seu caminhar desesperado quando viu os moradores de rua serem atacados. Foi obra de dois vampiros. Ele sentiu a presença de ambos, mas não poderia interferir na matança que se sucederia. Aproximou-se mais e notou que eram vampiros mais jovens, e por isso conseguiu não ser sentido por eles. Um rapaz que parecia ter vinte e cinco anos, cabelos curtos e bem cuidados, aproximou-se do primeiro pedinte que estava sentado no banco com uma garrafa de cachaça e o imobilizou com a mente. Assustados, os dois outros não conseguiram fugir, devido ao teor alcoólico na sua corrente sanguínea e à força mental do segundo bebedor de sangue. O cheiro dos dois vampiros era muito estranho. Não se parecia em nada com o cheiro de putrefação que se espalhara pelas ruas anteriormente, mas era um perfume de mato molhado bastante forte, que Douglas desconhecia.

    O vampiro mais novo segurou a cabeça do homem que estava ao seu lado e olhou nos seus olhos. Conseguiu ver a vida péssima que o pobre coitado vivia e riu. O velho morador de rua, conhecido de todos na cidade, temeu pela sua vida. O medo em sua alma fez com que seu sangue corresse mais depressa em suas veias e exalasse o cheiro bom que atrai os vampiros maldosos: o cheiro do medo. Ele ria mais alto e, quanto mais ria, mais medo sentia a sua vítima. Ele deixou aflorar suas presas e as cravou no pescoço do homem. Sugou até a última gota e o deixou caído no banco da praça. Olhou para seu colega, que à sua frente assistia à exibição e passou a preparar-se para sugar o sangue das próprias vítimas.

    O próximo homem a sua esquerda conseguia gritar de medo, e Douglas pensou em como era iniciante o vampiro que estava com ele. O outro vampiro era um rapaz de vinte e dois anos. Será que o exército de Patrick era todo composto de jovens que ele transformou em seres da noite? O jovem vampiro de cabelos loiros e curtos, dono de uma musculatura invejável, precisou da ajuda do outro vampiro para saciar sua sede. Inapto por inexperiência talvez, ele estraçalhou o pescoço da vítima ao acabar com sua vida. O terceiro homem foi dividido pelos dois "soldados" de Patrick. Deixaram os corpos jogados na praça. Riram e saíram da praça, andando lentamente como quem sai de uma festa ou bar. Não tinham pressa. Sentiam-se como o seu chefe, donos da cidade. Douglas olhou para os corpos caídos e sem vida dos três pedintes e saiu dali em disparada tentando mais uma vez, em vão, localizar Goretti.

Quando passou pela enésima vez em frente ao Bar de Sempre, viu Jaime saindo do estabelecimento e pensou até em adverti-lo do perigo que corria, mas sentiu o cheiro conhecido que ele também exalava e viu um carro preto parado do outro lado da rua. Viu que Jaime se encaminhava para lá e sentiu a presença de Augsparten. Deixaria os dois conversarem a sós, e depois procuraria seu criador para ajudá-lo.

Não conseguia entender porque não conseguia sentir a presença de Goretti em lugar algum. Sentia que outros vampiros passavam por ele a certa distância, não muitos, mas sabia que tinha companhia. E Goretti? O que Patrick teria feito com a jornalista para que impedisse que ele identificasse sua presença?

Quando ele voltou à rua do Bar de Sempre, Augsparten estava sozinho no carro esperando por ele.

– Você precisa falar comigo? – perguntou o alemão.

– Preciso da sua ajuda! – Douglas se jogou no banco do carona do carro.

– Ainda não encontrou a moça?

– Não! Eu nem sinto onde ela possa estar. Patrick deve ter feito uma coisa qualquer que está impedindo que eu a sinta, e eu não consigo nem perceber se ela está viva ou morta – desabafou o vampiro de Juiz de Fora.

– Talvez você esteja fazendo a coisa errada. Ela deve ter sido encarcerada em algum lugar que sua percepção não possa invadir, mas e quanto a Patrick? Já tentou conseguir localizá-lo? – perguntou Augsparten.

– Não. Não pensei dessa forma, Frederico. Estou tão desesperado atrás dela que nem pensei em procurar por ele. – Douglas estava muito nervoso.

– A noite vai acabar e não vamos conseguir encontrá-la hoje – definiu o vampiro mais velho. – Amanhã vamos resolver isso sem falta.

– Droga! – esbravejou Douglas. – Eu vou matar esse vampiro.

– Todos nós queremos matá-lo – riu Augsparten.

Douglas saiu do carro e deixou Augsparten sozinho no veículo. O alemão pensava no que poderia fazer naquela cidade na qual o povo não gostava dele, de onde ele já fora expulso duas vezes, e em que o humano que ele tanto gostava não podia sequer olhar em seus olhos sem desejar que ele morresse e sem tentar matá-lo.

O que estava fazendo ali? Talvez viera no momento errado e iria se meter um uma briga que não era dele. Ele precisava se alimentar. Não havia ninguém nas ruas daquela cidade. Quem quer que estivesse perambulando seria atacado pelos vampiros de Patrick e, provavelmente, não sobreviveriam. O carro servira apenas para se encontrar com Jaime. Ele saiu do veículo e caminhou pelas ruas de São Luiz. Se pudesse encontrar Jean seria muito bom. No entanto, ele causara uma anemia grave no rapaz que o levou ao hospital quase à beira da morte. Seria melhor deixar o francês em paz? Com sua invisibilidade vampírica, andou pelas ruas, viu dois vampiros jovens caminhando despreocupados como se fossem humanos saindo de uma festa, um casal de vampiros caminhando mais apressados pela rua do bar. Seguiu os dois últimos e eles desapareceram correndo. Frederico viu então o momento que Júlio saiu do bar. Queria proteger o rapaz, mas não teve tempo. Um vampiro mais velho – ele achou que fosse Patrick – se aproximou do rapaz e o matou, sugando todo o seu sangue, a menos de vinte metros de sua casa. Augsparten não pôde interferir, ou demonstraria que estava na cidade e a guerra começaria naquele momento. Ele queria saber mais sobre tudo o que acontecera e quem realmente era Patrick, porém somente Jaime seria capaz de averiguar isso. Ele precisava se encontrar novamente com o psicólogo.

Talvez já fosse hora de se esconder do sol, que não demoraria a aparecer. O que ele poderia fazer naquela noite? A sede gritou nas suas entranhas. Ele precisava se alimentar.

Caminhou mais um pouco e encontrou um soldado que se distanciara de seu grupo fazendo a ronda da noite. Seria a vítima perfeita. Aproximou-se do soldado e se fez notar.

– Você não deve estar aqui – disse o guarda. – Há perigo nas ruas da cidade. Vá para casa.

– Eu vou – disse Frederico, iluminando a rua com seus olhos vermelhos e imobilizando o soldado. – Mas antes precisamos conversar.

– Sim, senhor – concordou o soldado, percebendo que estava à frente de um vampiro que iria se alimentar de seu sangue.

Não havia medo no olhar do militar. Augsparten viu que ele estava tranquilo e conseguiu penetrar na sua mente e descobrir que ele era um estudioso do vampirismo e que queria muito se tornar um deles. Não havia medo, mas o cheiro do rapaz era enlouquecedor para Frederico, que deixou seus caninos crescerem e serem notados e, como um cavalheiro que sempre fora, abraçou o rapaz, passando a língua no seu pescoço para diminuir a dor da mordida e cravou-lhe os dentes.

O soldado Silva, de vinte e cinco anos, era alto, com mais de um metro e noventa, musculoso, muito branco e de olhos escuros profundos. Era um homem por quem muitas mulheres e muitos homens se apaixonariam facilmente. Ele se deixou abraçar e servir ao vampiro sentindo um prazer inenarrável. Estava no auge de um orgasmo quando o vampiro parou de sugar. Lambeu as feridas para que parassem de sangrar e relaxou o abraço.

– Por que parou? – perguntou ele.

– Porque eu não quero matar você – respondeu o vampiro.

– Tudo bem. Eu não me importo – alegou ele. – Queria ser como você.

– Eu sei – Frederico sorriu, recolhendo os caninos e apagando a luz vermelha de seus olhos. – Mas não vale a pena.

– Por quê? – perguntou o soldado.

– Porque o preço disso é a solidão – respondeu o vampiro.

– Queria conversar sobre isso – insistiu o guarda.

– Um dia, voltaremos a nos ver. Volte para seu serviço e não conte nada a ninguém – ordenou Frederico.

– Claro que não – concordou o guarda. – Vou te ver a noite de novo?

– Não sei.

O vampiro sumiu da frente do guarda atônito e o soldado voltou para junto de seus amigos que faziam a patrulha. Ninguém percebeu ou falou a respeito da sua ausência.

Frederico Augsparten, alimentado, poderia dormir durante o dia para enfrentar a próxima noite.

XXIX

Jean e Patrícia estavam na casa da loira conversando com d. Alice Galvão, que costurava um vestido de baile para uma freguesa. Ambos estavam preocupados com as informações que receberam de Jaime sobre a possibilidade de terem problemas com vampiros na cidade. Patrícia não queria acreditar em nada do que fora falado, mas Jean, que conhecera bem Augsparten, estava com muito medo do que poderia acontecer.

D. Alice sabia o que estava acontecendo por conta da reunião das bruxas e das informações que recebera do psicólogo. Ela sabia que algo de ruim estava para acontecer com eles e odiava seu antepassado Patrick. Por que ele não tinha ficado onde esteve todo esses anos? Pra que voltar agora e atormentar a cidade e todos que ali residiam? Talvez a culpada fosse Adeline, que prendeu o marido, mas não o matou. Se ela tivesse dado o mesmo fim que dera ao vampiro Natanael, estariam livres de qualquer problema. Ela temia pela filha, temia pela família, temia por todos que moravam naquela cidade e que não tinham nada a ver com o que acontecera ao vampiro no passado. Patrick queria se vingar de algumas pessoas da cidade, mas parecia que viria para matar todos que moravam em São Luiz.

– O que a senhora acha? – perguntou Jean.

– Eu acho, querido – respondeu ela – que existem muitas coisas no mundo que não podemos compreender, e mesmo assim elas existem.

– Mas é meio difícil de acreditar que estamos com problemas sobrenaturais atacando São Luiz – comentou Patrícia, ainda cética.

– Eu só quero que você se cuide, minha filha – lembrou a mãe.

– Eu quero que você tome cuidado – reforçou Jean. – Por favor, não saia sozinha à noite, e evite sair no geral.

– Tudo bem, gente. Mas por que isso tudo?

– Goretti está desaparecida – Jean contou para ela, que não sabia do sumiço da jornalista.

– Como assim? – perguntou ela, assustada.

– Já fazem vinte e quatro horas que ela recebeu um telefonema e saiu atrás de uma reportagem. Depois disso, desapareceu – explicou Jean.

– Desapareceu? – Patrícia repetiu.

– Sim, a polícia descobriu o carro dela em um galpão na estrada. Ela não estava mais lá – continuou Jean.

– E ainda não tiveram notícias? – perguntou d. Alice.

– Nada! A polícia está procurando e ninguém ouviu falar dela – concluiu Jean.

– Que coisa! – D. Alice estava preocupada. – Eu vou rezar por ela.

– Acho que é algo muito sério – disse Jean.
– Nunca houve um sequestro nesta cidade. O que pode estar acontecendo? – perguntou Patrícia.
– Você vai saber de tudo na hora certa – respondeu Jean, levantando-se. – Eu preciso ir embora.

Despedidas feitas, Jean saiu da casa da namorada e foi para o consultório de Jaime. Precisava falar com o psicólogo e não via hora melhor do que aquela. Havia mais dúvidas em sua mente que antes, quando ele só tinha conhecimento de Augsparten na cidade. Agora com a possibilidade de ter muitos vampiros soltos pelas ruas, o risco para a população era grande.

Jaime o atendeu assim que ele chegou e dentro do consultório perguntou:

– O que está preocupando você, Jean?
– O que está acontecendo nesta cidade, Jaime?
– Estamos sendo atacados por um vampiro que é inescrupuloso e mau – respondeu Jaime.
– Quem é ele? – perguntou Jean. – Você o conhece?
– Ainda não pessoalmente. Sei que vou conhecer e não vou gostar muito disso. – O psicólogo parecia ansioso.
– Como assim?
– Jean, talvez você não tenha sentido, mas Augsparten está de volta a São Luiz.
– Não, eu não sabia – disse o outro sorrindo, sentindo-se feliz.
– Voltou e, neste exato momento, estamos também com o Patrick que, por acaso, é meu ancestral – lembrou Jaime.
– Ancestral?

– Sim, eu faço parte de uma linhagem de bruxos da cidade que começaram com uma italiana, chamada Gioconda Ferraresi, e que foi a responsável pela expulsão e prisão do Augsparten há duzentos anos – Jaime começou sua explicação. – Depois disso, sucederam várias outras mulheres e somente um homem com o poder de bruxas, que foi Patrick. Depois dele, o único homem com poder de bruxos sou eu.

– Você é um bruxo? – perguntou Jean.

– Sim – assentiu Jaime.

– Que legal! E Patrick?

– Patrick era um bruxo fraco e com poucos poderes, mas ganancioso, e preferiu ser transformado em vampiro por um ser desprezível chamado Natanael. Não conheci esse Natanael, mas Augsparten ficou de me contar tudo sobre ele hoje à noite.

– E como está Augsparten? – perguntou Jean, interessado no vampiro de quem fora tão íntimo.

– Não sei – respondeu Jaime pesaroso. – Eu me encontrei com ele no escuro do carro, mas não pude nem mesmo olhar pra ele.

– Como assim? – perguntou Jean assustado.

– Ele me disse que nós dois fomos afastados por causa da magia e bruxaria que desenvolvi e que se nos olharmos será inevitável que um tente matar o outro. Não sei como será no futuro, mas precisamos trabalhar isso.

– Que loucura! – Jean estava perplexo. – Mas vocês são amigos.

– Mas também somos inimigos – definiu Jaime. – Bruxas e vampiros são inimigos desde o tempo de Gioconda.

– Que coisa!

– Não sei o que faremos, mas vamos combater Patrick e seus vampiros e teremos como aliados Augsparten e Douglas – informou Jaime.

– Quem é Douglas? – perguntou Jean.

– É um vampiro de Juiz de Fora.

– Que legal! – Jean estava deslumbrado com os novos acontecimentos.

– Você entenderá tudo com calma, meu amigo – concluiu Jaime. – Por enquanto, você precisa cuidar de Patrícia e não deixar que ela saia de casa à noite e, se sair, saia com ela, mas me avise cada coisa que vocês forem fazer.

– Tudo bem – concordou Jean.

Os amigos despediram-se e Jaime sozinho no consultório pensou na amada Patrícia, que namorava Jean, que por sua vez sempre pareceu apaixonado por Augsparten. *Mas será que ele ama todos que eu também amo?* O psicólogo não sabia responder. Riu em pensar que amava o vampiro. No entanto, deixou de pensar diferente em relação ao alemão. Estava definido em sua cabeça, desde o tempo que passou esperando notícias do vampiro, que decerto o amava e o queria por perto, mesmo sabendo que todo o seu poder de bruxo poderia acabar com o vampiro. Eles dariam um jeito nisso.

XXX

O soldado Silva, depois da noite de trabalho intensa e do encontro com Augsparten, chegou a sua casa e, como estava bastante cansado, tirou a roupa e dormiu. No meio do seu sono pesado, sonhou com o vampiro. Estavam ambos em uma construção antiga e pouco iluminada, e o vampiro chamava por ele.

– Silva, o que está fazendo aqui?

– Eu vim encontrar você – respondeu ele.

– Você não devia vir aqui, Silva – disse o vampiro com a voz grave.

– Por quê? Eu quero ser como você – disse o soldado.

– Não queira esse mal para sua vida. Você será eternamente sozinho. Você nunca será feliz.

– Porém, eu nunca morrerei – afirmou Silva.

– Você quer me seguir? – perguntou o vampiro.

– Sim! Quero sim! – exultou o rapaz.

– Você será um bom seguidor – confirmou o vampiro.

– Eu vou precisar de você.

– Eu vou ser sempre fiel a você – respondeu o soldado.

O vampiro aproximou-se do rapaz que prazerosamente ofereceu o pescoço para a mordida do sugador de sangue. O vampiro aproximou-se, e, ao morder o pescoço do soldado, ele gritou. Gritou alto de prazer, de dor, de satisfação. Gritou tão alto que acordou do seu sonho. Estava em sua cama, e apesar da sua nudez, estava todo suado e ofegante. Era apenas um sonho.

– Será que foi somente um sonho? – perguntou-se alto.
– Será que o vampiro não quis me enviar uma mensagem? O juramento que fiz é constante. Serei seu soldado fiel.

Levantou-se da cama e sentiu vertigem. Não relacionou a tontura à perda de sangue quando alimentou o vampiro na madrugada. Foi à cozinha e preparou seu almoço. Ele precisava saber se alguma coisa tinha acontecido durante a noite. Mandou uma mensagem para um colega de trabalho. O soldado Xavier respondeu também por mensagem.

Durante a noite, enquanto vocês faziam a ronda de um lado da cidade, aconteceram quatro mortes suspeitas. Coisa muito estranha, três homens na praça e um rapaz indo para casa sozinho.

Silva respondeu também por mensagem de texto no aplicativo.

E quem foi o assassino?

O soldado Xavier demorou a responder, mas a resposta que seguiu incomodou Silva.

Parece que foi coisa de outro mundo. Alguma coisa sobrenatural.

Silva pensou: *Se ele matou os quatro, ele vai me matar também.*

O rapaz passou de fascinado por ter conhecido finalmente um vampiro a desesperado com medo de ser morto.

– Quem sabe ele não me transforma em vampiro também? – falou em voz alta, tentando se reconfortar.

Sentou-se à mesa para almoçar. Precisava repor as energias, mas a comida não estava lhe apetecendo. Parecia que não ficaria no estômago se ele se forçasse a comer mais.

Não havia ninguém com quem ele pudesse comentar o que tinha acontecido na madrugada.

Decidiu ir à delegacia para saber mais alguma novidade.

Vestiu-se com uma calça jeans, camiseta branca sem estampa, tênis preto e completou com um boné igualmente preto. O rapaz ficava bem em qualquer traje devido ao belo corpo que construiu frequentando anos de academia. Morava sozinho e nunca pensara em se casar. Viera morar em São Luiz há sete anos, quando ingressou na polícia militar.

Na delegacia, tudo parecia muito tumultuado e o clima era de dúvidas. Havia muita gente curiosa e muita gente que supunha ter alguma coisa para contar sobre as mortes na cidade.

Xavier não sabia de nada, e Silva se assustou ao saber da aluna do colégio encontrada morta. O fator comum do assassinato foi o mesmo: lesão no pescoço e nenhum sangue local. Silva se deu conta de que havia duas feridas quase cicatrizadas no seu pescoço e que alguém poderia notar.

Procurou pelo legista e viu os corpos dos cinco mortos expostos na sala de necropsia. Observou cada um e o dr. Evilásio perguntou:

— Você os conhece, Silva?

— Não, doutor — respondeu ele deixando seus pensamentos incertos —, mas aconteceram durante o meu turno, e eu não vi coisa alguma.

— Mortes muito atípicas, soldado — desabafou o médico. — Não sei o que aconteceu com essas cinco pessoas, mas não sobrou nenhuma gota de sangue nos corpos. Parece coisa de vampiro.

— O senhor acredita em vampiros, doutor?

— Acredito em tudo, rapaz. Na minha profissão eu já vi cada coisa que nem posso contar, ou as pessoas vão me chamar de louco. Na realidade, quem pode dizer que eu não sou um deles? — brincou o médico.

— Pois é — o soldado também riu, mas achou o médico muito estranho.

O dr. Evilásio Correia trabalhava como legista da polícia militar há trinta e cinco anos. Era de se esperar que já tivesse visto muitas mortes das formas mais indesejáveis. Era um homem sério de sessenta e cinco anos, cabelos brancos despenteados e cheios e olhos muito azuis, contrastando com a pele muito branca. Parecia que ele jamais tinha visto a luz do sol. Devia viver enfiado dentro daquele laboratório vinte e quatro horas por dia.

Silva olhou cada um dos mortos. Observou bem as lesões nos pescoços. Observou o homem que teve os músculos cervicais destruídos e sentiu um arrepio.

— Ele foi mais amigável com você — observou dr. Evilásio.

— Como assim? — assustou-se Silva.

— Quem fez esse estrago todo — falou, estendeu o braço para demonstrar os cadáveres —, com você foi diferente.

— O que o senhor está dizendo, doutor?

— Conheço essas marcas no seu pescoço, soldado. Pode ter sido até outro vampiro, mas você também foi atacado por um.

— O senhor está ficando louco, doutor. Não aconteceu nada comigo. Nada! — exclamou Silva, saindo da sala de necropsia.

— Será que ele está querendo enganar a quem? — perguntou-se o doutor após ficar sozinho. — Eu sempre sei de tudo. Mesmo não podendo sair desta sala nunca, eu sempre sei de tudo.

O soldado Silva passou pela portaria da delegacia o mais rápido que pôde e voltou pra casa. Trancou a casa, tirou a camisa e foi para o banheiro. Ele queria ver no espelho as marcas em seu pescoço. Eram quase imperceptíveis. Como será que o dr. Evilásio tinha percebido?

Acabou de se despir e deitou-se. Ficou ali algumas horas sem conseguir dormir, mas ainda estava preocupado. Precisaria disfarçar mais as marcas para voltar a trabalhar no dia seguinte.

A noite já começava a se insinuar quando Silva resolveu que precisava saber mais alguma coisa sobre o que estava acontecendo na cidade. Telefonou para Xavier, e o amigo disse que estava de folga, mas que preferia ficar em casa porque estava muito cansado. Não havia outro amigo para quem pudesse telefonar ou chamar para sair com ele, sentar em um bar, tomar cerveja.

Ele sentiu uma coceira leve no local da mordida do vampiro e correu para o banheiro para ver o que estava acontecendo. Nada de novo. As duas marcas continuavam lá, menos visíveis, mas ele conseguia vê-las e sentir que estavam coçando. Será que ele quer se comunicar comigo? Pensou ele. Ele estava disposto a se encontrar com Augsparten a hora que o vampiro quisesse.

Um telefonema tirou sua divagação e ele atendeu ao chamado. Era José Francisco, um amigo de longa data.

– Silva – disse ele do outro lado da linha –, cara, preciso de você.

– O que está acontecendo, Zé? – perguntou Silva, alerta.

– Cara, parece que invadiram a minha casa – gritou o amigo, falando do Rio de Janeiro.

– Como você soube disso? – perguntou o soldado.

– O filho do meu caseiro me ligou desesperado, dizendo que invadiram a casa e mataram o pai dele – explicou o carioca.

– Como assim, Zé? Você deu parte na polícia ou esse filho do caseiro deu parte?

– Eu pedi a ele que fosse à delegacia e chamasse por vocês, mas resolvi te ligar também. Tu bem que podia descobrir isso aí pra mim, camarada – completou José Francisco.

– Tudo bem. Eu vou ver o que está acontecendo e ligo para você de volta. Mais alguém que você conheça está em São Luiz?

– Jean Brisville. Ele esteve na minha casa há poucos dias – lembrou o outro.

– Tudo bem. Eu conheço o Jean e vou falar com ele também – tentou tranquilizar o assustadíssimo dono da casa invadida.

Silva desligou o telefone e ligou para o amigo Jean. O francês estava com Élio e Isnar no Bar de Sempre. Pretendiam fazer nova vigília durante toda a noite no bar.

— Como assim, Silva? O Zé disse que a casa dele foi invadida? Mas por quê?

— Ele não disse — respondeu o soldado. — O filho do caseiro estava indo dar parte na delegacia, mas eles não sabem quem invadiu a casa.

— A casa é muito grande. Você conhece? — perguntou Jean.

— Não. Nunca fui lá.

— Tudo bem — respondeu Jean.

— Onde você está? — perguntou o soldado Silva.

— No Bar de Sempre, com amigos — Jean respondeu.

— Vou até vocês — disse o soldado, desligando o telefone e não dando a Jean tempo de dizer que tomasse cuidado no caminho até o bar.

No Bar de Sempre, Jean desligou a ligação assustado.

— Parece que invadiram a casa do José Francisco — explicou Jean aos amigos.

— Que coisa! Mas sabem quem fez isso? — perguntou Élio.

— Não ainda. Preciso ligar para o Jaime — informou Jean, pegando de novo o celular.

Jean telefonou para o psicólogo e ambos sabiam exatamente *quem* havia invadido a propriedade do carioca. A casa de José Francisco era grande o suficiente para que Patrick se escondesse com sua corja durante o dia, protegidos do sol. Jaime também ficara preocupado e resolveu se juntar a eles no bar.

XXXI

À tarde daquele dia, d. Leonora estava em sua casa rezando e pedindo ajuda para suas antepassadas quando ouviu uma voz que a chamava. Ela prestou atenção na voz e viu que vinha do lado de fora da casa. Era dia; não havia perigo se ela saísse de sua casa. A voz vinha do coreto. Ela seguiu o caminho até o local e se assentou em um dos bancos laterais. Sentiu um formigamento no corpo todo e começou a ouvir mais nitidamente as vozes que a atraíram para aquele lugar. Estava atenta, e sentiu a presença das antepassadas. Sentiu a presença de Gioconda, que lhe segurara a mão, e fechou os olhos para ver melhor o que estava acontecendo e o que elas queriam informar.

    Uma sonolência prazerosa tomou conta de seu corpo e ela relaxou sentada. Sentiu que estava sendo levada para um lugar diferente e, quando chegou, percebeu que não era outro lugar senão o quarto de magia de Adeline, que ficava exatamente abaixo daquele ponto onde era o coreto do seu jardim. A bruxa antiga a esperava com um vestido rosa claro longo e cheio de pregas, o avental branco sobre ele e um lenço imaculadamente branco prendendo os cabelos loiros e longos. Leonora sorriu ao ver a bruxa e Adeline, por sua vez, aproximou-se da velha senhora e pegou na sua mão. Não disseram uma palavra. Leonora sentiu uma energia forte e boa passar por seu braço e se instalar dentro de seu peito.

– Você é muito forte, Leonora – disse Adeline, quebrando o silêncio.

– Obrigada – murmurou a senhora, sem saber o que responder.

– Você tem que estar preparada para enfrentar a guerra que acontecerá na cidade – continuou a bruxa antiga. – As outras estão preparadas?

– As outras? – perguntou d. Leonora. – Não sei se elas sabem o que virá pela frente.

– Eu te contei tudo – continuou Adeline. – Naquele dia, na sua casa, eu te contei o que está por vir.

– Eu sei. Eu me lembro bem.

– Patrick não virá com clemência. Ele é um homem mau. Ele não vai se importar de matar todos na cidade – advertiu a bruxa.

– Mas por que ele está voltando agora? – perguntou Leonora.

– Ele conseguiu se libertar da prisão em que eu o mantinha. Isso é uma coisa normal de acontecer – explicou Adeline. – Aconteceu a mesma coisa com Augsparten. A força de Gioconda e das outras se enfraqueceu ao longo dos anos e ele se soltou com ajuda de Patrick e voltou para São Luiz. Vocês conseguiriam prendê-lo novamente se Jaime não tivesse interferido, doando seu sangue para o vampiro.

– Eu sei! Foi complicado, e achamos que ele estivesse morto – desabafou d. Leonora.

– Mas não está – Adeline disse alto e pareceu que as paredes do quarto tremeram. – Ele está de volta em São Luiz e trouxe uma cria dele.

– Uma cria? – perguntou d. Leonora.

– Sim. Um vampiro que ele criou em Juiz de Fora em 1850. Douglas é um vampiro jovem, mais fácil de destruir. Augsparten veio e irá ajudar a defender São Luiz de Patrick, mas depois, ele precisa ser eliminado – determinou Adeline.

– Ele deve ser eliminado?

– Meu Deus, Leonora, pare de repetir as coisas que estou te falando – explodiu a bruxa. – Sim! Se vocês quiserem ter paz na cidade, devem eliminar todos os vampiros que se aproximarem de lá.

– Mas ele é muito forte! – observou Leonora.

– Jaime também – retrucou Adeline. – O grande problema do rapaz é que ele gosta do vampiro. Eles são amigos, e Jaime quer poupá-lo.

– Eu não estava sabendo que Augsparten voltou para a cidade. Uma vez, ele doou uma grande quantia em dinheiro para o hospital que eu mantenho – lembrou d. Leonora.

– Eu sei! Ele queria se aproximar de todos, mas ele é o mal, Leonora. Ele é um vampiro!

A bruxa não estava pisando no chão, e por isso se aproximava e se distanciava da velha assustada. Ela era um ser etéreo como todo o cômodo, como o caldeirão que fervia sem fogo por baixo. D. Leonora estava ao mesmo tempo assustada e encantada com o que se desdobrava em frente aos seus olhos. Era uma senhora das rezas, mas adoraria fazer toda aquela magia que via na antepassada. O cômodo estava repleto de velas acesas, ervas secas e frescas penduradas nas paredes, algumas imagens de santos em um altar no canto leste – enfim, tudo aquilo atraía a velha senhora, que nunca pensara em usar todo o seu poder até o dia da reunião na igreja para tentar expulsar Augsparten da cidade. Ela sabia que era poderosa, mas não imaginava o tamanho do seu poder e nem mesmo sabia como era sua casa há duzentos anos. Estava no cômodo que servia como um porão ao seu coreto. A sua casa sofrera muitas reformas e ela morava em uma mansão. Não mexera em nada daquilo tudo que via na sala de Adeline, mas algumas coisas estavam com as outras amigas.

– Mas ele veio para ajudar? – perguntou ela.

– Não. Ele veio porque queria ver Jaime e a sua casa. Ele construiu a Mansão do Rio Vermelho antes de São Luiz existir. Ele não vai abrir mão daquela casa facilmente.

– Quem mora lá hoje é o Jaime – disse ela, aflita.

– Sim, ele se acha dono da casa – Adeline riu.

– Mas todos correm perigo.

D. Leonora queria saber mais sobre o que poderia fazer para se proteger e proteger a cidade, mas Adeline não queria mais conversa. Deu algumas voltas na sala em volta da velha senhora e parou perto do caldeirão, que continuava fervendo sem fogo. Pegou uma concha enorme, tirou lá de dentro um pouco da poção que cozinhava e deu para que d. Leonora bebesse. A senhora bebeu sem se preocupar com o que poderia conter naquele líquido e devolveu a concha para a antepassada.

– Agora você pode voltar – ordenou ela. – Reúna todas as outras e o padre e conte a eles tudo que eu disse. Lembre-se: Patrick é um bruxo medíocre, mas é um vampiro forte. Ele se tornou vampiro com o sangue de Natanael, que era igualmente um vampiro antigo. Ele herdou dons e força do vampiro que ele seduziu e conseguiu enganar. O vampiro o transformou em um ser das trevas com o objetivo de serem amigos para sempre. Patrick o submeteu a seus trabalhos sujos e acabou que eu tive que matar o vampiro português. Patrick eu não matei. Foi o meu maior erro. No entanto, ele era o pai das minhas filhas e eu pensei que poderia transformá-lo em alguém que usasse seus poderes para o bem. Impossível.

– Que história terrível – afirmou d. Leonora.

– Por isso mesmo, proteja a si mesmo e aos que você quer bem.

A velha senhora sentiu uma vertigem, uma sonolência e acordou no banco do coreto de sua casa. Respirou fundo e abriu os olhos ao sentir o cheiro da lavanda que o vento lhe trazia. Estava no mesmo lugar onde se assentara, e pareceu-lhe que o tempo não passou nem um segundo desde que tinha fechado os olhos. Olhou no relógio e estava ali a exatamente quinze minutos.

Levantou-se, voltou para dentro de casa e ligou para as amigas. Todas estavam sobressaltadas, mas nenhuma delas – e muito menos o padre – esperavam ser convocados àquela hora da tarde para uma reunião.

Em menos de uma hora, Leonora servia café, chá e biscoitos para todos os bruxos. Jaime demorou um pouco e entrou na sala ofegante.

– Reunião de emergência? – perguntou ele entrando.

– Reunião de emergência – respondeu ela, repetindo as palavras do psicólogo. – Agora que você chegou eu posso começar a contar o motivo de nossa reunião.

– Que não é só o seu maravilhoso café com biscoitos – brincou o padre Lucas.

– Não, padre. Não é. Infelizmente eu tenho más notícias – disse Leonora séria.

– O que aconteceu? – perguntou d. Margarida, que fora trazida pelo sobrinho Lucas, sentado ao seu lado.

– Bem, eu espero que Lucas não se assuste – começou a anfitriã –, mas temos um problema, que todos aqui já sabem qual é, e precisamos tomar nossas providências.

– Eu me assustar, é difícil, d. Leonora – disse o rapaz, sorrindo e mostrando os dentes brancos e lindos no rosto de pele bronzeada e perfeita.

– Eu acho que o nosso problema é muito maior desta vez – argumentou d. Tereza, mãe de Jaime.

– Sim – afirmou o psicólogo. – Estamos sendo atacados por vampiros que, se não me engano, querem destruir São Luiz.

– O que é isso, Jaime? – assustou-se Lucas. – O vampiro não morreu?

– Não morreu, meu filho – interveio d. Ângela –, mas isso é outra história. Fale, Leonora.

– Eu estive agora com Adeline – começou Leonora.

– Sério? Que coisa boa – exultou-se d. Creuza.

– Quem é Adeline? – perguntou Lucas.

– Uma bruxa antepassada nossa, que viveu há duzentos anos – explicou d. Margarida, a tia.

— Sei — disse ele mais para si mesmo, mas não desacreditando na informação.

— Adeline me levou ao seu quarto de magia e me falou que Patrick virá com todo o ódio que lhe pertence e não vai deixar sobrar ninguém na cidade — ela foi enfática. — Ele se libertou da prisão que ela lhe impôs e está há algum tempo formando um exército para nos atacar.

— Mas por quê? — perguntou Lucas, sobressaltado com a informação repentina.

— Porque ele é um vampiro ruim e quer se vingar por ter sido preso. Só que ele é de baixo nível e não virá sozinho. É um covarde e não vai enfrentar quem ele precisa em igualdade de condições — explicou d. Leonora.

— As mortes que ocorreram essa noite... — iniciou Jaime — não foram feitas por ele.

— Não. Foram feitas por vampiros que ele transformou e que são ainda imaturos e não sabem controlar a sua sede de sangue — continuou d. Leonora.

— E quantos são? — perguntou o padre Lucas.

— Não sei, padre — respondeu Jaime. — Não sei. Mas antes de vir para cá, Jean me ligou e disse que houve uma invasão em uma casa afastada da cidade que pertence a um amigo dele. Quem invadiu matou o caseiro e o filho dele e conseguiu fugir para dar parte na delegacia.

— Estão nessa casa? — perguntou padre Lucas, com medo.

— Não sei ao certo, padre — respondeu Jaime ao padre com esperança de que alguém soubesse de outra informação.

— Mas se estão lá, é só invadir e matar todos — disse Lucas, eufórico.

– Não é bem assim, meu filho – interveio d. Ângela. – Ele deve ser protegido durante o dia por alguns seres preparados para tal tarefa.

– Como o sujeito que entrou na igreja gritando? – perguntou o padre.

– Exatamente, padre – respondeu Jaime.

– O que faremos? – perguntou Lucas.

– Vamos rezar, meu filho. Nós somos a força dessa cidade agora – disse d. Margarida.

– Eu não sou força – retorquiu o rapaz, que não sabia nada das bruxas até aquele momento.

– Claro que é, meu filho – sorriu d. Leonora. – Sua aura está brilhando como a de todos nós aqui. Você tem poder, assim como todos aqui reunidos.

Lucas estava tão assustado como o padre Lucas ficara no dia que fora convocado para o ritual no interior de sua igreja. O rapaz aprenderia, assim como tinha feito o padre.

Jaime serviu-se de café e todos ficaram em silêncio por um instante. O psicólogo era a maior força mágica que havia naquela sala, mas eles todos juntos eram a salvação de São Luiz. Perderam cinco pessoas em uma noite para a qual não estavam preparados, nem esperando um ataque. Daquele momento em diante, começaria a disputa pelos moradores da cidade. Não pretendiam perder mais ninguém.

Enquanto tomavam mais café, conversaram amenidades, e Jaime saiu da casa de Leonora por volta das seis da tarde. Havia coisas que ele teria que providenciar para a noite. Deixou todos preocupados, mas dispostos a passarem as próximas horas de escuridão da noite em vigília.

XXXII

Douglas acordou e pensou em Goretti. Precisava saber o que acontecera durante o dia, e a primeira pessoa para quem pensou em ligar foi para Jaime, que era o pivô da confusão toda. Ele deveria saber tudo o que aconteceu na cidade.

– Douglas – respondeu ao telefone Jaime –, não, não sei nada sobre ela. Esperava mesmo que você tivesse descoberto alguma coisa.

– Ainda não – respondeu o vampiro –, mas vou descobrir o que está acontecendo.

– Tudo bem. Qualquer coisa, é só me ligar.

Douglas já iria desligar quando Jaime perguntou:

– Você tem se alimentado?

– Como assim? – perguntou o vampiro, assustado.

– Douglas, teremos que enfrentar uma horda de vampiros, e vocês precisam estar fortalecidos – explicou Jaime.

– Eu me alimentei, sim – o vampiro sorriu. – Não se preocupe comigo. A gente vai resolver isso da melhor maneira possível.

Desligaram o telefone e Douglas se levantou da cama improvisada no porão da casa que Danilo alugara para Frederico e ele, e prontamente se vestiu. O amigo alemão já estava pronto na sala no andar de cima, tomando uma vodca. Danilo estava com ele.

– O que vamos fazer? – perguntou o vampiro de Juiz de Fora, entrando na sala.

– Vamos continuar procurando – respondeu Augsparten.

– Ele está na cidade, e Goretti está viva.

– Eu sei! – concordou Douglas.

O vampiro de Juiz de Fora não bebia enquanto não pudesse relaxar e dar o caso por encerrado. Eles não sabiam por onde começar a busca. Douglas conhecia muito bem o cheiro e o sangue de Goretti, mas como não conseguia senti-los, não estavam ajudando a encontrar o paradeiro da jornalista.

– Acho que estamos procurando errado – afirmou novamente Augsparten.

– Como assim? – perguntou Danilo.

– Você não entende disso, Danilo, mas Patrick está espalhando esse odor de podridão na cidade para esconder o seu próprio cheiro e o cheiro da mocinha – explicou Augsparten. – Se conseguirmos isolar esse odor, sentiremos os outros cheiros que precisamos sentir.

– Mas a cidade toda está fedendo – declarou Douglas.

– Durante toda a noite fede muito.

– E poucas pessoas sentem esse cheiro – completou Frederico. – Ele é esperto, e está usando magia obscura e magia vampírica para nos enganar.

– O que faremos? – perguntou Douglas.

– Primeiramente vamos para a cidade. Danilo será o nosso porta-voz com Jaime, já que eu não posso me aproximar dele. Você, Douglas, vá ao Bar de Sempre e converse com os amigos – decidiu Frederico.

– Tudo bem. Você vai fazer o quê? – perguntou Douglas.

– Eu vou me encontrar com um velho amigo – Augsparten já havia ligado para Jean e esperava encontrá-lo no mesmo local que o vira pela primeira vez.

– Tudo bem – concordaram os outros dois.

Douglas entrou no carro e Danilo sentou-se ao seu lado. O rapaz estava preocupado, mas nada do que acontecia na cidade era novo para ele. Ele conhecia bem a vida de Augsparten e alguma coisa do modo do vampiro agir. Não sabia o que os esperava no grande conflito que estava por vir, mas estava ao lado do patrão para o que desse e viesse. Não se importaria de brigar para que tudo desse certo e eles vencessem esse impasse. Danilo tivera grandes problemas com vampiros em Londres, e quem o salvou foi o patrão. Ele ainda achava apavorante quando se lembrava de ficar preso naquele lugar no subsolo de uma região a esmo na capital britânica, mas perto de Augsparten, sempre se sentia seguro.

Douglas permaneceu calado até o Bar de Sempre e eles entraram no recinto, que começava a ter suas mesas ocupadas por jovens da cidade. Danilo avistou César que conversava com Isnar e Élio e se aproximou.

– Danilo – César se assustou –, está tudo bem?

– Está sim, César. Vocês conhecem o Douglas? – perguntou para os amigos que estavam com o jornalista da capital.

– Como vai? – perguntou Élio pegando na mão fria do vampiro. – Sou Élio.

– Como vai? – cumprimentou Douglas.

O vampiro pegou também na mão de Isnar, que sentiu um arrepio estranho no corpo ao notar a temperatura baixa da pele de Douglas.

– Alguma novidade? – perguntou Douglas.

– Uma só, quer dizer, eu não sei bem o que você não sabe. Só que uma casa de campo de um amigo nosso, José Francisco, foi invadida. Mataram o caseiro e o filho dele conseguiu fugir e avisar a polícia. Eles devem estar indo para lá agora – explicou César.

– Mas quando foi isso? – perguntou o vampiro.

– Jean ficou sabendo agora à tarde. Ele contou para a gente, mas o filho do caseiro estava muito assustado e foi à polícia – continuou César.

– Precisamos ir até lá – disse Douglas. – É lá que estão.

– Eles quem? – perguntou Isnar.

– Os vamp... quer dizer, os sequestradores de Goretti – respondeu César. – Você acha mesmo, Douglas?

– Sim. Danilo fica responsável por falar com Frederico, e nós vamos para lá – definiu Douglas já fazendo menção de sair do bar.

– Espera, Douglas – interveio César. – Podemos ir juntos.

– Vocês não sabem o risco que estão correndo – advertiu Douglas. – É melhor não se aproximarem daquela casa.

– Mas a polícia foi pra lá – lembrou Élio.

– Que eles também tenham cuidado redobrado – disse Douglas. – Eu vou até lá e, se precisar, aviso.

Saiu do bar em disparada, entrou no carro e se foi. Danilo ficou olhando, mas isso para ele também era algo cotidiano.

– Vamos tomar uma cerveja? – perguntou o baiano.

— Claro — respondeu César, que já tomava cerveja com os amigos. — Vou pedir um copo para você. Ainda bem que a polícia conseguiu proibir a festa que estava para acontecer hoje — desabafou César.

— Obrigado — respondeu Danilo. — Uma festa hoje? Você sabe onde é a casa?

— Sim — respondeu César —, fica na saída para Ubá. Devem ser quatro ou cinco quilômetros daqui. A festa era dos jovens. Seria um prato cheio para o ataque desses caras...

— Muito bem — agradeceu Danilo. — Preciso avisar a Frederico sobre a casa.

A cerveja chegou e eles continuaram conversando amenidades, mas César preferiu avisar a Jaime o que estava acontecendo. De repente, o amigo psicólogo teria mais notícias para dar. Jaime sabia que a casa fora invadida, sabia que a polícia estava indo para lá, mas ainda assim ficou preocupado.

— Eles vão mexer em um vespeiro — declarou Jaime. — Se atacarem a casa, os vampiros vão sair em contra-ataque e será um Deus nos acuda.

— Douglas pretende chegar lá antes da polícia — avisou César, duvidando da possibilidade.

— Ele vai chegar. Não sei porque a polícia ainda não partiu para o ataque — exclamou Jaime.

Desligaram o telefone e Jaime tentou contato com Frederico Augsparten. Ele deveria saber que o amigo de Juiz de Fora queria ir até lá atacar os vampiros de Patrick sozinho. Sentiu a presença do alemão na sua sala de consultório, e soube que ele entendera a informação que queria passar para ele. Sentiu o perfume de patchouli e a presença de Frederico era muito forte naquele cômodo onde atendia seus pacientes.

– A polícia não deveria ir lá – gritou ele. – O que será que vão encontrar? São um bando de soldados preparados para deter bandidos, não seres especiais como esses vampiros.

Ficou inquieto e ligou para d. Leonora. A velha senhora estava em sua casa com as outras amigas e o padre reunidos para a vigília da noite.

– A casa fica na saída para Ubá – explicou Jaime. – Acho que é lá que ele está escondido. Só não sei com quem mais ele estará lá, e nem quantos vampiros ele possa ter criado.

– Tudo bem, Jaime – respondeu a dona da casa. – Estaremos em oração.

D. Leonora desligou o telefone e disse para os outros:

– Eles acham que Patrick está escondido na casa antiga que era do falecido Rufino, que fica no caminho para Ubá. A casa agora está reformada e o neto dele cuida e mora lá nos fins de semana quando vem a São Luiz.

– Sei onde é – lembrou padre Lucas. – Mas por que eles acham que ele está lá?

– Porque mataram o caseiro e o filho conseguiu fugir ao ataque, que ele não sabe explicar o que era e foi dar parte na delegacia – explicou a anfitriã. – Eles foram atacados por vampiros.

– Mas como será que o rapaz conseguiu fugir? – perguntou d. Ângela.

– Não sei – respondeu d. Leonora –, talvez Patrick deixou o rapaz fugir para avisar a polícia. Agora temos que nos concentrar na casa. Vamos ajudar a polícia a encontrar essa moça jornalista que sumiu há mais de vinte e quatro horas.

Os bruxos se sentaram em volta da mesa de centro na sala de d. Leonora, se deram as mãos e começaram a orar, cada um para si mesmo e depois em voz alta, todos juntos, uma oração de proteção e ajuda dos deuses para a polícia e para os amigos.

XXXIII

A polícia estava se aproximando da casa com cautela e em silêncio quando viram Douglas parado à frente na estrada. Os carros pararam e o sargento Gonçalves saiu do carro, perguntando:

– Alto lá! O que você está fazendo aqui?

– Eu vim ajudar – respondeu o vampiro.

– Você está em todo lugar onde a gente vai procurar alguma coisa relacionada a essa jornalista desaparecida – observou o sargento.

– Sargento, quantos homens tem com você aí? – perguntou Douglas.

– Seis – respondeu o sargento.

– Muito pouco – concluiu Douglas. – A casa agora está vazia.

– Como sabe? – questionou o sargento.

– Eu sei – Douglas sorriu enigmático –, mas vocês podem entrar e ver.

O sargento deu ordens ao seu pequeno contingente e eles se aproximaram da casa. A construção moderna, depois da reforma, exibia muitas janelas grandes de vidro e estava toda escondida na escuridão. Os militares se aproximaram em silêncio e Gonçalves viu que a porta da sala estava aberta. Cautelosamente entrou com a arma empunhada. Seus homens o seguiram e em poucos minutos viram que não havia nada naqueles cômodos da casa. E, apesar da invasão relatada pelo filho do caseiro – o esbaforido moço que tinha dado parte na delegacia, Joelison – nada fora roubado ou estava fora do lugar. Havia um cheiro forte em todos os cômodos de plantas, de mato selvagem, e o sargento não deu importância a esse fato.

Saíram da casa e voltaram para a viatura. Douglas não estava mais visível aos militares. Gonçalves não se deu por satisfeito e resolveu que permaneceriam por mais um tempo observando a casa em tocaia. Os segundos tornaram-se horas e nada acontecia. Os guardas estavam parados, imóveis em sua postura de guerra, apenas observando. Nem o vento parecia passar naquele lugar. O silêncio era ensurdecedor e enlouquecedor. Só que eram militares treinados, e permaneceram ali. No meio do nada, ouviram um uivo muito longe. O barulho do lobo foi respondido por outros, que se calaram e o silêncio voltou a reinar. Gonçalves se benzeu e continuou na sua posição.

Douglas saíra de onde estava escondido e voltou à casa. Comunicara-se com Augsparten, que também se juntou ao amigo. Ambos estavam invisíveis aos olhos humanos e perscrutaram cada centímetro da casa. Douglas sentiu o cheiro de Goretti. Sabia que ela tinha passado por ali. Ele, em comunicação mental com o vampiro alemão, disse-lhe que eles estavam no lugar certo, mas nenhum dos dois percebia ninguém na casa.

– Ele deve estar usando magia para impedir que consigamos sentir qualquer coisa – disse Augsparten mentalmente a Douglas.

– Sim, há um cheiro leve de Goretti por aqui, mas não sinto que ela esteja na casa – respondeu Douglas.

– Acho melhor sairmos da casa e voltarmos para a cidade para ver o que farão nessa noite – sugeriu Augsparten.

Ambos desapareceram na sala da casa e foram para o centro de São Luiz.

Os soldados que estavam ali não viram os dois vampiros dentro da casa e tampouco viram o vampiro que apareceu no telhado da casa. Uma figura escura com uma capa sombria que o vestia até os pés e com os cabelos soltos ao vento. A criatura olhava para os policiais decidindo o que faria com eles. Patrick não queria ação essa noite, e por isso mesmo resolveu que não atacaria os militares nos seus carros. Continuou observando a noite mais um pouco e espalhou no ar um pouco de perfume de mato molhado pela chuva. O cheiro bom chegou até os narizes dos policiais, que relaxaram e adormeceram nos seus carros.

Na cidade, Douglas resolveu que voltaria ao Bar de Sempre encontrar os amigos enquanto Augsparten se encontraria com Jean. Estavam preocupados com a cidade, mas confiavam que a polícia tomaria conta da sua população.

Conforme combinado, Jean esperava por Augsparten na mesma rua que, anos atrás, o encontrara pela primeira vez. Estava nervoso. Seu coração parecia que estava prestes a explodir e ele não sabia se era medo ou alegria de reencontrar o vampiro. Jean gostava de Frederico, e como dissera a Jaime algumas vezes, queria ser mais íntimo do alemão e não apenas uma fonte para seu alimento. Ele deixaria o vampiro tomar de seu sangue quantas vezes o quisesse, mas também adoraria se tornar um ser da noite. Era uma pessoa que precisava ter um dom para deixar de se sentir menor que todos os outros amigos. Era um homem bonito, loiro, caracteristicamente francês, tinha olhos azuis e um porte físico magro, porém atlético, e estava namorando a mais bela loira da cidade, Patrícia. Ainda assim, sentia-se inferior aos amigos, principalmente Jaime, de quem era um grande fã.

A espera foi maior do que ele queria e quando já estava por desistir, viu a figura conhecida toda de preto virar a esquina em sua direção. Mesmo no escuro da noite, Jean conseguiu ver os traços do vampiro. Augsparten estava vestido de preto e deixara os cabelos longos soltos esvoaçando ao vento. Estava mais pálido do que normalmente ficava, o que significava que não estava se alimentando bem, e mantinha os olhos na cor natural.

Jean sorriu ao vê-lo e esperou com alegria a chegada do vampiro ao seu carro. Imaginou mil coisas, iria alimentá-lo, iria beijá-lo, iria transar com ele ou seria morto pela fera que se aproximava? Ao pensar em ser morto, sentiu um arrepio na coluna e ficou ainda mais nervoso.

O vampiro chegou ao carro. Jean abriu por dentro a porta do carona para ele e Augsparten entrou.

– Há quanto tempo, Jean – cumprimentou ele, sorrindo.
– Digo o mesmo, Frederico. – Jean também sorriu.
– Você nos abandonou.

– Me expulsaram mais uma vez, meu caro – lembrou o vampiro.

– Eu sei. E como estão as coisas? O que veio fazer em São Luiz?

– Eu vim rever os antigos amigos – respondeu o vampiro –, mas achei a cidade um pouco desorganizada.

– Como assim? – assustou-se Jean.

– Essa confusão de outro vampiro, o sequestro de Goretti, as mortes da noite passada... – Augsparten começou a enumerar tudo o que tinha acontecido.

– Não sei o que dizer. – Jean estava assustado e muito nervoso com a presença do vampiro alemão no seu carro.

– Por que você não relaxa um pouco? – perguntou o vampiro.

– Você parece que nunca me viu.

Augsparten riu e a luz do poste brilhou nas suas presas.

– Desculpe – Jean sorriu tímido –, mas é que tem tanto tempo que eu não o vejo. Estava preocupado.

– Com o quê? – Augsparten olhou no fundo dos seus olhos. – Eu nunca vou te fazer mal, meu caro. Eu vou beber do seu sangue? Sim, claro que sim, e você está doido por isso.

Jean riu sem graça. Olhou para o amigo e viu que gostava muito dele. Poderia até ser uma magia vampírica, fazendo com que ele gostasse tanto assim do sujeito que quase o matou de anemia no passado.

– Eu posso beijar você? – perguntou o vampiro, olhando nos olhos do rapaz loiro e acendendo os olhos vermelhos.

– Eu quero fazer isso agora.

Frederico se aproximou de Jean, que permitiu ser beijado na boca. Lembrou-se daqueles lábios gelados e sentiu um grande prazer em tê-los de volta. Fazia muito tempo que sonhava em estar novamente com o alemão. Nessa hora, nem pensou em Patrícia, ou nos amigos; completamente desligado de si. Frederico, aproveitando o deleite do rapaz, desceu até seu pescoço e lambeu antes para diminuir a dor da mordida. Deixou as presas crescerem e cravou-as no pescoço do francês, que se entregou, como sempre, a um prazer inenarrável. A mordida do vampiro trazia sempre um prazer maior do que um orgasmo.

Douglas entrou no bar e todos vieram saber o que havia acontecido.

– Não tinha ninguém na casa. A polícia está lá e não tem nada lá dentro – respondeu Douglas.

– Foi uma invasão passageira e abandonaram a casa? – perguntou Danilo.

– Não sei ainda, Danilo. Precisamos encontrar a Goretti. Já está passando muito tempo e estou com um péssimo pressentimento – disse ele.

– Pois é – concordou César –, nem imagino o que ela está passando nas mãos desse sequestrador.

– Olha ali – chamou a atenção do grupo Isnar, ao ver o inspetor Souza entrar no bar. – Inspetor!

O militar aposentado aproximou-se do grupo e cumprimentou a todos. Estava com ares de quem não dormia bem desde que chegara à cidade.

– Eu estava no hotel e não consegui dormir, pensei em vir para cá tomar uma cerveja – explicou o militar.

– Mas andar nas ruas a noite está preocupante, senhor – disse Élio.

– Eu sei, mas resolvi arriscar – o velho sorriu. – Vou pegar uma cerveja e volto para ficar com vocês.

– Ótimo – concordou César. – Vamos mesmo ficar por aqui até o dia amanhecer.

Ficaram conversando amenidades até o primeiro raio de sol iluminar a cidade. As portas do bar foram abertas e a maioria das pessoas que passara a noite ali voltou para suas respectivas casas.

Os guardas que estavam observando a casa onde suspeitavam que estavam os invasores acordaram dentro dos carros e se assustaram por já ser de manhã. Gonçalves saiu do carro, observou a construção que parecia abandonada, dirigiu-se a uma árvore para urinar e voltou para o carro. Foi imitado por seus homens, que se aliviaram em vários pontos nas árvores próximas.

– Senhor – disse Gonçalves ao celular falando com a delegacia e o delegado Magalhães. – Nada até agora. Nenhum movimento, não parece que tem alguém ali dentro há dias.

– Podem voltar para a delegacia – ordenou o delegado.

– Vamos ver o que fazer.

Os militares entraram nos carros e se dirigiram para a delegacia, deixando a casa desabitada para trás.

XXXIV

Jean acordou quase na hora do almoço. Estava feliz, mas ao mesmo tempo continuava preocupado. Frederich Augsparten estava de volta a São Luiz, e tudo recomeçaria. Eles ficaram juntos até quase amanhecer o dia, quando o vampiro teve que se esconder do sol. Não tinha contado a Jean onde estava se abrigando, mas prometeu que voltariam a se ver em breve.

Levantou-se da cama, entrou no chuveiro e resolveu que ficaria em casa o resto do dia. A mãe estaria com as amigas em uma obra social que frequentava, e ele poderia aproveitar para relaxar e pensar.

Finalmente tinha se reencontrado com o vampiro que tanto amava. Ele amava Frederico como ser das trevas, como um ser que pudesse transformá-lo e lhe dar o que tanto queria: força e longevidade. Deixou-se beijar pelos lábios frios e fortes do vampiro. Aceitou ser mordido e alimentou a fera. Enquanto era sugado pela boca ávida de Frederico, não pensara em nada. O prazer que sentia era imenso e a vontade era de se entregar por completo ali mesmo, naquela rua escura, dentro do carro. Porém, o vampiro não quis sexo com ele naquela noite. Foi um alívio, mas também uma frustração por parte do francês. Ele achava que Frederico tinha voltado à cidade por sua causa, e era pior saber que isso não era verdade. Jean sabia que Frederico Augsparten não amava ninguém. Sabia que se fosse para voltar por alguém, ele voltaria pelo psicólogo, e não por ele. Jean se sentiu usado. Ele era apenas fonte de alimento.

Jean estava se sentindo mal ao pensar que traiu Patrícia com o vampiro. Ele traiu Patrícia ao beijar a boca dele e ao ter prazer de ser sugado. Ele traiu a namorada, e ela não merecia isso.

Precisava contar isso para alguém, mas a pessoa que ele mais confiava era Jaime, e ele sentia que não deveria contar isso ao psicólogo.

Andou pela casa. Almoçou e estava sem conseguir relaxar. Tentou falar com Patrícia, mas ela estava em horário de trabalho e não tinha como atender. Se pelo menos ele pudesse falar com o vampiro, porém sabia que ele estaria dormindo naquela hora de sol a pino.

Resolveu dar uma volta de carro pela cidade e tudo parecia normal. As pessoas, os carros, as lojas abertas, o ruído da cidade, tudo estava normal. Pensou nas mortes que ocorreram, pensou em Goretti. Jean sabia que nada estava normal naquela cidade. Ele passou a acreditar que nunca mais nada estaria normal naquela cidade.

Em uma rua com pouco movimento, dirigindo devagar, ele avistou Silva, o soldado que conhecera Augsparten duas noites atrás, e que naquele momento andava a esmo. Jean parou o carro perto do amigo e o chamou.

– Jean, há quanto tempo! – sorriu ele entrando no carro do francês.

– Pois é! O que você está fazendo por aqui?

– Eu fui pra academia fazer musculação, mas me senti meio cansado e resolvi voltar pra casa – respondeu o soldado.

– Cansado? Você? – brincou Jean. – Eu nunca vi você cansado, Silva.

– Pois é, meu amigo. Acho que é a idade! – caçoou o soldado.

– Claro, você deve ter vinte três anos, bem velho...

– Vinte e dois – corrigiu Silva.

– Realmente muito velho – falou Jean, dando uma gargalhada.

– E o que você está fazendo? – perguntou o rapaz.

– Eu estou dirigindo à toa. Precisava pensar.

– Que beleza! – O soldado bateu palmas. – Eu ando a pé mesmo.

– Qualquer dia você compra um carro – afirmou Jean. – Agora me conta sobre as mortes que ocorreram outro dia aqui na cidade. O que sabe disso?

– Menino, você viu que coisa! Em São Luiz não acontece nada e, de repente, cinco mortes.

– Cinco mortes – repetiu Jean, sentindo a informação assentar de uma maneira horrível. Nada seria o mesmo. – Vocês já têm algum suspeito?

– Não! Isso é o pior! – O soldado estava inquieto. – Andam falando que é coisa de vampiro.

– Você acredita em vampiro, Silva? – Jean perguntou em tom de deboche.

– Claro! Mas não quero falar disso não – falou o soldado, se esquivando. – Estarei à noite nas ruas novamente. Não saia nesse período.

– Por quê? – perguntou Jean para extorquir mais alguma coisa do soldado, mas ele não disse mais nada.

– Você pode parar ali – disse o rapaz. – Eu moro naquela casa rosa.

– A gente se vê mais tarde, Silva.

– Abraço, cara. Olha, cuidado se sair à noite.

Jean agradeceu o conselho do amigo e continuou rumo ao centro da cidade. Dirigiria um pouco mais e depois voltaria para casa. A sua ideia era não sair naquela noite.

XXXV

Na delegacia, Magalhães conversava com o inspetor Souza. O velho militar estava apreensivo pelo desconhecimento até aquele momento do paradeiro de Goretti. Souza sabia com quem estavam lidando, mas o delegado ainda não acreditava na possibilidade de existirem vampiros na cidade, responsáveis pelo crime.

– Existe algo que possamos fazer? – perguntou ele ao delegado.

– Não, inspetor – respondeu Magalhães. – Tivemos a informação de uma casa invadida, mas foi notícia falsa.

– Que pena! Eu gosto daquela jornalista.

– Eu ainda não a conheço – declarou o delegado.

– Quanto à casa, delegado, por que não mantém a vigilância por mais alguns dias?

– Não sei, inspetor – respondeu Magalhães. – Não tinha nada lá.

– Normalmente, o criminoso costuma voltar ao local do crime. Não teve o assassinato do caseiro? – perguntou Souza.

– Sim, mas não havia sinais de luta, nem sangue nenhum no local. Achamos o corpo, como o filho nos alertou, mas estava bem longe da casa.

– O rapaz está bem? – inquiriu o inspetor.

– Está sim. Ele foi pra casa de uma tia que mora em Juiz de Fora, no bairro Santa Helena. Pedi a ele que não saísse da cidade.

– Ótimo. Vou deixá-lo agora, delegado.

O inspetor levantou-se, pronto para ir embora. Eles estavam sentados na sala do delegado, tomaram café juntos e conversaram muitas coisas. O inspetor Souza sabia como obter as informações que queria. A casa deveria ter alguma coisa que precisariam pesquisar melhor, mas tinha certeza sobre quem matara o caseiro.

Ele saiu da delegacia e foi procurar por Jaime. O psicólogo estava em seu consultório. Assim que o paciente que estava com ele saiu, Souza foi convidado a entrar na sala.

– Jaime, a polícia não encontrou nada na casa – começou ele –, mas eu acho que ali tem alguma coisa.

– Não sei, inspetor, eu também estou preocupado. Estamos há quase quarenta e oito horas sem notícias da Goretti – desabafou Jaime. – Eu não faço ideia de onde ela esteja!

– Ninguém sabe – concordou Souza, igualmente preocupado. – Essa noite passada foi tranquila?

O inspetor Souza perguntara a respeito de outras mortes durante a noite. Considerando a vigilância da polícia e o cuidado da população, não ocorreram outras mortes. Parecia que tudo estava normal. Porém, eles sabiam que isso não era verdade.

– Eu pedi à polícia que não deixe de vigiar a casa – avisou Souza.

– Ótimo, mas eles não vão encontrar nada se Patrick não quiser ser encontrado – falou Jaime, cansado.

– Douglas esteve na casa e não viu nada também – completou Souza.

– Patrick, além de vampiro, era bruxo antes de abraçar os poderes das trevas – explicou Jaime. – Ele pode disfarçar sua presença em qualquer lugar.

– E você consegue sentir a presença dele?

– Não. Eu não estou conseguindo sentir nada. – Jaime estava um pouco infeliz de não conseguir usar seus poderes para encontrar sua amiga Goretti.

– Mas nós vamos encontrá-la – encorajou o inspetor, adivinhando os pensamentos do psicólogo. O inspetor levantou-se da cadeira onde se assentara e continuou dizendo a Jaime – Acho que você deveria ir até aquela casa. Aconselho a ir durante o dia.

– Tudo bem. Quer ir lá comigo? – perguntou.

– Vou sim. Quando quiser – falou Souza. – Estou à sua disposição.

– Vamos agora de uma vez – chamou Jaime. – A noite ainda está bem longe.

Saíram do consultório do psicólogo e foram no carro deste até a casa de campo de José Francisco. Ficava longe do centro, mas em pouco tempo chegaram. Jaime parou exatamente onde a polícia tinha passado a noite. Olhou para a casa e ainda não conseguiu sentir a presença dos vampiros ou da Goretti.

– Eu vou entrar lá – avisou ele ao ex-militar.

– Eu vou com você – Souza respondeu, pronto para enfrentar o que quer que fosse.

Desceram a pequena distância que os separava do carro e viram que a casa parecia abandonada. Não havia nem mesmo sinais da polícia demarcando o local como cena de crime, já que o caseiro foi encontrado morto bem distante da propriedade. Os dois destemidos entraram na casa e Jaime se concentrou. Pediu ajuda a seus amigos espirituais, mas ali dentro ninguém poderia ajudá-lo. Ele percebeu uma ausência completa de tudo naquela sala. Existia um bloqueio muito grande, e ele notou esse bloqueio. Começou a se sentir um pouco tonto e abriu os olhos, chamando por Souza.

– Vamos sair daqui agora.

– O que houve? – perguntou o inspetor já do lado de fora da construção.

– Existe alguma coisa de ruim nesta casa – começou a explicar Jaime. – Eu não estou sentindo muito claramente o que poderia ser, mas essa casa pode ser o refúgio de nossos inimigos.

– Você acha que Patrick está aí dentro?

– Não sei! Vamos embora – ordenou ele.

Entraram no carro e saíram da propriedade. Até o centro da cidade, Jaime não disse uma palavra. Estava preocupado com o bloqueio que sentira lá dentro daquela sala. Era o maior problema que eles teriam que enfrentar.

A noite passada tinha sido tranquila, não houvera ataque de vampiros aos moradores da cidade, mas isso devia fazer parte da estratégia de Patrick.

– O que faremos? – perguntou Souza ao chegar ao centro.

– Não sei! Eu preciso pensar e reunir minha energia para descobrir o motivo por estar sendo bloqueado.

– Tudo bem. Eu vou para o hotel descansar um pouco e mais tarde a gente se encontra no Bar de Sempre.

– Ótimo, inspetor. Eu dou notícias.

Jaime precisava pensar e repor suas energias. O melhor lugar para isso era o coreto da casa de d. Leonora. Rumou para lá e a mulher já o esperava com a porta da sala aberta.

– Que bom vê-lo – disse ela, disfarçando que não sabia que ele estava indo pra lá.

– Pois é! Obrigado por me receber – ele beijou as duas bochechas da senhora. – Preciso conversar.

Jaime contou à mulher que estivera na casa e não sentira absolutamente nada dentro da sala.

– Era como se toda energia de humanos, vampiros, ou qualquer outra entidade estivesse proibida de se manifestar ali. E aí eu comecei a me sentir tonto.

– Alguém que não queria que você percebesse que está lá bloqueou sua visão mágica e passou a sugar sua energia – explicou ela.

– Pois é! Eu percebi isso e saí depressa de lá.

– Vá para o coreto. Concentre-se e se recomponha. Ali é o lugar certo para isso.

Jaime deixou a senhora sentada no seu sofá preferido e foi para o coreto. Sentou-se no banco à sombra e começou a orar e pedir ajuda aos ancestrais. Relaxou e entrou em transe. Encontrou algumas velhas bruxas, mas foi um transe restaurador. Ele não recebeu nenhuma informação nova a respeito do perigo que enfrentavam.

Saiu do coreto depois de duas horas parado lá dentro e d. Leonora o esperava com café e bolo. Ele se serviu, conversaram amenidades e riram um pouco. Não tocaram no assunto da casa novamente, mas ambos estavam preocupados.

XXXVI

O delegado destacou um grupo para vigiar a casa durante a noite. Ele queria resolver a situação, e estava já ficando nervoso com a demora em descobrir onde estava Goretti. A jornalista tinha desaparecido há mais de três dias e a polícia tinha obrigação de resolver esse caso.

Gonçalves, ainda no seu turno, foi destacado para vigiar a casa. Levou consigo mais cinco homens dispostos em duas viaturas. O sargento estava ansioso para resolver esse mistério e achou muito bom voltar a montar a sua guarda naquela noite.

Chegaram por volta das sete da noite. Havia escurecido há pouco tempo. A casa continuava em silêncio e inteiramente escura. Não parecia que nada havia mudado desde a última noite. Eles resolveram não se aproximar mais. Ficaram observando e nada acontecia. Até o vento estava parado. Haviam ouvido, na mata, um silêncio como nunca escutaram. Sentiram também um cheiro de mato molhado. Era o mesmo cheiro da noite anterior. Gonçalves saiu da viatura e observou melhor a casa.

– Parece que tem alguém lá dentro – disse aos seus comandados.

– Vamos nos aproximar.

Vestidos de preto, os soldados empunharam suas armas e começaram a se aproximar em formação militar. Gonçalves ia à frente, atento a qualquer coisa que se mexesse. Ouviu um uivo de lobo a distância e arrepiou-se.

Um vulto escuro mexeu-se na sala. Dava pra ver pelo lado de fora da janela. Parecia que queria se mostrar aos militares.

Pé ante pé, o grupo se aproximou mais e Gonçalves gritou:

– Quem está aí? Saia da casa com as mãos para cima.

Nada aconteceu e os policiais se aproximaram mais. Dentro da sala, três seres vestidos de negro e ocultos pelas sombras se entreolhavam. Esperavam a ordem do chefe.

Novo grito de Gonçalves para que saíssem:

– Saia com as mãos para cima ou vamos invadir a casa.

Nada aconteceu.

Os militares de lanterna nas mãos iluminavam a sala através dos vidros frontais. Uma sombra se mexeu no interior da sala. Gonçalves gritou novamente:

– Saia ou vamos atirar e invadir a casa.

Uma risada se fez ouvir do interior da casa e uma figura de preto avançou sobre ele. Gonçalves atirou para matar e o vampiro caiu no chão. Ele tentou alcançar o celular para avisar a delegacia enquanto se aproximava, mas estava sem sinal naquele lugar tão longe. Foi se aproximando devagar, de olho no corpo caído ao chão, e ao se aproximar, a menos de um metro para reconhecer a vítima de seu tiro, o vampiro abriu os olhos e iluminou o ambiente com luz vermelha.

Gonçalves se assustou, mas manteve firme a arma e atirou novamente. Mais três tiros e o vampiro no chão ria alto, assustando os soldados. Mais quatro vampiros saíram da casa e cercaram o grupo. Eles estavam no meio de cinco seres da noite que iluminavam todo o quintal da casa de vermelho. Os soldados estavam atônitos e um deles até atirou contra um vampiro, que nem se abalou e continuou se aproximando.

Em poucos segundos, o grupo de soldados estava imóvel e cercado pelos três vampiros. Gonçalves tentava se libertar do jugo mental de Patrick, mas o líder se levantou do chão, expeliu as balas com as quais foi alvejado e sorriu, mostrando as presas imensas fora da boca.

– Quem é você? – perguntou o sargento.
– Quem sou eu? – O vampiro riu. – Eu sou a maior desgraça que esta cidade já viu. Mas isso agora não importa. Vocês estão mortos.

Apesar de armados, os soldados não conseguiam se mexer para se defender dos seres das trevas que os cercavam. Eles estavam perdidos. Com uma ordem de Patrick, um vampiro mais franzino – porém igualmente forte – se aproximou de um dos policiais e exibiu os olhos vermelhos, as presas fora da boca e, por fim, mordeu o pescoço do militar, que não ofereceu resistência. Gonçalves via aquilo apavorado e quase louco por não conseguir fazer nada. Viu o seu soldado morrer com a mordida do vampiro, que finalizou seu ataque arrancando um pedaço de carne do pescoço que mordeu, mastigando a carne humana com seus dentes ensanguentados.

Os vampiros riram e outro soldado conseguiu levantar a arma e atirar. O tiro passou pelo corpo do vampiro, que não se abalou e lhe deu um soco no queixo, jogando-o a três metros de distância, completamente desacordado. Novas risadas mostravam que os vampiros que estavam com Patrick queriam se divertir matando aqueles militares. Outro soldado, Gerson, o mais novo, foi igualmente atacado por um vampiro que, ao morder seu pescoço, usou força maior que o necessário e o quebrou com um estalo audível. Ele desmaiou nas mãos do vampiro e foi exsanguinado até a morte.

Sobraram três soldados para cinco vampiros. Patrick se adiantou e se fartou da jugular de Gonçalves. O sargento, apesar da dor, sentiu o prazer de ter seu sangue sugado por um vampiro. O vampiro deixou o corpo do sargento cair enquanto observava seus comandados bebendo sangue e matando os outros dois soldados. Quando todos estavam mortos, eles riram novamente e entraram na casa. A escuridão não era problema para os vampiros, que enxergavam no escuro. Patrick foi à frente e abriu um alçapão escondido na cozinha que dava para o porão da casa.

Era um cômodo único sem janelas com uma lâmpada fraca no teto e poucos móveis. A um canto, um catre sem lençol e Goretti deitada sobre ele, imobilizada pela magia de Patrick. Ele se aproximou da mulher e sorriu.

– Ninguém ainda veio buscar você, Goretti. Que pena. Daqui a pouco eu vou me livrar de você e do seu namorado. Não vai sobrar ninguém nesta cidade. Ele riu, assim como os outros vampiros que estavam com ele.

XXXVII

O soldado Francisco acordou do desmaio que sofreu ao cair no chão, atirado pelo vampiro, e observou o local: seus colegas mortos, sangue em alguns corpos, Gonçalves com um ferimento no pescoço e a farda suja de sangue. O militar observou a cena sem um ruído e viu que quem os atacou não estava mais por perto. Ele precisava chegar até a viatura. O celular não funcionava naquele lugar, mas poderia se comunicar com a delegacia pelo rádio do carro. Ele se mexeu, sentiu dor na perna esquerda e viu, com horror, que seu fêmur estava quebrado. Fizera diversos cursos de salvamento, de primeiros socorros, mas preferia não ter que aplicar esse conhecimento em si mesmo. Procurou ao redor e viu sua arma. O fuzil, apesar de pesado, poderia lhe dar apoio para se mover sem piorar a lesão da perna. Procurou e encontrou dois pedaços de galhos de árvores caídos perto dele. Retirou os cadarços do coturno que usava e amarrou os galhos na perna para fixar o osso quebrado. Tanta dor! Francisco era um homem forte, acostumado a driblar a dor física, mas nunca tinha ficado num estado como aquele.

Observou novamente o lugar e o silêncio era assustador.

Ele precisava chegar à viatura que estava longe, uns cinquenta metros. Ele foi se arrastando e torcendo para não ser visto por nenhum inimigo.

A distância parecia infinita. Os cinquenta metros, com a dor, pareciam cinquenta quilômetros, mas com calma, persistência e muito suor, ele conseguiu chegar ao carro. Abriu a porta da viatura e foi muito difícil entrar com a perna do jeito que havia imobilizado, mas ajeitou-se dentro do carro e ligou para a delegacia.

– Fomos atacados – disse ele à Silva, que havia atendido ao chamado pelo rádio.

– Quem atacou quem? – perguntou o soldado. – Como estão todos?

– Estão todos mortos – respondeu Francisco. – Eu preciso de ajuda. Quebrei o fêmur e não vou conseguir dirigir para sair daqui.

– Onde você está, soldado? – perguntou Silva, que não sabia nada da operação.

– Em uma casa que vigiamos ontem à noite também. Avise ao delegado. Ele sabe onde é.

O soldado Silva ligou para o delegado Magalhães, que estava em casa dormindo. O militar enlouqueceu com a perda de cinco homens e com o sexto em perigo na cena que ainda não haviam definido como cena do crime, mas que agora precisava ser esmiuçada.

Sem pensar bem mesmo o motivo por trás do seu ato, ele ligou para o inspetor Souza, que estava no Bar de Sempre com os amigos.

O inspetor, assustado com o que acabara de acontecer, ligou para o celular de Jaime.

– O que você acha que aconteceu, Jaime? – perguntou o ex-militar.

– Patrick atacou os policiais – respondeu Jaime.

– Mas por que deixaria um vivo?

– Para dar o recado e atrair mais gente para sua sede principal. Ele está na casa. Não sei como eu não senti isso antes.

– O que faremos? – perguntou o velho.

– Eu vou para lá. Preciso ver isso de perto.

– Tem como avisar o Douglas? Augsparten?

– Sim, eu vou dar um jeito de fazer isso – respondeu o psicólogo. – Precisamos de muita ajuda nesse caso.

Assim que o ex-militar desligou, o psicólogo ligou para o telefone de Douglas.

– Eram seis soldados, estão mortos. Quer dizer, sobrou um, que está todo quebrado e avisou a polícia.

– Tudo bem, Jaime. – Douglas entendeu o recado. – Vou avisar ao Frederico e vamos acompanhar vocês até lá.

– Ótimo – concordou Jaime. – Também estou indo.

No carro, Francisco sentia a dor na perna aumentar. Ele estava fraco, suava frio e a pele estava pálida pela perda de sangue.

O vampiro Roberto, que estava no telhado, recebera de Patrick a ordem de deixá-lo ir até o carro e pedir por socorro. Ele queria que o delegado visse a chacina e entendesse o recado. Desceu suavemente do telhado flutuando até o chão e se aproximou da viatura. O cheiro de mato molhado foi aumentando quanto mais ele se aproximava do carro. Roberto, em silêncio e na escuridão, não era perceptível por ninguém. Dentro do carro, o soldado encostado no banco fechara os olhos pela fraqueza e dor. Ele não viu o vampiro se aproximar e quando abriu os olhos, Roberto estava olhando pra ele pelo para-brisa, com os olhos vermelhos e os caninos à mostra. Francisco se assustou e não teve tempo de pegar a arma no coldre. O vampiro desapareceu da sua visão. Mesmo assim, pegou sua arma e ficou observando a noite – escuridão e nada mais. Assustou-se quando o vampiro arrancou a porta da viatura, e atirou no ser maligno que o olhava cobiçoso. O tiro passou pelo vampiro, que riu alto, mostrando mais as presas reluzentes.

O soldado foi arrancado de dentro da viatura e o vampiro mordeu seu pescoço, acabando com o que restava de sangue em suas veias. O hematoma da fratura do fêmur estava quase o deixando em choque hipovolêmico. O soldado morreu nos lábios do vampiro, que lhe extraiu a última gota de sangue. Roberto parou de sugar quando não havia mais sangue no corpo, que abandonou no chão perto da viatura. O vampiro voltou para seu posto de observação no telhado da casa. Patrick mandou que ele ficasse alerta.

XXXVIII

Jaime pegou o inspetor Souza no bar e rumou para a casa invadida. Queria ver o que estava acontecendo por lá. O inspetor estava empolgado e parecia um militar na ativa. Ele sentia falta da atividade na polícia. Era um homem solitário, e por isso mesmo dedicou sua vida às forças policiais. Quando decidiu que iria realmente parar e cuidar da sua vida na casa de campo, encontrou o tédio de uma vida sem ação, sem amigos. Dedicou-se a ler tudo aquilo que sempre disse não ter tempo de ler, ouvir música, mas na realidade estava aos poucos se tornando um alcoólatra devido a tantas noites que passava sozinho. Bebia todas as noites, e não bebia pouco. Acordava sempre tarde, de ressaca e infeliz por não ter o que fazer. Sua vida perdera um pouco o sentido e ele não sabia como resolver esse vazio.

Agora eles estavam indo para ver uma cena de homicídio. Segundo informações do delegado, cinco homens mortos e apenas um vivo para contar o que tinha acontecido. Finalmente sua viagem valeria a pena, e estava disposto a arriscar sua vida para encontrar novamente seu propósito.

– O que será que Patrick quer fazer? – perguntou Souza, mais para si mesmo.

– Eu não sei! – respondeu Jaime. – Mas acho que esse ataque aos policiais é um aviso de que ele não está para brincadeiras.

– E nós vamos conseguir dominar a situação? – perguntou o velho, ansioso.

– Não sei, mas Douglas ia avisar Augsparten e também trouxe mais dois vampiros com eles.

– Mais dois? – O velho riu e bateu palmas. – Quem são esses outros?

– Não sei, inspetor. Espero que estejam todos do nosso lado na hora da briga – brincou Jaime.

– Por quê? – O inspetor olhou para o psicólogo, que dirigia o carro em alta velocidade pela estrada. – Você acha que eles podem não nos ajudar?

– Infelizmente, inspetor, são vampiros. Aprendi que eles são fiéis só até chegar a sede de sangue – explicou Jaime. – Eu confio apenas em Frederico.

– Que estranho!

– O que é estranho? – Jaime olhou de soslaio para o inspetor.

– Eu acho que Augsparten é o pior deles todos. Acho o menos confiável.

– Não é bem assim, inspetor. Nele eu confio.

Não muito longe dali, Douglas também se dirigia à casa com o amigo e seu criador Augsparten e suas crias – Marriette, a vampira taxista de Juiz de Fora e Luciano, o vampiro mais novo que ele criara. Os quatro sabiam o que enfrentariam e estavam preparados para a fúria do vampiro bruxo.

– Ele está na casa – começou Douglas –, mas quando fui até lá, não senti nada.

– Ele usou seus poderes de bruxo e não permitiu que você sentisse coisa alguma – explicou Augsparten.

– Mas quem é esse Patrick? – perguntou Luciano.

– Patrick é um bruxo descendente das bruxas que me aprisionaram há duzentos anos. Elas ficaram sabendo por Natanael que eu era o vampiro que estava causando a morte de alguns animais.

– Natanael – Douglas repetiu. – Quem é esse Natanael?

– Eu conheci o Natanael quando um vampiro inglês que estava na corte portuguesa, William Land, fez uma reunião no Rio de Janeiro, na época que a família real portuguesa veio para o Brasil. Ele e Natanael, um vampiro português, queriam dividir nossa espécie em grupos diferentes. Iria existir o grupo dos vampiros negros, brancos, indígenas e por aí vai – explicou Augsparten. – Eu não concordei, acabei matando William e mandei prender Natanael. Quando ele se libertou da prisão, veio para São Luiz e me denunciou para as bruxas locais. Passou a viver como um homem de negócios na cidade sem ser percebido como o vampiro que era. Patrick se tornou amigo de Natanael, com o interesse de possuir o dom das trevas. O bruxo era muito fraco na magia e fez tudo errado. Casou-se com uma das mais poderosas bruxas desde Gioconda Ferraresi, Adeline, para aprimorar seus poderes e, quando viu que não teria como aumentar sua magia, seduziu e forçou Natanael a transformá-lo em vampiro.

– Que loucura! – exclamou Marriette, atenta ao relato do vampiro milenar.

– Quando ele se transformou em vampiro, queria transformar a esposa Adeline e as filhas em vampiras também. Estava fazendo muita confusão na cidade. Mas Adeline conseguiu prendê-lo e um dos seus irmãos matou Natanael.

– Que beleza! – Marriette deu uma risada. – Agora ele voltou e deve estar com muito ódio de todos vocês.

– Sim, Marriette – interferiu Douglas. – Eu não sabia nada dessa história, mas sabia do ódio dele, por isso mesmo chamei vocês dois. Ele sequestrou a Goretti, e eu não consigo descobrir onde ela está.

– Quem é a Goretti? – perguntou a vampira.

– A mulher que ele ama atualmente – respondeu Luciano, rindo do seu criador. – É a bola da vez.

– Não é assim, Luciano. Eu amo a Goretti como jamais amei outra pessoa em todo esse tempo. Acho que a amo mais do que amei e sofri por Emma.

– Nossa! Então a coisa é séria – brincou o vampiro mais novo.

– Estamos chegando – advertiu Douglas. – A polícia acabou de chegar também.

O delegado Magalhães encontrou o corpo de Francisco ao lado da viatura ainda com o fuzil ao seu lado, os galhos amarrados na perna e com a garganta dilacerada pela mordida que acabou por matá-lo.

– Parece coisa de animal feroz – observou ele.

– Mas um animal não iria se contentar em morder só a garganta – observou Silva.

– Pois é. E os outros? – perguntou o delegado.

Um soldado que se aproximava da casa gritou:
– Delegado, estão aqui.

Os militares desceram até o pequeno espaço que os separavam do local onde estava o outro militar que os chamava, e viram os corpos caídos perto da casa. Correram para o local e observaram os cinco mortos, com pouco sangue no chão, notando as feridas abertas nos pescoços e o silêncio que reinava no lugar.

– Precisamos da perícia médica – gritou o delegado.

– Não vai demorar muito e vocês também correm perigo – afirmou em voz baixa Augsparten, mas foi ouvido claramente por todos presentes.

– Quem é você? – perguntou o delegado, virando-se para apontar a arma para o vampiro.

– Eu estou do seu lado, delegado. Saia desse lugar agora – ordenou o vampiro. – Nós vamos entrar na casa.

– Nós quem? – Naquele momento, Magalhães viu quem estava com Augsparten. – Quem são vocês?

– Somos amigos – respondeu Douglas. – Por enquanto.

O delegado não podia fazer nada, dominado inteiramente pelo poder mental de Augsparten.

– Não posso deixar que entrem desarmados, ou colocar um civil em perigo – falou o delegado, se esforçando.

– Nós temos nossas armas, delegado.

Nesse momento chegaram também Jaime e o inspetor Souza. Com a chegada de Jaime, Augsparten se afastou do grupo em direção à casa.

– Delegado, eles estão certos – interveio o inspetor.
– Deixe que entrem.

– Mas, inspetor, eles são civis...

– São os mais indicados nesse caso específico – afirmou Jaime.

Os quatro vampiros se dirigiram à casa ante o olhar perplexo do delegado e de seus oito homens.

Jaime percebeu que era hora de usar o poder das bruxas de São Luiz para ajudar a resolver de vez a situação. Ligou para d. Leonora, que estava em casa a postos esperando pelo seu telefonema. Ela contatou as outras bruxas e o padre Lucas, e então começaram uma corrente de preces, cada um em sua própria casa. O psicólogo se afastou do grupo e entrou em sintonia com os outros.

Ao fundo, na mata, uivos de lobos quebravam o silêncio da noite.

XXXIX

D. Leonora preferiu que os amigos bruxos se reunissem na sua casa. Ela temia pelo pior naquela noite, e se sentiu sozinha na imensa casa onde morava. Tinham começado a oração em suas respectivas casas, mas Leonora logo ligou pedindo a presença deles.

Ângela Ferraresi foi a primeira a chegar, logo depois, d. Margarida Avelar, enrolada em um xale verde musgo, trazida pelo sobrinho Lucas, padre Lucas Ferraresi, d. Creusa Cavalcante, d. Tereza Marques e d. Alice Galvão. Todos entraram e se posicionaram no sofá, como era de costume quando ali se reuniam, e ficaram um tempo em silêncio. D. Leonora se levantou e foi à copa buscar café para todos. Aquela era a bebida mais importante naquele momento.

– O que está acontecendo é o seguinte – começou ela enfática –, Patrick invadiu uma casa na periferia da cidade e está lá agora fazendo suas estripulias. Jaime me ligou e me disse que havia uma patrulha de seis soldados de guarda na casa e todos foram mortos de forma muito característica de massacres de vampiros. Patrick quer meter medo em todo mundo.

– Mas por que será que esse desgraçado voltou agora? – perguntou d. Margarida.

– Já comentamos isso, Margarida – continuou d. Leonora. – Ele conseguiu se libertar da prisão que Adeline havia imposto, e voltou para se vingar de todos nós. Para ele, não tem diferença entre nós, descendentes da sua esposa, ou qualquer outro ser vivo que more em São Luiz.

– Por isso os ataques de três noites atrás? – perguntou Lucas Avelar.

– Sim – d. Leonora retomou a palavra. – Ele matou seis pessoas na cidade, independente de classe social ou idade, matou por matar, para avisar que estava chegando.

– E como saberemos que ele está aqui? – perguntou padre Lucas, assustado como sempre.

– Ele exala um cheiro forte de mato molhado – explicou d. Leonora. – O vampiro Augsparten, que todos nós conhecemos, cheira e exala um perfume muito bom de patchouli. O perfume de Patrick e daqueles que ele criou ou criará é de mato molhado, e não é agradável. Talvez haja algum perfume com esse cheiro, mas eu desconheço.

– O que está acontecendo neste momento? – perguntou d. Tereza.

– Jaime me ligou dizendo que eles estão na casa que foi invadida, e Augsparten, com outros três vampiros, vai entrar no local. A polícia está lá também, mas é inútil a sua força ante a força vampírica presente. O inspetor Souza está com Jaime.

– Eu sinto que eles deveriam sair de lá – disse de repente d. Ângela Ferraresi. – O lugar vai se transformar em uma guerra sem previsão de como vai acabar.
– Jaime precisa ficar lá para cuidar do lado bruxo de Patrick, mas todos correm perigo – afirmou ansiosa d. Tereza Marques, mãe do psicólogo.
– Precisamos nos concentrar e rezar. Vamos pedir a nossas ancestrais a ajuda para nos proteger e proteger os nossos entes queridos e toda nossa cidade – conclamou d. Leonora.
– Precisamos de algumas coisas para nos dar mais força.
Ela se levantou e trouxe para a mesa de centro um caldeirão preto de ferro que não era lavado há anos. O tamanho era pequeno, não caberia ali nem um litro de poção mágica, mas isso não importava. Acendeu velas brancas, verdes, vermelhas e pretas que estavam dispostas em castiçais na sala ao redor da mesa de centro. Entregou a todos orações antigas que deveriam ser lidas em voz alta e em uníssono. Pegou para si o grimório de Gioconda Ferraresi.
Os amigos descendentes das bruxas de São Luiz ali reunidos começaram a se concentrar e a ler as orações que lhes foram entregues. Lucas Avelar estava achando muito intrigante tudo aquilo que não conhecia, mas ao mesmo tempo se dedicou inteiramente ao ritual que se iniciava na sala da *socialite*.
Uma energia se desprendia de cada um e se acumulava naquela sala. A princípio nada mudou, mas uma luz amarela começava a se intensificar, unindo cada uma daquelas pessoas ali presentes. Todos estavam de olhos abertos, mas como liam as orações, não viam a mudança da luz da sala. Em pouco tempo, outras antepassadas se posicionaram ao redor da gran-

de roda. Gioconda Ferraresi foi a primeira a chegar com sua alegria italiana, mas silenciosa. Maria da Glória Avelar, Maria da Penha Galvão, Maria Augusta Marques e Maria de Fátima Cavalcanti – as cinco originais – postaram-se em pontos estratégicos da sala formando um pentagrama. Outras bruxas menos conhecidas ainda foram se aproximando dos presentes e a sala se transformou em um polo de energia imbatível.

* * *

Na casa de José Francisco, alheios à reunião das bruxas de São Luiz, Augsparten e Douglas tomaram a dianteira e caminharam para entrar na sala. Não sentiam nada. Absolutamente nada chegava até eles, era como se estivessem em um vácuo. O bloqueio mágico de Patrick era muito grande. Ele tinha conseguido somar o seu mísero poder de bruxo à grande força de um vampiro antigo como Natanael, e se tornar, igualmente, um bruxo e vampiro muito forte. Os amigos andaram pela sala sem perceber nenhuma alteração no lugar, mas, por fim, notaram que havia um vampiro no telhado. Roberto ainda estava lá vigiando e viu quando eles entraram na casa. Ele deveria avisar ao chefe, mas o próprio bloqueio que Patrick fizera em torno de si e de onde estava impedia que o vigia lhe enviasse uma mensagem mental. Roberto decidiu que enfrentaria os invasores. Fez seu cheiro de mato molhado invadir a sala, contrapondo o cheiro forte de patchouli dos quatro presentes, e pulou do telhado dentro da sala. Foi imediatamente cercado pelos quatro amigos e uma imensidão de luz vermelha inundou a sala, rodeada por janelas de vidro.

Do lado de fora, Magalhães se benzeu ao ver aquela luminosidade e mandou que seus homens se afastassem e ficassem atrás das viaturas por proteção. Ele não sabia o que estava acontecendo lá dentro, mas boa coisa não deveria ser. Ao se afastarem, perceberam uma movimentação na mata ao lado e olharam curiosos. No entanto, nada se manifestou.

Jaime, concentrado no poder que vinha das bruxas reunidas na sala de d. Leonora, não via a luz vermelha, mas pressentia o perigo. Mandou que o inspetor Souza se afastasse e ficasse com os policiais nas viaturas e ele permaneceu naquele ponto mais alto do terreno na tentativa de ajudar os vampiros que invadiram o covil de Patrick. Eles não sabiam quantos inimigos teriam que enfrentar.

Na sala, Roberto percebeu que era a força menor e que sucumbiria ao massacre dos outros vampiros. Ele fora recém transformado, apesar de ter sido com o sangue de Patrick, tinha pouca experiência e muito o que aprender para se defender de outro vampiro mais forte que ele.

Ele tentou conversar.

– O que vocês estão fazendo aqui?

– Estamos atrás do seu líder – gritou Augsparten dentro da sua mente. – Onde está Patrick?

– Não sei quem é esse aí – argumentou Roberto.

– Sabe sim, rapaz – falou alto Douglas. – Você fede igual a ele. Você tem nas veias sangue daquele crápula.

– Eu não sei onde ele está – respondeu o vampiro novato, falando em voz alta.

– E o que você está fazendo nesta casa? – perguntou Marriette, sorrindo para o jovem.

A vampira de Juiz de Fora tinha como arma a sua sedução. Empregava sempre sua magia vampírica, mas também usava e abusava dos seus atrativos sexuais. Ela era linda e tinha um corpo perfeito.

– Conte para nós como encontrá-lo – continuou ela, aproximando-se do rapaz e inundando-o com seu perfume.

– Podemos nos dar muito bem, meu querido.

– Eu não sei onde ele está – balbuciou o vampiro, tenso.

– Mas então sabe quem ele é – falou Augsparten. – Se sabe quem é Patrick, sabe onde ele está.

– Eu não sei... – O jovem vampiro estava exatamente como os outros, com os olhos vermelhos e as presas para fora da boca, indicando grande excitação vampírica. – Eu não posso dizer...

– Pode sim. – Douglas o segurou pela gola da roupa e lhe disse, olhando nos seus olhos: – Ou você diz onde o encontramos ou você acaba por aqui.

Os olhos de Roberto estavam começando a falhar na luminosidade que emitia. Ele estava perdendo a briga para os outros quatro vampiros mais fortes do que ele, e que tinham ali a vantagem de não serem incomodados. Roberto olhava o tempo todo para o lado esquerdo da casa, e isso chamou a atenção de Douglas, que também, por fim, encarou a direção para onde o vampiro inexperiente olhava. Augsparten também notou que naquele ponto para o qual o vampiro olhava existia uma energia diferente. Ali era a passagem para o esconderijo de Patrick.

– Ele está lá – afirmou Douglas.

– Não! – gritou Roberto. – Ele vai me matar.

– Não vai não – Luciano sorriu. – Eu é que vou!

Luciano, um vampiro jovem de Juiz de Fora que havia sido criado por Douglas há pouco mais de vinte anos, continuou sorrindo para Roberto. Ele viu que o novato tinha medo de seus olhos vermelhos e a sensação de medo que um vampiro emana é mais instigante do que em um humano comum. Luciano se aproximou de Roberto e o imobilizou. Segurou o vampiro pelos cabelos loiros e mordeu seu pescoço. Todas as informações que ele tinha sobre Patrick e tudo o que estava acontecendo ali naquele lugar foram passadas para a mente de Douglas. Ele acabou de se inteirar de tudo que precisava saber, e por fim arrancou a cabeça do vampiro novato. O corpo e a cabeça de Roberto se dissolveram em uma fumaça escura. Luciano limpou a boca com as costas da mão esquerda e disse:

– Ele está aí dentro com mais vampiros e mantém a Goretti imobilizada em uma cama que fica ao lado esquerdo de quem entra.

– E o que ele está usando para trancar a porta? – perguntou Marriette.

– Nada – gritou Douglas, que ao ouvir o nome da amada se enfureceu como jamais o viram antes.

O vampiro de Juiz de Fora foi de encontro à porta que dava acesso ao porão e estraçalhou a madeira que a mantinha fechada. Um grito surdo se fez ouvir vindo do porão. Eles pararam na porta ante a escada, que descia para um cômodo escuro, e aguardaram. Um cheiro podre invadiu o lugar. Passos pela escada foram ouvidos. Um espectro, como o que andava pelas ruas de São Luiz, saiu do porão e atacou os vampiros que estavam à porta. Luciano sentiu o baque do morto-vivo e caiu se safando do corpo podre que o atacava naquele momento. Douglas, ainda tomado pela raiva, partiu para o ataque e dilacerou o velho corpo animado por magia que protegia a entrada do porão. Outros dois seres igualmente fedorentos e com as carnes do corpo em decomposição surgiram na escada, e Augsparten e Marriette se incumbiram de destroçá--los, mandando cabeça para um lado e corpo para o outro. Os mortos-vivos, quando desmembrados, desmanchavam em uma poça de líquido verde escuro viscoso e igualmente fedido. Outros seres igualmente podres surgiram do lado de fora da casa. Para a surpresa dos policiais, o barulho que ouviram na mata se manifestou na presença de lobisomens.

Os zumbis que tinham cercado a casa foram destroçados pelos lobos.

– Lobisomens? – perguntou Douglas, assustado, virando-se para a janela.

– Amigos de muitos anos – respondeu Augsparten.

O cheiro na sala estava insuportável, mas eles precisavam entrar no porão. Augsparten enviou uma ordem mental para os vampiros que estavam no porão para que saíssem, ou eles iriam matar todos lá dentro.

– A moça que vocês querem, Goretti, está aqui dentro – surgiu a voz de Patrick. – Se nos matar, ela morre também.

– Se for preciso, ela morrerá – gritou Douglas mentindo sobre seu real sentimento em relação à jornalista. – É apenas uma humana.

– Saiam daí, ou vamos entrar! – gritou Augsparten.

Um silêncio imenso ecoou pela casa e pela clareira. Lá fora, os guardas estavam atônitos com a luz vermelha incessante na casa, os lobos rondando a casa e alguns gritos que ouviam de vez em quando. Não sabiam o que fazer, e o inspetor os orientava a ficarem o mais silenciosos possível. Jaime, por sua vez, concentrado na energia das velhas bruxas, tentava enviar forças para Augsparten.

Magalhães, aproveitando o momento de silêncio, mandou que seus guardas se aproximassem um pouco para ver o que estava acontecendo. O inspetor foi contra, mas mesmo assim o delegado enviou três guardas para perto da porta da sala. O silêncio continuava. O inspetor saiu de trás da viatura e também resolveu ver onde estava Jaime.

XL

Na sala de d. Leonora, ela pressentiu o perigo ao qual todos estavam se expondo. Não havia nada que eles pudessem fazer naquela contenda entre vampiros, e Jaime também corria perigo por estar tão próximo. Eles intensificaram as orações, e os espíritos que ali conglomeravam começaram a emitir mais energia que agora enchia a sala de luz alaranjada. Um calor provinha dessa energia, mas era um calor carinhoso, que não sufocava – ao contrário, acariciava cada um deles como se dissesse: "você está protegido!"

D. Leonora começou a cantar baixinho uma canção e foi seguida por todos que estavam presentes – e mesmo não conhecendo a letra da música que enchia a sala, todos cantavam em uníssono. Acompanhando o movimento dos espíritos das bruxas antigas, mais energia e mais luz enchia a sala. Todos ali eram descendentes das bruxas originais de São Luiz, aquelas que protegeram a cidade quando ela foi fundada. Eram as mesmas bruxas que expulsaram e aprisionaram Frederich Augsparten, o vampiro que mais temiam na época. Eram as mesmas bruxas que continuaram cuidando da cidade e tempos depois prenderam também Patrick e mataram Natanael.

Durante todo esse tempo em que São Luiz surgiu e se tornou a cidade que hoje conhecemos bem, a discórdia e a guerra entre vampiros e bruxas esteve presente. Ora mais ora menos grave, com mais ou menos mortes, mas as bruxas nunca deixaram que os vampiros tomassem conta daquele município. Augsparten sabia muito bem disso. Ele esteve em dois momentos bem atribulados quando foi expulso da cidade pelas bruxas. Elas eram o poder contra o mal.

Augsparten gritou novamente e seu grito foi ouvido em um raio de duzentos metros:

– Eu vou matar todos vocês que estão aí dentro!

Três vampiros que estavam com Patrick foram enviados por ele para defender a entrada do porão e saíram com ganas de matar os vampiros que os ameaçavam. Douglas olhou para as criações de Patrick e quase riu; só não o fez por conta de sua raiva imensa. Eram jovens, praticamente adolescentes, que o bruxo vampiro tinha transformado para se proteger. Não eram um exército de guerreiros, mas um grupo de fantoches que não ofereceriam resistência. Assim como Roberto, os três que saíram do porão estavam mais assustados do que qualquer ser humano que visse um vampiro pela frente. O que queriam mesmo era fugir daquele lugar e se salvar da ira dos vampiros que estavam atacando.

O primeiro que saiu era um rapaz magro e alto que conseguiu escapar entre os braços de Luciano, saindo da casa.

Ele correria na direção do mato e se esconderia até quando fosse possível. Ao sair, deu de cara com o inspetor Souza, que observava a casa mais de perto. Com fome, assustado, e precisando de energia, o vampiro novato caiu sobre o ex-militar e mordeu seu pescoço. Os militares que estavam perto atacaram o vampiro, que se viu coagido e não sabia o que fazer. Alçou voo e foi obrigado a largar a vítima e desaparecer mato adentro.

Os lobisomens, que estavam mais afastados, alcançaram-no e destroçaram o jovem vampiro. Os militares foram socorrer o inspetor Souza, que, ao cair, quebrou o fêmur esquerdo. Os militares viram que ele estava ainda com vida e o levaram para a viatura mais próxima. As lesões da queda foram muito graves e o militar também sangrava por um corte profundo na região dorsal.

Os outros dois vampiros que saíram do porão eram mais valentes, e quiseram enfrentar o grupo que ameaçava invadir seu esconderijo. Os dois eram os vampiros que atacaram os moradores de rua na praça dias atrás. Como o outro debandou, os dois atacaram o grupo.

Augsparten sabia que Patrick estava no porão e que esperava um descuido deles para sair e atacar também. Nesse momento, a casa estava rodeada por lobos e policiais que esperavam para, a qualquer momento, precisar invadir aquele espaço.

Na viatura, o inspetor Souza estava com hipotensão severa devido à perda de sangue e febre. Estava delirando e não conseguia abrir os olhos. Precisava de cuidados médicos imediatos. Magalhães observou a ferida no pescoço do militar e, mais uma vez, se benzeu. Aquilo era mesmo coisa de vampiro. Eles tinham que sumir daquele lugar ou todos seriam mortos. Alegando que precisava levar o inspetor para o hospital, mandou que seus homens fizessem um perímetro em volta da casa e não entrassem em contendas. Prevenindo-os, dessa forma, mandou os soldados Silva e o soldado Torres levarem o ex-militar até o hospital da cidade. O inspetor entrou na emergência com diagnóstico de choque hipovolêmico. Fariam de tudo para salvá-lo.

O enfermeiro que os recebeu, Christian Gustavo, estava no hospital há quinze dias, em período experimental para, saindo de São João Del Rey, vir trabalhar em São Luiz. Assustou-se com o paciente, e ao ver a ferida no pescoço do homem, benzeu-se e disse:

– Isso não é coisa de Deus não. Cruzes! Eu nunca vi algo assim. Levem-no para a sala de recuperação de emergência.

Chamou seus técnicos e o médico do plantão, e correram para tentar salvar o inspetor Souza.

Os dois vampiros, criações de Patrick, armavam-se para lutar quando Augsparten gritou novamente para o porão:

– Saiam daí ou eu vou destruir tudo o que existe neste lugar!

Outros vampiros saíram do porão. Eram mais seis novatos, e Augsparten os imobilizou e fez com que saíssem da sala pela porta da frente. O que se seguiu foi uma destruição em massa dos vampiros criados por Patrick, os lobisomens que rodeavam a casa fizeram seu trabalho. João e Alessandra comandavam a matilha de lobos que rodeava a casa e não deixavam nada entrar ou sair por terra.

Uma explosão se fez ouvir na porta do porão e todos olharam para ver o que era. Patrick estava à porta com os olhos vermelhos e segurava nas mãos a capa que usava, fazendo como se fosse um par de asas. Ele riu alto e saiu voando por sobre os vampiros desprevenidos, que não estavam esperando por um truque desses. Quebrou o vidro da janela da frente e saiu voando baixo. Os militares se prontificaram a abater a fera com suas armas, mas o vampiro voador abaixou-se, agarrando Jaime pelo torso e erguendo-o no ar. O psicólogo foi preso por trás e não conseguia se soltar dos braços fortes do vampiro bruxo, que voou alto, desaparecendo entre as nuvens.

Augsparten entendeu quais eram os planos de Patrick e gritou para Douglas:

– Entre no porão e pegue a garota.

O vampiro de Juiz de Fora desceu as escadas correndo e encontrou a amada, que acabara de acordar, longe do domínio de Patrick, mas ainda assustada com o que estava acontecendo. Ao ver seu amado, ela lançou-se em seus braços e voltou a se sentir segura. Chorou longamente, abraçada ao corpo frio de Douglas. Ele precisava tirar Goretti daquele porão.

Na sala, cercados por Marriette, Luciano e Augsparten, os dois vampiros valentões se entregaram e foram presos pelo vampiro milenar. Eles aprenderiam ainda muito sobre a vida nova que levariam de agora em diante. Ele não os mataria, a não ser que fosse preciso. E os dois entenderam que perderam a sua proteção que saiu voando pela janela da frente.

– Onde será que ele foi? – perguntou Luciano.

– Eu sei para onde ele pode ter ido, mas é outro lugar igualmente perigoso – respondeu Frederico. – Talvez eu tenha que ir lá sozinho.

– Nunca – interveio Marriette –, a gente está sempre junto, chefe.

Terminou a fala com uma piscadela, brincando.

Eles riram e viram Douglas sair do porão com Goretti nos braços. Era muita devoção do vampiro à jornalista, e muito amor da humana pelo vampiro.

Augsparten saiu da casa e se encontrou com o lobisomem com quem teve uma contenda muitos anos atrás e a linda loira que o atraíra até o covil dos lobos. Eles estavam retribuindo a gentileza do vampiro em não os destruir quando se encontraram pela primeira vez.

– Obrigado, João – Augsparten apertou a mão do homem que se postava à sua frente e piscou o olho para a linda loira que esperava por ele. – Ainda temos mais uma batalha pela frente.

– Estamos juntos – disse o rapaz, voltando à forma de lobisomem e correndo com a outra loba de volta para a floresta.

Augsparten passou perto do delegado e informou que poderia entrar na casa e inspecionar o que foi encontrado, inclusive o local do cativeiro da jornalista. Ali agora não havia mais perigo. Enquanto ele conversava com o delegado, Marriette e Luciano saíram da casa com os outros dois vampiros incapacitados de qualquer rebeldia e seguiram o caminho entre os militares.

– E esses aí? – perguntou o delegado.

– Estavam presos no porão também, mas estão bem.

Magalhães olhou em volta para certificar-se para não correr riscos de se encontrar com vampiros ou lobisomens, e deu ordens para que seus homens entrassem na casa e a decretou como cena de crime. Agora ele poderia recolher os seus soldados mortos e desvendar o mistério do sequestro da jornalista.

XLI

No Bar de Sempre, conforme fora ordenado por seu patrão, Danilo estava com os amigos novos que fizera na cidade. Nessa noite, Jean, Patrícia e Thais, a modelo loira do Rio de Janeiro, ainda estavam no bar. Jaime considerava aquele um lugar seguro e, por isso mesmo, resolveu reunir os amigos ali, mesmo não podendo estar presente. Era melhor que ficassem seguros enquanto os outros enfrentavam o perigo.

– O que será que vai acontecer nesta cidade hoje? – perguntou Isnar alegre.

– Não brinca com isso, Isnar – interveio Jean. – A coisa é mais séria do que vocês sabem.

– Nossa! – Isnar riu. – Será que vai ter mais gente morta na cidade hoje?

– Provavelmente – concordou Danilo. – Por isso mesmo estamos todos aqui no Bar de Sempre. Eles acham que temos que estar todos juntos, e o bar é o lugar mais seguro para isso.

– Meu Deus! Eu fico até preocupada – interveio Patrícia.

– Mas está tudo bem. Vamos beber – convidou Élio.
– Se estamos todos juntos, estamos bem. Falta só o Jaime, que anda muito furão nos nossos encontros.
– Coitado, ele trabalha demais – interveio Jean. – E morando na Mansão do Rio Vermelho ficou mais difícil para ele sair à noite.
– Eu queria conhecer a mansão – disse José Carlos.
– Eu também – concordou Lívio.
– Quem sabe um dia Jaime leva todos nós para visitar o seu palácio? – perguntou Jean, que já conhecia e muito bem a casa.
– E hoje o inspetor Souza também não apareceu – lembrou Isnar. – Ele é um cara muito legal, não é?
– É sim, mas anda depressivo, ele me disse, por estar afastado do trabalho. Ele se reformou da polícia e está morando em uma casa de praia afastada de tudo e sem muito o que fazer – explicou Élio. – Acho que precisa de um emprego novo.
– É muito desagradável para um cara tão ativo como ele parar de trabalhar de vez – concordou Isnar. – Ele poderia ser detetive particular.

Todos riram e Jean ainda corroborou:
– O pior, eu acho, é que ele é solteiro, não tem filhos, não tem família, ninguém.
– Coitado! – Patrícia balançou a cabeça com pena do ex-militar.

Uma nova rodada de cerveja foi distribuída para os amigos, que permaneceriam no bar até o raiar do sol. Receberam essa ordem telepática de ficarem juntos e não saírem para a rua sob hipótese nenhuma. A ordem ainda lembrava a todos o que tinha acontecido com Júlio dias antes. Ele saiu antes do sol nascer e foi morto por um vampiro.

Douglas saiu da casa com Goretti nos braços e, com sua velocidade vampírica, afastou-se de tudo e de todos para cuidar de sua amada. O melhor lugar para a jornalista se recuperar era sua própria casa, e o vampiro já havia sido convidado a entrar. Não teve problemas em colocar a moça em sua cama e observar cada parte de seu corpo, cada expressão de seu rosto adormecido pela fraqueza de dias sem se alimentar.

Ele foi à cozinha, e voltou trazendo água.

– O que aconteceu? – perguntou ela, acordando sonolenta.

– Você foi sequestrada por um vampiro que trancou você em uma casa por três dias – respondeu ele.

– Mesmo? – Goretti arregalou os olhos. – E o que aconteceu?

– Com você, nada. – Douglas sorriu e ela adorou ver o rosto sorridente do seu amado vampiro perto dela.

– Você sumiu de mim. – Ela fechou os olhos, suspirando. – Eu achei que não me queria mais.

– Nunca pense isso – disse ele rapidamente. – Eu amo você.

– Eu amo você, Douglas – respondeu ela, igualmente se declarando. – Eu acho que não conseguirei viver sem você.

– Nunca vai precisar fazer isso. – Ele a abraçou. – Ficaremos juntos para sempre agora. Eu nunca mais vou deixar você.

– Tanto tempo...

– Depois eu te conto tudo o que aconteceu comigo e que não me deixou voltar pra você antes – disse Douglas, lembrando-se de ter ficado preso no porão da casa de Augsparten na Bahia.

– Estou com fome – percebeu ela. – Eu fiquei presa por três dias?

– Mais ou menos isso. Você recebeu um recado no trabalho, e saiu à tarde com seu carro no dia que chegamos à cidade.

– Quem chegou com você? – perguntou ela.

– Augsparten – respondeu ele.

– Que bom. Ele já esteve com o Jaime? – perguntou ela, sorrindo.

– Aí está um grande problema – começou a explicar Douglas. – Jaime agora é um grande bruxo, e com todo o poder que ele tem, ele e Augsparten não poderão se encontrar nunca mais, ou um terá que matar o outro.

– Meu Deus! Jaime o ama tanto! – declarou ela. – Como vão fazer?

– Eles conversaram no carro outro dia, mas sem se olharem diretamente – lembrou Douglas. – Não sei como ficarão. Vamos ter que ir embora quando tudo terminar.

– Tudo o que? – perguntou ela.

– A guerra que o vampiro que te sequestrou está fazendo contra esta cidade.

– Sério? – perguntou ela, assustada. – Você tem que ir lá ajudar então. Augsparten deve estar precisando de você.

– Eu sei disso, mas ele está com mais dois de nós – respondeu Douglas.

– Mais dois? Nossa! Quanto vampiro!

Douglas riu e suas presas brilharam no reflexo da luz do quarto. Ele estava feliz por estar com sua jornalista, que achou que jamais veria outra vez. Patrick a sequestrou para mostrar para ele e Augsparten que tinha poder sobre ambos, mantendo inclusive o cativeiro isolado do poder mental. Douglas também ficou feliz em saber que ela não foi molestada de forma alguma.

– Eu vou precisar ir ajudar – declarou ele. – Você vai ficar bem?
– Vou sim. – Ela o beijou nos lábios. – Eu só preciso comer alguma coisa. – Você também – ela passou a mão pelos seus braços e sentiu que estavam frios.
– Preciso sim.

Ela virou o rosto, oferecendo o pescoço para ele, mas ele disse:
– Você está tão fraquinha por falta de comida, vai piorar sua fraqueza.
– Eu dou um jeito depois – respondeu ela, olhando em seus olhos.

Ele a abraçou e sentiu mais uma vez que a ligação dos dois deveria ser para a eternidade. Ele não poderia perder aquela mulher nunca mais. Sentiu uma lágrima de sangue sair de seus olhos e decidiu que a sua companheira para sempre estaria em seus braços. Suas presas se alongaram um pouco mais e ele as cravou no pescoço da jornalista uma vez mais. Tomou de seu sangue, mas o fez com moderação para que não a enfraquecesse mais ainda, e fechou as feridas com a saliva. Ela estava mais linda do que nunca aos seus olhos naquele momento.

Ele a beijou e a deixou deitada na sua cama, desaparecendo de sua visão com sua velocidade vampírica.

Goretti pensou até em cantar, mas estava muito debilitada para fazer tal coisa. Levantou-se da cama e foi ao banheiro. Antes de qualquer coisa, precisava de um banho. Depois pensaria em comer alguma coisa.

XLII

Os bruxos continuavam com suas pregações na sala de d. Leonora. A energia alaranjada preenchia a sala e eles estavam todos concentrados em suas mentalizações para se protegerem do ataque do vampiro bruxo. Um cheiro de podre insistiu em entrar na sala e assustou os amigos que ali rezavam. Ouviu-se então um barulho estrondoso que quase os fez perder a concentração. Eles não sabiam o que acontecia lá fora, e nem suspeitavam que estavam sob a mira do vampiro bruxo.

A casa de d. Leonora estava rodeada de mortos-vivos, com carnes apodrecidas e cheiro insuportável. Eles queriam abrir as portas da casa e entrar para impedir que a prece das bruxas impedisse a ação de Patrick. O poder da bruxaria era muito forte e esses seres fedorentos não conseguiam obter sucesso, mas faziam um enorme barulho andando para um lado e outro ao redor da casa. O barulho foi sendo substituído por uivos de lobos à distância.

D. Leonora viu através da janela de vidro da frente um desses seres olhando para o interior da casa, e lembrou-se do seu aviso espiritual naquele dia que Jaime estivera com ela. Ela sabia que passariam por aquele ataque de seres mortos-vivos, mas não sabia que seria assim tão rápido. Ela também se lembrou de suas palavras ao final da visão: *Estamos prontos!* Fechou os olhos e continuou a cantar a música que estavam entoando naquele momento e que era o ponto de união e força contra o mal. Cantavam com a letra na ponta da língua, apesar de nunca terem entoado ou ouvido aquela canção antes. A energia alaranjada rodava em volta dos bruxos e dos espíritos dos bruxos que estavam naquela sala.

Seguiu-se o outro barulho e, dessa vez, sentiram que algo havia caído no coreto. D. Ângela olhou para o local e viu que Patrick acabara de pousar de seu voo ali e tinha jogado um corpo de homem no chão. Ela deu um grito, mas os amigos seguraram com mais força a sua mão, e ela voltou a se concentrar na canção.

No coreto, Patrick acabara de chegar com Jaime. Ele não tinha deixado Jaime se libertar de seus braços fortes de vampiro. Jaime tentou se desvencilhar usando seus poderes de bruxo, mas o vampiro que o aprisionara entre os braços, além de vampiro, era também bruxo, e sabia se defender do jovem assustado. Chegaram ao coreto e quando se viu livre dos braços de Patrick, Jaime tentou usar sua força mágica contra o vampiro. Lançou uma bola de energia contra o corpo de Patrick à sua frente, mas o vampiro se afastou e a energia explodiu no jardim. Ele tentou se safar do coreto, mas viu que a casa estava rodeada por criaturas que obedeciam ao seu antepassado e perdeu um segundo pensando no que fazer – matar

Patrick ou salvar os bruxos na sala da d. Leonora. Em meio à dúvida, não viu a bola de fogo que saiu da mão do vampiro bruxo e o atingiu no ombro direito. Jaime caiu sentado no banco do coreto e olhou para Patrick.

– O que você quer? – perguntou Jaime com raiva, olhando nos olhos do vampiro.

– Eu quero matar todos vocês e dominar esta cidade – respondeu o vampiro bruxo. – Eu deveria ter feito isso há muitos anos. Adeline me impediu.

– E por que agora você quer se vingar contra a cidade toda? – perguntou o psicólogo, tentando se curar da lesão no ombro.

– Porque todos vocês devem morrer. Essa ferida no seu ombro não vai sarar nem com todos os seus poderes – riu Patrick. – Isso vai matar você. Por mais poder que você tenha, sou vampiro e sou bruxo.

Jaime pôde notar como o seu antepassado era soberbo e muito pouco modesto. Talvez fosse esse o ângulo para explorar e se safar. Ele precisava salvar as pessoas que estavam na sala. Ele precisava do alemão. Ele queria estar próximo de Augsparten.

Um cheiro conhecido ao psicólogo o fez sorrir. Augsparten estava por perto. O vampiro chegou à casa de d. Leonora e viu o cerco dos mortos-vivos à casa. Ele sabia que os bruxos estavam lá dentro e que estavam se protegendo contra essa horda. Para os bruxos, não haveria uma divisão entre vampiros que estavam ali para o mal e os que estavam para defendê-los. Ele resolveu acabar com o cerco à casa enquanto Jaime se defendia do vampiro bruxo no coreto. Cuidou com Marriette e Luciano dos seres que tentavam invadir a casa. Passaram por eles e foram destruindo cada um que viam, desmembrando e arrancando a cabeça dos onze espectros que impediam que os bruxos saíssem de casa e queriam desconcentrá-los para enfraquecer o seu poder.

Ao fim do ataque, não se poderia dizer qual perna pertencia a qual corpo e qual mão seria o prolongamento de qual braço. Estavam todos esmigalhados. O jardim de d. Leonora estava empesteado de líquido verde e pedaços de corpos em decomposição. Isso também não abalou Patrick no coreto.

João, o líder dos lobos que os tinha acompanhado até ali, riu para o vampiro e viu que sua matilha não tinha mais nada a fazer naquele lugar. Uivou alto e todos os lobisomens permaneceram à espreita.

Patrick e Jaime se encaravam ainda.

– Eu preciso entrar no porão desse coreto – disse o primeiro a Jaime.

– Como assim? – perguntou Jaime. – O que você quer no porão?

– Você sabe – Patrick olhou para o psicólogo que se contorcia de dor no ombro e continuou – E você sabe também que eu não posso entrar.

– Por quê? – perguntou Jaime.

– Adeline não me permite entrar no cômodo. Era onde ela fazia os seus feitiços e ela o lacrou contra meus poderes. Aqui dentro existem coisas que me farão ser o mais poderoso dos bruxos deste mundo. Vou comandar todos os seres das trevas – explicou ele.

– O que você quer? – repetiu Jaime.

– Existem três caixas pequenas que estão na prateleira à esquerda. Dentro delas existem frascos de um líquido. Preciso que me traga isso – explicou Patrick.

– Eu não vou ajudar você – gritou Jaime.

– Vai sim. Eu vou matar todos que você gosta se não fizer isso – ameaçou Patrick.

– Não vai, não – Jaime se levantou e lançou uma bola de fogo pela mão direita que pegou o rosto do vampiro.

Patrick gritou, mas com seu poder vampírico, recuperou-se e se refez da queimadura no rosto. Estava com os olhos vermelhos irradiando por todo o jardim. Havia ali uma contenda imensa entre vampiros e bruxos que nenhum humano poderia interferir. Augsparten passou voando pelo coreto e derrubou o vampiro bruxo com um soco no rosto. Ele não poderia ficar no coreto por causa de Jaime. Luciano e Marriette observavam sem saber o que fazer a certa distância. Eles viram que os bruxos saíram da casa e se posicionavam ao redor do coreto, levando a energia laranja para envolver o local. Os dois vampiros se afastaram e abriram espaço para o que viria a seguir.

Patrick, ao ver os bruxos em volta do coreto, soltou uma risada ensurdecedora e lançou mais uma rajada de energia contra Jaime. Ele queria matar o psicólogo. Ele sabia que poderia também absorver a energia do bruxo mais jovem se o matasse em uma briga naquele lugar. Ao ver Jaime ser atingido pelo raio do vampiro bruxo, d. Leonora enviou toda a energia do grupo para deter Patrick, e a energia alaranjada envolveu o vampiro bruxo e o imobilizou.

Jaime se levantou e, ainda com dor e com duas feridas que poderiam matá-lo dificultando seus movimentos, aproximou-se de Patrick e segurou sua cabeça com as mãos. Os bruxos voltaram a cantar ao redor do coreto e Augsparten observava a tudo sem saber o que poderia fazer para ajudar. Observou que Jaime, imbuído de sua força mágica e absorvendo toda a força dos bruxos ao redor, por fim conseguiu arrancar a cabeça do vampiro bruxo. O corpo de Patrick se desfez em uma fumaça negra e se dissipou na noite. Jaime, exaurido de toda energia possível, caiu no chão do coreto desacordado. Ele acabou com o mal que assolava São Luiz, mas estava à beira da morte pelas feridas.

D. Tereza Marques correu até o coreto e abraçou o filho que agonizava no chão. Ele tinha um ferimento no ombro direito e outro ferimento maior no abdome, que sangrava. Ela chorou pelo filho, pelo desprendimento do rapaz, pelo heroísmo em salvar a cidade do mal causado pelo vampiro bruxo que era antepassado de todos. Os bruxos rodearam o coreto e envolveram o corpo de Jaime de energia, mas ainda assim o destino dele era a morte.

À distância, Augsparten observava a tudo e chorava. De seus olhos saíam lágrimas de sangue que lhe escorriam pela face branca.

– Você pode salvá-lo – observou Douglas, chegando só agora depois que a briga tinha acabado.

– Não posso! – respondeu Augsparten, aflito. – Existe uma energia mágica que me impede de chegar perto dele. Se eu o tocar, ambos vamos ter que brigar e matar um ao outro. Do jeito que ele está, eu vou acabar de matá-lo.

– Mas a gente poderia ajudar? – perguntou Marriette.

– Não, nenhum de nós pode ajudar – declarou Frederico, inconsolável.

– Senhor Augsparten. – O vampiro se voltou ao chamado de d. Leonora, que estava olhando para ele. – O senhor pode salvar o Jaime.

– Não posso – respondeu ele. – A magia não permite que eu me aproxime dele.

– Nós permitiremos – definiu ela. – Todos nós presentes concordamos que você pode salvá-lo. Por nós todos. Por tudo o que acreditamos – ela dizia "nós" se referindo aos bruxos.

– Eu posso me aproximar? – perguntou Augsparten, sorrindo com esperança.

– Claro – e ela se afastou e mostrou que todos os bruxos se afastaram para dar passagem ao vampiro até o coreto.

Frederich Augsparten se empertigou. Olhou para a frente e encheu-se de esperança de não perder o amigo. Ele relembrou coisas de toda sua história milenar e tantas pessoas que passaram por sua vida e ele perdeu por doenças, por idade, por simplesmente precisar perder, e ali achou que perderia uma das pessoas que mais amara em todos os tempos. Ele agora tinha o poder de salvar Jaime. As bruxas de São Luiz abriram o caminho para ele se aproximar do corpo moribundo do amigo.

Quando chegou ao coreto, o rapaz estava em péssimas condições físicas. Debilitado pela perda de sangue e pela dor, estava pálido e fraco. Abriu os olhos ao ver o vampiro que ele também amava tanto e sorriu. Um sorriso débil, mas que demonstrava que estava feliz de vê-lo ali com ele.

Augsparten o pegou nos braços, sentou-se no banco do coreto e o acarinhou como a um filho que estivesse doente em seu colo, mas também poderia ser como um amante que pega o amado em seus braços; um abraço que demonstrava todo o amor do mundo.

– Eu vou morrer – disse Jaime, baixinho.

– Claro que não – respondeu Augsparten.

– Você vai me salvar? – Jaime riu, sabendo o que isso significava.

– Vou! Eles permitiram – Augsparten se referiu aos bruxos que ali ao lado olhavam para eles.

– Tudo bem – Jaime fechou os olhos e adormeceu pela fraqueza que estava.

Augsparten olhou para os bruxos que os rodeavam. Olhou para Douglas, Marriette e Luciano e todos esperavam pelo desfecho que salvaria a vida do psicólogo. Ele abriu mais os olhos, envermelhou todo o jardim de d. Leonora e deixou que as presas se alongassem ao máximo. Mordeu o pescoço de Jaime e sugou poucas gotas de sangue para não o enfraquecer mais. Em seguida, rasgou o próprio braço com os dentes e levou o sangue aos lábios do psicólogo. Jaime, a princípio, sugou lentamente, mas depois passou a sugar com força, o que fez o vampiro rir de alegria e prazer. Era um prazer muito grande. Ele nem viu que os bruxos ao redor do coreto deram as costas para o local e voltaram para a casa de d. Leonora.

Douglas, Marriette e Luciano também saíram do jardim e se afastavam para ir embora quando d. Leonora os chamou:

– Vocês querem alguma coisa? Uma bebida?

– Isso seria bom – aceitou Marriette. – Uma vodca iria bem a calhar agora, não é, Lu?

– Claro – concordou Luciano seguindo a velha bruxa que os convidava a entrar em sua casa.

– Vocês não querem alguma coisa? – perguntou ela a João e Alessandra, que estavam em sua forma humana.

– Um café iria bem – disse a loba.

– Prefiro uma vodca – João sorriu.

Douglas se despediu, dizendo que precisava voltar para cuidar de Goretti. Estava preocupado com ela.

No coreto, ainda abraçados, Augsparten e Jaime se recompunham. O vampiro alemão precisava cuidar do psicólogo até acabar sua transformação, e o melhor lugar seria o porão da Mansão do Rio Vermelho. Apertou mais o abraço do amigo, e desapareceram na noite.

XLIII

Marriette e Luciano entraram no Bar de Sempre. Não conheciam ninguém lá, exceto Danilo, que os recepcionou e apresentou aos demais. A taxista de Juiz de Fora pediu logo uma vodca, e Luciano preferiu se juntar aos outros e tomar cerveja mesmo.

– O que aconteceu? – perguntou Danilo.

– Acabou. Vocês já podem até sair e ir pra casa, se quiserem – respondeu o vampiro sorrindo.

– Como assim acabou? – perguntou Isnar. – O que estava acontecendo que a gente nem soube direito?

– Houve um ataque de pessoas más contra a cidade, e Augsparten e Jaime resolveram o problema – definiu Luciano.

– Está mesmo tudo resolvido – afirmou Marriette.

– E onde estão todas as pessoas? – perguntou Jean.

– Bem, o inspetor Souza está no hospital, gravemente ferido – começou Luciano. – Não sei se escapa dessa com vida.

– Coitado! Ele já estava inclusive aposentado – lembrou Élio.

– Mas como estávamos conversando – continuou Isnar –, ele estava em completa depressão por não estar na ativa.

– E a Goretti? – perguntou César. – Descobriram onde ela estava?

– Sim. Foi sequestrada e estava no porão da casa de vidro nos arredores da cidade – explicou Marriette.

– Na casa do meu amigo José Francisco? – exclamou Jean. – A casa foi invadida, mataram o caseiro. Era lá então que o homem estava?

– Sim – respondeu Luciano, ciente que Jean sabia que quem ameaçava era um vampiro. – O delegado vai entrar em contato com ele e dar o relatório de estragos na casa.

– E onde ela está agora? – perguntou César, o repórter da capital.

– Douglas a levou para casa dela e está cuidando para que ela se recupere – disse Marriette, pedindo ao garçom outra vodca.

– E Jaime? – perguntou Patrícia, interessada em informações do amigo.

– Quase morreu, mas foi ele quem matou o invasor na casa de d. Leonora – comentou Luciano.

– Como assim? Matou? – perguntou incrédula Patrícia.

– Sim, menina – interferiu Marriette. – Ele é um herói, e por causa dele estamos todos vivos e bem.

– Uai, mas do jeito que vocês disseram... – Ela se retraiu.

– Ele está bem. Augsparten está cuidando dele – completou Luciano.

Jean ficou com uma pontada de ciúmes pelo amigo psicólogo estar com o vampiro que ele tanto gostava, mas ele já havia decidido inclusive não se encontrar com o vampiro. Já não queria mais alimentá-lo. Claro que era uma decisão que só duraria até encontrar o vampiro novamente. Ele abraçou Patrícia para certificar-se de que estava com a pessoa certa e tinha tomado a decisão correta. Ela se deixou abraçar e correspondeu ao carinho.

As bruxas na sala de d. Leonora respiraram mais calmas, e o padre Lucas se benzeu umas três vezes antes de abrir a boca e dizer:

– E agora? O que vai acontecer?

– Como assim, padre? – perguntou d. Leonora.

– Uai, como assim? – O padre se empertigou no sofá onde estava sentado. – O vampiro mal foi destruído, mas e os outros vampiros? Não são do mal também? Os vampiros não são seres das trevas e perigosos para todos os humanos?

– Patrick era um antepassado de todos nós, padre, que resolveu se vingar e matar a população de São Luiz – começou d. Leonora. – Ele tinha que ser morto. Ele usou coisas de baixíssimo nível, como a magia de nossas ancestrais, para reanimar aqueles mortos que atacaram a casa e faziam confusão na cidade. Ele queria matar todos nós e reinar absoluto.

– Tudo bem! – disse o padre. – E os outros?

– Que outros? – perguntou d. Margarida.

– Os outros vampiros? Augsparten salvou Jaime e o levou embora daqui. Ele vai virar vampiro também.

– Deus me livre. – D. Tereza Marques, mãe de Jaime, benzeu-se.

– E a senhora convidou os outros dois para entrar em sua casa e tomar uma bebida – advertiu o padre. – Convidou também aquele casal que nem eu sei o que são. – O padre se benzeu ao pensar nos lobisomens. – Abriu as portas para eles entrarem na sua casa.

– Sim – ela riu. – Eu os achei adoráveis, vocês não?

– O Luciano é lindo – comentou Lucas. – Espero que o Jorge não ouça isso! – riu o rapaz.

– A moça também é muito bonita e muito educada – lembrou d. Ângela Ferraresi.

– O outro é muito forte e alto, né – disse d. Creusa se referindo a João. – A namorada dele é linda.

– Mas eles são todos... – começou padre Lucas.

– São todos nossos amigos – finalizou d. Leonora. – Pena que não pude conversar direito com o outro.

– O Douglas? – perguntou Lucas. – Ele é um cara legal.

– Vocês estão todos ficando loucos – explodiu o padre Lucas. – Eles não são criaturas de Deus!

– O que neste mundo não é criatura de Deus, padre? – perguntou d. Creuza. – Tudo é criação de Deus.

– Eu não entendo. – O padre sentou-se novamente no sofá, confuso.

– Há coisas que não precisamos entender, padre. Apenas aceitar – disse d. Leonora, rindo. – Eu vou buscar mais café. Acho que todos estamos precisando.

– Com certeza – concordaram as mulheres.

Os amigos bruxos se deixaram relaxar no sofá e nas poltronas da sala de d. Leonora enquanto a anfitriã fazia mais café e trazia para a sala uma bandeja com vários tipos de biscoitos feitos em casa. Estavam prontos para o café da manhã, e o sol não tardaria a banhar a cidade com seus raios luminosos e quentes.

XLIV

Na delegacia, Magalhães reuniu seus homens e decretou que o que seria divulgado oficialmente para a mídia era que o assassino que matou todos na cidade e sequestrou Goretti era um matador impulsivo que foi morto no ataque à casa de vidro nos arredores da cidade. Depois de recolher os soldados mortos e levá-los ao necrotério para necropsia, deu folga para os que estiveram em ação na noite e mereciam descanso. Sentiu uma pena muito grande em ter perdido Gonçalves; o sargento estava se despontando como um excelente policial e em pouco tempo seria uma força muito importante na polícia local.

Sentou-se à sua mesa depois que todos se foram para suas funções e descanso e resolveu pensar no que acontecera. Ele jamais poderia contar aquilo para quem quer que fosse, pois não acreditariam em nada do que ele dissesse. Não poderia imaginar dizer que passou a noite lutando contra vampiros! Seria exonerado da polícia e internado como louco. Não era isso que pretendia para sua carreira.

Registrou o número de mortos na contenda da noite. Haviam cinco soldados e o sargento Gonçalves, que morreram fazendo a ronda da casa. O inspetor Souza estava internado na UTI do hospital em estado grave, e talvez não resistisse aos ferimentos. Ele era um bravo! Um homem que se dedicou em toda a sua vida pela polícia, pela justiça e pelo bem do cidadão comum. Era um homem que merecia um monumento na praça da cidade. Ele fizera muito por São Luiz e somente conseguiram resolver a situação porque ele não esmorecia e estava sempre correndo atrás da verdade.

Magalhães fora informado de tudo o que acontecera no outro ataque que ocorreu na cidade e da morte das duas loiras, e o inspetor Souza fora o responsável por encontrar o assassino e matá-lo. Ele fora ainda procurar saber sobre o assassinato da moça de Juiz de Fora que teve os mesmos padrões e *modus operandi* das loiras de São Luiz.

Precisava saber notícias do ex-militar. Pensou em ligar para o hospital quando o telefone tocou e ele atendeu. Era o mesmo enfermeiro da noite passada, Christian, que com uma voz muito sentida lhe informou:

– Sinto muito em informar, delegado, mas o paciente Antônio Carlos de Souza, o inspetor, não resistiu aos ferimentos e foi a óbito há trinta minutos.

– Sinto muito em saber – respondeu o delegado. – Eu vou providenciar o que for preciso para o sepultamento.

– Como foi uma morte violenta, ele terá que ser encaminhado ao Instituto Médico Legal para uma necropsia – afirmou Christian.

– Eu sei! – O delegado pensou em todos os outros mortos. – É de praxe e o necrotério vai ficar lotado desta vez.

Desligaram o telefone e o delegado recostou-se na sua cadeira.

– Que droga! – disse alto. – Ele era um bom homem. Era uma pessoa que não merecia esse fim.

No entanto, todos que estão na polícia sabem que a qualquer hora podem sucumbir ao ataque de bandidos e pessoas inescrupulosas e não voltar ao lar enquanto defendem a população das cidades. Os policiais que trabalham com amor mereciam uma consideração melhor e uma compensação maior pela sua dedicação.

Deixou-se relaxar na cadeira, talvez até quisesse chorar pelo amigo de poucos dias, mas a vida na polícia o fez ficar duro, e dificilmente deixaria escapar lágrimas de seus olhos. O jeito era continuar a vida.

* * *

Depois que todos foram embora, d. Leonora foi ver o que sobrara do seu jardim e viu que os corpos dos mortos-vivos, com o nascer do sol e a morte de Patrick, desapareceram sem deixar rastros ou cheiro. O coreto estava intacto e apenas sujo com o sangue de Jaime e uma substância viscosa e preta que ela julgou ser de Patrick, ao ter a cabeça arrancada do corpo. Algumas plantas perto do local estavam queimadas pelo fogo que ambos usaram em suas magias, mas ela refaria o jardim em pouco tempo.

O coreto estava intacto, mas havia uma argola que ela nunca tinha visto antes. O que poderia ser aquilo? Pegou a argola e a puxou. Com o puxão, abriu-se um alçapão que dava para uma escada em caracol. A velha senhora destemida resolveu descer e chegou ao quarto onde Adeline fazia sua magia. Estava de volta à casa que vira em sonhos e que sonhara outras vezes em toda a sua vida. Era ali que Patrick queria entrar e encontrar alguma coisa que o tornasse invencível. Talvez ela pudesse achar o que era e entregar a Jaime para que se protegesse pelo resto de sua vida.

Ela não tinha nenhuma pretensão de acreditar que Jaime seria o mesmo depois daquela noite e da proteção de Augsparten, mas ela amava o psicólogo como a um filho. Aliás, todos os bruxos que se reuniram na sua sala todo esse tempo eram a sua família, e ela era a mais feliz das pessoas por tê-los com ela sempre que precisava.

Ao chegar ao chão de terra batida do cômodo, ela viu o caldeirão que Adeline usava em sua magia. Ela observou as prateleiras com todos os utensílios que usavam para realizar poções e feitiços. Ela não usava tantas coisas, mas era uma bruxa como as antepassadas, era tão poderosa quanto Gioconda Ferraresi, Adeline e Jaime. Eles quatro eram os mais dotados de poderes da magia das bruxas de São Luiz. Ela inspecionou o cômodo e não havia outra saída que não fosse a escada para o coreto. A casa provavelmente fora destruída com o tempo e o quarto de magia de Adeline ficara ali soterrado para que fosse descoberto um dia.

O caldeirão começou a tremer e ela olhou para ele. Havia fumaça saindo de sua boca e um líquido verde fervendo no seu interior, mas ela observou que não havia fogo. A panela mágica fervia por energia que ela conhecia muito bem. No mesmo instante, viu que havia mais alguém com ela. Adeline estava ao seu lado e sorria abertamente para sua descendente. Ela estendeu a mão e as duas começaram a rodear o caldeirão fumegante. As duas bruxas riam e cantavam uma música antiga. Adeline parou de cantar e fez um gesto com as mãos para que Leonora também parasse perto do caldeirão e retirou de dentro dele uma concha com um pouco do líquido verde e ofereceu a ela. Apesar de quente, o líquido não a queimou e ela sentiu uma energia muito grande invadir seu corpo e sua alma. Ela estava refeita. Estava muito bem. Estava saudável. E sempre que precisava, aquele fluído restabeleceria suas forças.

– Leve essa poção e guarde-a com você – disse Adeline a Leonora, lhe entregando um frasco com um líquido verde no seu interior. – Isso é o que Patrick buscava e que poderia lhe dar poderes infinitos. Dê a Jaime quando ele a procurar. E atenção – disse a bruxa, abrindo os imensos olhos verdes –, nunca mais volte a esse cômodo.

– Tudo bem – concordou d. Leonora.

Ela subiu as escadas sem olhar para trás e trancou novamente o alçapão que dava para o quarto de Adeline. Aquele quarto também fazia parte dos segredos das bruxas de São Luiz. Ela entrou em casa e guardou o frasco com a poção mágica no seu quarto, dentro do guarda-roupa, muito bem protegido e escondido. Pretendia entregar a Jaime quando pudesse.

EPÍLOGO

Um mês depois.

Jaime estava na sacada de seu quarto vestido inteiramente de preto, com um sobretudo que lhe chegava aos joelhos, uma blusa de malha colante ao corpo magro e calças igualmente pretas sobre os sapatos pretos. Era uma figura que poderia passar despercebida pela escuridão da noite. Ele estava refeito dos ferimentos, que sequer cicatrizes deixaram. Observava o horizonte, a floresta em volta, o céu estrelado e, ao fundo, podia até escutar o som da cidade. Ele ouviria tudo que se passava na cidade se o quisesse. Na floresta, conseguia ouvir o barulho do vento nas folhas e o som dos animais que ali se encontravam. Um uivo de lobo ao longe chamou sua atenção. Vez ou outra ouvia lobos na redondeza da casa. Mais amigos que viriam em paz?

Lembrou-se do que aconteceu no coreto no dia da batalha contra Patrick. Ele estava perdendo do vampiro bruxo, e morreria tão logo abrisse o alçapão de acesso ao cômodo que havia debaixo do coreto. Estivera nesse cômodo em seus sonhos, ou em viagens astrais, mas nunca entrara fisicamente no quarto de Adeline. E sabia também que, se conseguisse entrar e pegar a poção que Patrick queria, seria morto na hora e o seu antepassado se tornaria o vampiro mais forte jamais existente no mundo. Seria a desgraça da humanidade.

Jaime foi ajudado pela magia das bruxas de São Luiz e, mesmo ferido em dois lugares no corpo, no ombro e no abdome, conseguiu arrancar a cabeça do vampiro e acabar de vez com o ataque do mal a todos eles. Ele se lembrava de ter caído no chão e, logo após, vinha a lembrança de estar nos braços de Augsparten. O vampiro alemão havia dito que eles não poderiam se olhar, muito menos se tocar, e o que estava acontecendo? Jaime viu então que todos os bruxos presentes estavam de acordo com que o vampiro salvasse sua vida. Ele sentiu a mordida do vampiro em seu pescoço e imaginou que morreria daquela forma. Assustou-se, porém, quando sentiu o gosto do sangue da criatura em sua boca. Sempre desejou tomar do sangue de Augsparten e se tornar também um vampiro, mas naquele momento, não esperava mais que algo desse tipo acontecesse. Sentiu um prazer imenso ao sorver aquele líquido com gosto de ferro, espesso e que lhe daria a vida que estava perdendo. Quando Frederico retirou o braço da boca de Jaime, este entrou em sono profundo e não viu mais nada.

 Acordou dois dias depois no porão da Mansão do Rio Vermelho. Estava deitado na mesma cama de cimento que havia no centro do cômodo e, ao seu lado, viu um homem todo de preto que esperava por ele. O homem se levantou e ele percebeu que era Frederich Augsparten. Sorriu para o vampiro, que lhe devolveu o sorriso com as presas saltadas.

— Bem-vindo à minha vida — cumprimentou o alemão.

— Era a única forma de salvar você da morte.

— Eu sei — respondeu Jaime, fraco e com muita sede. — O que vai acontecer agora?

— Não se preocupe com isso. Você vai se adaptar — o vampiro alemão lhe deu a mão. — Você precisa se levantar, tomar um banho e se alimentar. Vamos lá, eu vou lhe ensinar tudo sobre sua nova vida.

Jaime sorriu e se sentou na cama de cimento. Sentiu uma tontura e foi amparado por Augsparten. Respirou fundo e estava pronto para reiniciar a sua vida.

— Nossos amigos chegaram — avisou ele.

À porta estavam Goretti e Douglas. Jaime se virou e viu que Goretti estava muito mais bonita do que antes. Seus olhos verdes se destacavam na pele, que estava mais pálida, porém mais lisa e sem nenhuma imperfeição. Ela vestia um vestido longo preto que ressaltava as curvas de seu corpo, que ninguém jamais notara, e um sorriso perfeito nos lábios. Douglas, como sempre, estava muito bonito, de calça e camisa preta e cabelo preso na nuca. O vampiro de Juiz de Fora tinha um corpo que se destacava na multidão e uma elegância sem comparação.

— Que bom vê-los — disse Jaime se aproximado do casal e beijando as faces de ambos. — Sejam sempre bem-vindos à Mansão do Rio Vermelho.

— Muito obrigado, Jaime — respondeu ao cumprimento Douglas —, e vocês dois também, quando quiserem nos visitar em Juiz de Fora, é muito fácil. Minha casa é debaixo do Parque Halfeld, a praça principal da cidade.

— Vocês vão morar em Juiz de Fora? — perguntou Jaime.

– Sim. Lá a gente consegue viver em paz. Marriette e Luciano já voltaram para lá, e nosso lugar também é naquela cidade. Eu acompanhei Juiz de Fora desde a sua fundação – explicou Douglas.

– Vou conhecer um monte de coisas que não conheço de Juiz de Fora, mas é mais fácil do que continuar em São Luiz, onde todo mundo me conhece – explicou Goretti.

– Agora não sou mais a mesma pessoa.

– Eu sei – concordou Jaime.

– Por que não vamos para a sala tomar uma vodca? – perguntou Augsparten.

– Seria ótimo – concordou Goretti. – Mas deixe-me primeiro observar a paisagem daqui de cima...

– Fique à vontade – Jaime se afastou um pouco para que a ex-jornalista se aproximasse mais do parapeito da sacada.

Puseram-se de frente para a mata. Sentiram primeiro o cheiro intenso dos patchoulis que tremulavam no jardim da mansão, ouviram o vento, o burburinho da floresta, o uivo dos lobos à distância e sorriram. Goretti deu o braço a Douglas e os quatro vampiros permaneceram ali em silêncio, ouvindo a noite.

– Ouvi dizer que a população de São Luiz quer visitar a Mansão do Rio Vermelho – brincou Douglas.

– Isso não vai dar certo – assustou-se Frederico.

– Uai, poderíamos fazer uma festa – brincou Jaime.

– Você é louco? – perguntou Frederico Augsparten, sobressaltado.

– Claro que não, mas é melhor fazer com que eles esqueçam que tudo isso existiu – definiu Jaime.

– Isso é fácil – Augsparten sorriu. – Vou providenciar.

A Mansão do Rio Vermelho permaneceria esquecida e em paz para sempre. A cidade cresceria ao seu próprio ritmo, e as bruxas de São Luiz continuariam a cuidar da cidade, geração após geração. O equilíbrio e a paz estavam outra vez restabelecidos.

Compartilhando propósitos e conectando pessoas

Visite nosso site e fique por dentro dos nossos lançamentos:
www.gruponovoseculo.com.br

TALENTOS DA LITERATURA BRASILEIRA

(f) Talentos da Literatura Brasileira
(©) @talentoslitbr
(y) @talentoslitbr

Edição: 1ª
Fonte: Adobe Caslon Pro

gruponovoseculo.com.br